Roberto Alajmo

Mammaherz

Roberto Alajmo

Mammaherz

Aus dem Italienischen von Kurt Lanthaler

Haymon

Die Arbeit des Übersetzers am vorliegenden Text wurde vom Deutschen Übersetzerfonds sowie durch einen Reisekostenzuschuss des österreichischen Bundesministeriums für Unterricht, Kunst und Kultur gefördert.

Die Originalausgabe erschien unter dem Titel »Curore di Madre« bei Mondadori,

www.haymonverlag.at

Umschlaggestaltung: Haymon Verlag/Stefan Rasberger unter Verwendung eines Bildes von www.istockphoto.com
Satz: Haymon Verlag/Thomas Auer

ISBN 978-3-85218-570-5

Eins

Ein Junge überquert die Straße, hundert Meter weiter vorne.

Er schaut nach links, schaut nach rechts, geht los. Aber bevor er auf die Straße tritt, tut er noch etwas anderes. Die Geste ist leicht zu übersehen, der Junge hält die Hände in den Hosentaschen vergraben. Aber da: Genau in dem Augenblick, in dem er den Gehsteig verlässt, tut er das, was die Männer von Calcara immer tun – ob bewusst oder unbewusst, unmerklich oder unverfroren, mit der Rechten, mit der Linken, lächelnd oder ernst, im tiefsten Glauben oder einfach, weil man nie wissen kann – es ist die Geste der Männer von Calcara, wenn sie Cosimo Tumminia zu Gesicht bekommen oder wenn jemand in Hörweite Cosimo Tumminias Namen ausspricht. Die rechte Hand bewegt sich, hinter dem Hosenstoff. Dabei schaut der Junge herüber zu Cosimos Werkstatt, untheatralisch, beinahe mechanisch, wie man die Dinge eben tut, die getan werden müssen, ohne dass man sich noch daran erinnerte, wieso sie getan werden.

Das ist einer der Gründe, weswegen man in Cosimos Werkstatt selten Leute sieht.

Wie und wo das Gerücht entstand, ist schwer festzumachen, sein Ursprung liegt wohl Jahre zurück. Die Sache verdrießt Cosimo, er versucht also, nicht daran zu denken, hat sich im Lauf der Zeit beinahe daran gewöhnt. Früher allerdings hat er sich gequält damit, so sehr, dass er irgendwann die verschiedensten Mutmaßungen anstellte.

Eine seiner Mutmaßungen besagt, dass damals, als er Werkstatt wie Beruf von seinem Vater übernommen hat, wohl eine Reparatur schief gelaufen sein muss. Ein Radfahrer fährt sich einen Reifen platt, er, Cosimo, repariert den Platten, der Radler fährt hundert

Meter weiter und fährt sich schon wieder den Reifen platt. So was kann vorkommen, so was kam schon vor. Unter Umständen aber widerfuhr dasselbe Missgeschick, so oder ähnlich, damals auch noch einem Zweiten. So was kann vorkommen, so was kam schon vor. Aber vielleicht war es gerade dieses eine Mal so, dass sich der erste und der zweite Radfahrer kannten und über die Sache sprachen. Und je länger sie darüber redeten, desto mehr überzeugten sie sich gegenseitig davon, dass es sich hier nicht um einen bloßen Zufall handeln konnte: zu viele Zufälle. Es hätte natürlich an Cosimos beruflicher Unerfahrenheit liegen können, schließlich war er neu im Geschäft. Die beiden Radfahrer haben diese Möglichkeit durchaus in Betracht gezogen, sie allerdings umgehend wieder verworfen, sie waren nämlich auf eine sehr viel unterhaltsamere Erklärung gekommen. Natürlich, sagten sie, war es Cosimos Schuld, wenn auch eine in gewissem Sinn unfreiwillige Schuld.

Eine andere von Cosimos Mutmaßungen lautet, dass es kein im eigentlichen Sinn auslösendes Ereignis gab, stattdessen viele kleine Episoden, die, im Nachhinein wieder hervorgekramt und kunstvoll zusammengefügt, zur Entstehung des Gerüchtes beigetragen haben. Eines Tages mag auf der Piazza San Biagio – in einer Bar, einer schattigen Ecke vielleicht – eine Gruppe von Freunden ins Plaudern gekommen sein, ohne im Geringsten zu ahnen, was ihre Unterhaltung ergeben würde. Eines jener Gespräche, wie man sie spätnachmittags oder abends führt und bei denen einem irgendwann die herkömmlichen Streitthemen wie Frauen, Seitensprünge, Politik, Kartenspiel, Fußball ausgehen und es trotzdem noch zu früh ist, um nach Hause zu gehen. In solchen Augenblicken muss einer entweder ein neues Thema aus dem Hut ziehen; oder man ist gezwungen, die alten Geschichten neu durchzukauen, dann sollte man aber eine Idee haben, wie sie sich variieren lassen. Oder man geht nach Hause. Oder aber es breitet sich Stille aus, und dann lacht jemand leise und kurz auf. Es ist ein unbehagliches, halb unterdrücktes Lachen, weil es eigentlich nichts zu lachen gibt, wenn sich unter Freunden eine solche peinliche Stille ausbreitet. Jeder der Anwesenden ist sich dessen bewusst, aber keiner sagt es, weil es noch weit peinlicher wäre, darüber zu sprechen.

Falls es also damals wirklich dieses kurze, halb unterdrückte Auflachen gegeben hatte, folgte darauf wahrscheinlich wieder Stille, diesmal noch weit gewichtiger, weil offensichtlicher und zudem voller Unwillen gegen den, der dem Druck des Lachens nachgegeben hatte. Der Lacher bemerkte die Feindseligkeit, schluckte sein Lachen hinunter und spürte sodann das gesammelte Gewicht der Stille auf sich. Es war jetzt an ihm, sie aus der Situation zu erlösen, in die er sie gebracht hatte. Er musste ein Thema finden, das nichts mit Frauen, Seitensprüngen, Politik, Kartenspiel oder Fußball zu tun hatte. Bedauerlicherweise aber fiel ihm gerade in diesem Augenblick nichts ein. Die Stimmung war innerhalb kürzester Zeit dermaßen gedrückt, dass er dringend nach einer Möglichkeit suchte, den allgemeinen Widerwillen auf jemand anderen abzuladen. Die anwesenden Freunde kamen dafür nicht in Frage, die trennende Mauer zwischen ihnen und ihm war längst zu hoch. Man musste sich also einen Abwesenden suchen.

Cosimo Tumminia, zum Beispiel.

Cosimo Tumminia war perfekt, mit seiner zurückhaltenden Art, er war dürr und traurig, und immer und nur mit seiner Mutter unterwegs, die noch trauriger wirkte als er. Schon in der Vergangenheit waren Witze auf seine Kosten allgemein beliebt gewesen, hatten die Gruppe in Momenten der Unsicherheit zusammengeschweißt.

Cosimo eignete sich vor allem aber deswegen bestens, weil er gerade nicht da war. Saß sehr wahrscheinlich wieder zu Hause bei seiner Mutter. Wie traurig. So traurig, dass es schon ansteckend schien.

Der Auflacher hat die Sache in die Runde geworfen, wie etwas, dessen er sich absolut sicher war, etwas, das man ihm als vollkommen unstrittig erzählt hatte. Hat einige tatsächlich vorgekommene Ereignisse kombiniert, wie die Geschichte mit dem zweifachen Platten; anderes hat er erfunden, weil es eines Beweises bedurfte und weil man die Stille unter den vielen Worten begraben musste. Er hat die Sache den Freunden zum Fraß vorgeworfen und abgewartet, ob sie anbissen. Schließlich hat sich einer von ihnen daran erinnert, dass einem seiner Bekannten, was den Cosimo betraf, eine noch weit eklatantere Geschichte zugestoßen war, und er erzählte sie. Die Freunde schienen zuerst etwas überrascht zu sein, aber dann lachten sie. Vielleicht hat es sich genau so abgespielt.

Oder, als dritte Mutmaßung: Es lag dem ganzen Gerede ein unerklärlicher Widerwillen zugrunde. Irgendjemand hat irgendwann einmal eine Abneigung gegen Cosimo entwickelt: dagegen, wie er sprach, wie er schwieg, wie er lief oder wie er stillstand. Diese Abneigung mag dann weitere Bestätigung gefunden haben, einen weiteren Vorwand auch; Cosimo hat vielleicht irgendeine Bemerkung gemacht, achtlos, aber öffentlich, und der andere, der mit dem halb unterdrückten Lachen, musste denken, der Witz ginge auf seine Kosten. Das ist zwar nun eine wirklich rein abstrakte Hypothese, weil er, Cosimo, eigentlich nicht der Typ ist, der in der Öffentlichkeit irgendwelche Bemerkungen von sich gibt. Aber, andererseits, vielleicht ist es wirklich so gewesen, dieses eine Mal, und dem anderen ist es übel angekommen, und also hat er beschlossen, sich zu rächen. Und weil er selbst nicht genau wusste, wofür er sich zu rächen habe, hat er sich auf das Wie konzentriert. Er suchte eine Gelegenheit, die Abneigung der Gruppe zu überspielen, loszuwerden, in dem er sie gewissermaßen in die Welt hinaus schickte, auf ihren zwei Beinen, ohne dass es notwendig gewesen wäre, sie zu begleiten oder zu rechtfertigen. Es ist gar nicht schwierig gewesen: Um eine ebenso mühelose wie grundlose Rache in Gang zu bringen, musste er nur noch das richtige Gespräch und die richtigen Ohren abwarten. Und in einem Dorf wie Calcara also eben nur irgendeine Gesprächsrunde und irgendein Ohr.

Rache dieser Art kostet nichts, da Cosimo keine Freunde hat, die ihn verteidigen könnten, und nicht einmal selbst in der Lage ist, sich zu wehren. Umso mehr, als man sich nicht vor etwas verteidigen kann, von dem man nichts weiß und auf das einen nie einer ansprechen wird.

Es gibt aber auch noch eine vierte Mutmaßung, die übrigens die ersten drei nicht etwa ausschließt, sondern sie miteinander kombiniert. Die bisherigen Mutmaßungen, das, was wir als Hypothesen vorliegen haben also – Zufall, Langeweile und Abneigung – könnten ursprünglich gar nicht ihn persönlich gemeint haben, denkt Cosimo, sondern den Vater, die Arme Seele, oder sogar den Großvater, in noch viel weiter zurückliegenden Zeiten. Es sind eben Legenden, die unter gewissen Umständen vom Vater auf den Sohn vererbt werden, zusammen mit der Werkstatt oder mit dem Haus, oder auch nur mit dieser speziellen Art, sich am Kopf zu kratzen. Der Vater war, wie er war, sie kratzen sich beide auf dieselbe Art und Weise, also ist der Sohn genauso. Wenn es wirklich so gewesen ist, hätte Cosimo selbst damit eigentlich nichts zu tun, das Gerede sollte ihn nichts angehen.

Wie auch immer Cosimo zu seinem Ruf gekommen war: Er musste kaum, eigentlich überhaupt nicht gepflegt werden. Sobald er erst einmal in der Welt war, nahm er Anlauf und vermehrte sich mit jedem neuen, unvermeidlichen Vorfall. Es reichten gelegentliche, unscheinbare Ereignisse. Cosimo hatte das eine oder andere Mal etwas davon mitbekommen; sehr wahrscheinlich aber nur den kleineren Teil, verglichen mit ihrer tatsächlichen Anzahl.

Ein Beispiel: Irgendwann einmal hatte er in der *Bar del Moro* einen Kaffee getrunken und die Umstehenden in einer Art und Weise begrüßt, die wohl für zu herzlich gehalten werden musste, vor allem, wenn man seinen ansonsten so scheuen Charakter bedachte. Zwei Tage später hatte sich einer derjenigen, die in der Bar dabei gewesen waren, der Pensionist Antonio Bennanti (67), ohne jegliche Vorwarnung plötzlich unwohl gefühlt und war gestorben.

Ein andermal war ein Simca 1000 sozusagen direkt vor seiner Werkstatt von der Straße abgekommen. Das Automobil erlitt Totalschaden, der Fahrer allerdings blieb unverletzt.

Wieder ein anderes Mal, aber immer in derselben Straße, war der Bäckermeister Nicola Gueli, während er die Straße überquerte, von einem Kleintransporter überfahren und getötet worden.

Ein andermal war, in einer unweit gelegenen Querstraße, ein Bauer auf seinem Rad von einem Kabinenroller gerammt worden und hatte sich mehrfache Knochenbrüche zugezogen. Die Tatsache, dass das Opfer ein Radfahrer war, wurde als erschwerendes Indiz aufgefasst, hatte doch Cosimo beruflich seit jeher mit Fahrrädern zu tun.

Diesen größeren Unfällen ist außerdem noch eine umfangreiche Reihe von Zwischenfällen hinzuzurechnen, die, für sich genommen, eigentlich von geringerer Bedeutung und nicht ganz so direkt auf Cosimos Einfluss zurückzuführen wären. An besonders pessimistischen Tagen denkt Cosimo, dass jeder Unfall, der im Umkreis eines Kilometers zu seiner Person stattfindet, auf sein Konto verrechnet wird, praktisch also jeder Unfall, der im Dorf passiert. Das Epizentrum läge demnach in der Via Nicolò Garzilli, der Straße, in der sich seine Werkstatt befindet. Das eine oder andere Mal hat er sogar selbst die Redensart der Calcareser gehört: »Wie, du bist durch die Via Nicolò Garzilli gegangen?«

Was man besonders gerne, ebenso scherzhaft wie mitfühlsam, zu einem sagt, der in Unannehmlichkeiten geraten ist. Wobei allerdings auch angemerkt werden sollte, dass die Via Nicolò Garzilli schon von sich aus eine Unglücksstraße ist, weil die Autofahrer sie wegen ihrer Breite und Lage gern für eine Verlängerung der Überlandstraße halten, obwohl sie in jeder Hinsicht eine Dorfstraße ist, mit allem was dazugehört, mit den dazugehörigen Geschwindigkeitsbegrenzungen und den üblichen innerörtlichen Gefahrenpunkten. So lässt sich auch die tatsächlich beeindruckende Serie von Unfällen erklären.

Manchmal gesteht Cosimo sich ein, dass er seinem Ruf durchaus gerecht wird. Er ist Einzelgänger. Er ist schweigsam. Nach dem Tode seines Vaters hat er sich lange Zeit in Schwarz gekleidet. Heute noch findet seine Mutter, Schwarz stünde ihm besser als jede andere Farbe. Seit einiger Zeit aber und falls er nicht gerade schlechter Laune ist, lässt Cosimo der Ruf, der um ihn umgeht, ziemlich gleichgültig. Er denkt sich, das sei nur eine Sache gewisser Kreise und bloß der Zeitvertreib gewisser einzelner Idioten. Selten nur nimmt er es ernster, und das auch nur, wenn die anderen so ungeschickt sind, irgendetwas zu deutlich durchblicken zu lassen.

Jetzt, in diesem Augenblick, bemerkt der Junge, der die Straße überquert, dass er von Cosimo beobachtet wird. Und er reagiert geschickt: Anstatt zu tun, als ob nichts gewesen wäre und die Hände aus der Hosentasche zu ziehen, lässt er sie, wo sie sind und mimt ein deutliches Kratzen und begleitet die Geste durch ein Hochziehen der Nase, was erst eine gewisse Qual und dann eine gewisse Erleichterung bedeuten soll.

Aus solchen Verhaltensweisen schließt Cosimo, dass die Dorfbewohner ihm, zu allem anderen, auch noch übelwollende Absichten unterstellen. Sie glauben, dass er ein *emanatore naturale passivo* ist, ein passiver Unglücksbringer von Geburt her. Aber eben auch, dass er bei Bedarf durchaus in der Lage ist, seine Gabe aktiv und zielgerichtet einzusetzen. Daran ist durchaus auch etwas Gutes. Immerhin traut sich so keiner, ihn offen zu reizen, aus Angst vor Vergeltungsmaßnahmen. Alles, was die anderen tun, alle Sicherheitsvorkehrungen, alles Gerede, all das findet, um keine weiteren Risiken einzugehen, hinter seinem Rücken statt.

Cosimo schert sich wenig um den Jungen, der sich beim Überqueren der Straße ans Genital greift. Es reicht, in die andere Richtung zu sehen und weiter auf dem Strohstuhl sitzen zu bleiben. Er stellt ihn jeden Morgen auf den Gehsteig, um darauf, vorbehaltlich unvorhersehbarer Umstände, bis zur Mittagspause Platz zu nehmen. Die unvorhersehbaren Umstände sind, üblicherweise, Kundschaft.

Der zweite Grund, weswegen sich in Cosimos Werkstatt nur wenige Kunden sehen lassen, meistens aber gar keine, ist folgender: Es gibt im Wesentlichen zwei Methoden, Reifenpannen zu beheben.

Die erste, althergebrachte: Man ziehe den Schlauch aus dem Mantel; pumpe ihn auf und halte ihn unter Wasser, um die Schadstelle auszumachen; man schmirgle die Stelle ab; trage Gummikleber auf; warte ab, bis er etwas angetrocknet ist; schneide in der Zwischenzeit mithilfe einer Schere einen Flicken aus einem alten Schlauch; bringe den Flicken auf und presse ihn für einige Minuten händisch an den Schlauch.

Die zweite, zeitgenössischere Methode: Schlauch aus dem Mantel ziehen; Schlauch aufpumpen und unter Wasser tauchen zwecks Ortung der Schadstelle; Abschmirgeln mit Drehschleifer; Auftrag der Vulkanisationslösung; Auftrag des vorgefertigten Fleckens der Fa. TipTop (oder einer anderen Marke); Fixierung innerhalb weniger Sekunden unter der Thermopresse.

In beiden Fällen kostet die Reparatur zwei Euro, falls es sich um einen Fahrradreifen, drei Euro, wenn es sich um einen Pkw-Reifen und drei Euro fünfzig, falls es sich um einen Motorradreifen handelt, da ein Motorradreifen mit einer sehr viel aufwendigeren Demontage und Rückmontage des Rades einhergeht. Mit der zweiten Methode lassen sich ungefähr drei Minuten Arbeitszeit einsparen.

Cosimo setzt Methode Numero eins ein. Er hat nämlich keine Schleifmaschine und keine Thermopresse, und er hat sie deswegen nicht, weil er nicht wüsste, was er mit den drei ersparten Minuten anfangen sollte. Es gibt eine weitere Reifenwerkstatt, an die hundert Meter entfernt, an der Hauptstraße gelegen, mit Bandschleifmaschine und Thermopresse und allem, was man für Reparaturen auf der Höhe der Zeit so braucht. Außerdem repariert sie nicht nur Fahrrad-, sondern eben auch Pkw- und Motorradreifen. Cosimo hat *Fahrradreifenreparaturen* an seine Werkstatt geschrieben, der andere *Reifenreparaturen.* Zum anderen gehen also alle Reifenbesitzer. Zu Cosimo kommen nur die Radfahrer, und von denen gibt es in Calcara nur sehr wenige, weil das Dorf an einem Berghang liegt, was die Abfahrten sehr leicht macht, zu leicht beinahe, und die Anstiege schwer, wenn nicht gar unmöglich. Um nicht zu reden von den mindestens fünf Monaten im Jahr, an denen es dermaßen heiß ist, dass man schon ins Schwitzen gerät, wenn man ein Fahrrad auch nur ansieht. Wegen der fehlenden Radfahrer ist das Schild *Fahrradreifenreparaturen* sinnlos, wenn nicht sogar geschäftsschädigend. Grundsätzlich wäre Cosimo nämlich durchaus bereit, auch Motorrad- und PKW-Reifen zu reparieren. Wenn da, andererseits, nicht das Problem der schlauchlosen Reifen wäre, die ihm bis heute ein Rätsel sind.

Schade eigentlich, denn Cosimos Werkstatt ist nicht hässlich, und klein ist sie auch nicht. Sie hat einen Rollladen und sie hat ein Firmenschild aus Plastik. In dem einen Raum steht alles, was man braucht, im kleinen Hinterzimmer aber hat er alles verstaut, was man heute nicht braucht, morgen aber dienlich sein könnte. An der rechten Wand der Werkstatt stehen an die dreißig große und kleine Fahrräder, eins ans andere gelehnt. Es sind alte, nicht mehr zu rettende Räder, zum Teil solche, die Cosimo entweder billig gekauft hat, um sie auszuschlachten. Oder solche, die von Kunden zurückgelassen worden sind, weil der Schaden größer war, als gedacht und sie es deshalb vorgezogen hatten, sich gleich ein neues Rad zu kaufen, und Ende und Aus. Auch von der Decke hängen Fahrräder, an irgendwelchen Haken und in irgendeiner Ordnung. In der linken Ecke steht eine Badewanne, zur Hälfte mit Wasser gefüllt, für die Löcher in den Luftschläuchen. Dafür würde eigentlich eine Schüssel reichen, aber die Badewanne ist alt und wurde zu Hause nicht mehr gebraucht, während sie in der Werkstatt durchaus etwas hermacht. In der Rückwand stecken Eisenstangen, an denen Schläuche und Mäntel aufgefädelt sind. Sechs Eisenstangen, der Ordnung und Präzision halber: neue Schläuche, alte Schläuche und Schläuche im Sonderangebot, neue Mäntel, alte Mäntel und Mäntel im Sonderangebot. Und *im Sonderangebot* meint: irgendwann und irgendwo von irgendwem geklaut, und jetzt eben zu herabgesetztem Preis im Verkauf.

Im Lauf der Jahre hat sich auf alles, auf Fahrräder, Schläuche, Mäntel, Werkzeuge, Wände, Stühle, sogar auf die Badewanne und das Wasser in ihr, eine Patina gesetzt, eine Patina aus Fett und Staub, weswegen der Raum durchgängig dunkelgrau ist, ohne irgendwelche Farbflecke.

Oder besser: Einen Fleck gibt es immer, zumindest zu Jahresbeginn. Es ist der neue Kalender, den seine Mutter ihm besorgt, einer von den Kalendern, wie sie Ladeninhaber ihren treuesten Kunden überreichen. Cosimo weiß, wie er zu diesem Geschenk kommt: Die Mutter fürchtet, er würde, versorgte sie ihn nicht mit einem normalen, einen dieser Kalender mit Frauen aufhängen, wie sie in allen Reparaturwerkstätten zu finden sind. In Cosimos Werkstatt scheint der Kalender des Wurst- oder des Gemüsehändlers erst einmal zu leuchten, mit der ganzen Kraft seines Hochglanzweiß, aber mit dem Vergehen der Tage ergibt er sich dem Dunkelgrau der Umgebung, fällt nicht mehr ins Auge, hebt sich kaum mehr ab. Zu Beginn eines jeden neuen Monats, wenn Cosimo das alte Blatt abreißt, erblüht der

Kalender und die gesamte Werkstatt zu neuem Leben. An manchen Monaten verlegt Cosimo die Zeremonie des Kalenderblattabreißens um einen Tag vor. Aber auch nicht um mehr als einen Tag. Reißt das Blatt ab, schaut ins Weiß und stellt sich vor, da wären Neuigkeiten in Aussicht.

Cosimo schaut auf seine Uhr, legt die *Settimana Enigmistica*, das Rätselheft, zur Seite und nimmt das Transistorradio vom Boden hoch. Es ist ein altes Radio, das er immer noch benutzt, obwohl er weiß, dass er sich für wenig Geld ein neues kaufen könnte. Dieses Radio kann er einfach draußen stehen lassen, falls er für eine Minute weg muss, während er bei einem neuen Radio immer in Sorge sein müsste, dass man es klaut. Also kann er gleich das alte Radio behalten und in Ruhe leben.

Er überprüft die Frequenz; eigentlich ist das überflüssig, das Radio ist immer auf denselben Sender eingestellt. Allerdings könnte sich, im Aufnehmen oder im Abstellen, der Sendersuchknopf verstellt haben. Hat er aber nicht. Cosimo schaltet das Radio ein. Es klingt wie ein altes Transistorgerät eben klingt, zu Beginn etwas schleppend, als ob es sich erst aus einem tiefen Loch oder einem Gähnen befreien müsste. Aber es fängt sich schnell, und schon erklingt das Zeitzeichen für 18 Uhr 30. Cosimo überprüft seine Uhr, obwohl auch das nicht wirklich notwendig ist; er hat sie erst heut Morgen nachgestellt, und eigentlich geht seine Uhr von Haus aus schon genau und müsste deswegen nicht immer wieder aufs Neue gestellt werden. Wie auch immer; es wird Zeit, dass er geht.

Heute muss er sich etwas früher auf den Weg machen, weil sie ihm das Kind ins Haus bringen werden, das er verstecken soll.

Cosimo hat ihnen gesagt, sie sollen es in sein Haus bringen, aufs Land. Er wohnt dort seit vier Jahren. Vorher benutzte er es nur im Sommer und kam ansonsten an den Sonntagen vorbei, um die

Pflanzen zu gießen, die Zimmer zu lüften und den Rest des Tages zu genießen, manchmal zusammen mit seiner Mutter, manchmal allein. Eines Tages hat er beschlossen, endgültig in das Haus umzuziehen, auch wenn er weiterhin regelmäßigen Kontakt zu seiner Mutter hält. Er fühlt sich verpflichtet, ihr einen kurzen Besuch abzustatten, nachdem er die Werkstatt geschlossen hat. Sogar an einem speziellen Tag wie diesem.

Er klopft, sie öffnet. Cosimo sieht ihren vorwurfsvollen Blick und überspielt ihn umgehend durch zwei Küsse auf ihre Wangen. Mutter und Sohn sagen gleichzeitig: »Wie geht's?«

»Wie geht's?«

Aber nur Cosimo antwortet. »Gut.«

»Und die Arbeit?«

»Naja.«

»Hat sich jemand blicken lassen?«

»Naja, der eine oder andere.«

Sie dreht ihm gerade den Rücken zu, Cosimo mustert sie. Sie ist sehr klein, und man könnte meinen, sie sei in den letzten Jahren noch kleiner geworden. Um sie zu küssen, musste er sich bücken. Die Statur hat Cosimo von seinem Vater, von ihr hat er nur sehr wenig.

»Was hast du mittags gegessen?«, fragt die Mutter.

»Belegte Brote.«

»Wie viele?«

»Eines.«

Das scheint der Mutter etwas wenig. »Eines?«

»Naja.«

»Und heute Abend?«

»Heut Abend seh ich dann, ob ich was anderes essen werde.«

»Hast du was zu Hause?«

»Naja.«

»Naja ja oder naja nein?«

»Eigentlich nein.«

»Aber Appetit hast du?«

»Gottseidank, am Appetit fehlt's nicht.«

»Ich mach dir gleich ein ganzkleinwenig Brociolone warm.«

Die Mutter geht in die Küche.

Cosimo ruft ihr nach. »Lass gut sein, lass gut sein.«

Aber irgendwie kommen die Worte nicht an und Cosimo muss ihr höchstpersönlich hinterher laufen. Es ist eine große Küche, mit einem sehr alten, quadratischen Tisch, der Rest des Mobiliars aber ist neu. Mutter hat es bei einem Preisausschreiben gewonnen: Hat Waschmittelpunkte gesammelt, die Karte abgeschickt und schon wurde ihr Name gezogen. Es war ein kleiner Sieg über Cosimo gewesen, der sie wegen ihrer Punkte- und Gewinnspielsammelwut immer gehänselt hatte. Die Genugtuung über ihre neue Küche war so groß gewesen, dass sie die Freude am Kochen wiedergewonnen hatte, die ihr mit dem Tod ihres Mannes verloren gegangen war. Jetzt kocht sie oft und viel, sehr viel mehr, als sie jemals essen kann. Außerdem steht in der Küche ein Fernsehgerät. Es gibt zwei davon im Haus, große Geräte, die so gut wie immer laufen und immer sehr leise. Sie sagt, sie leisten ihr Gesellschaft, da muss sie nicht auch noch wissen, was sie sagen. Ab und zu, in einer Gesprächspause, wirft sie einen Blick in Richtung Bildschirm, aber sie stellt nur äußerst selten den Ton lauter, um sich ganz dem Programm zu widmen.

Die Mutter öffnet den Kühlschrank und holt den Brociolone heraus, den sie am Vorabend gekocht hat.

»Es ist nicht notwendig …«, sagt Cosimo.

»Wie, nicht notwendig? Sicher ist es notwendig. Willst du weiter mit leerem Magen herumlaufen?«

Cosimo hat keine Lust, zum Abendessen bei seiner Mutter zu bleiben. Generell nie, aus vielen Gründen, und heute schon einmal gar nicht. Er versucht, ihr das klar zu machen, indem er schweigt.

Die Mutter zieht daraufhin wieder ein langes Gesicht, obwohl sie längst schon begriffen haben wird, dass Cosimo es meist vorzieht, in seinen eigenen vier Wänden zu essen, weswegen sie die Absage nicht mehr so stark verletzt.

Vor einigen Monaten hat er ihr ein komplettes Set Frischhalteboxen geschenkt, das Unterteil aus Glas, der Deckel Plastik, für allfällige Essenstransporte. Die Deckel haben verschiedene Farben und geben beim Verschließen ein sattes Klacken von sich. Ein Sonderangebot, auf das er bei einem gemeinsamen Einkauf in einem STANDA-Supermarkt in Palermo gestoßen war. Er hatte gesehen, dass sie ihr gefielen, und also hatte er sie gekauft. Sie gefallen ihr so sehr, dass sie, kaum ist ein ähnliches Set im Dorfladen aufgetaucht, auch das gekauft hat. Jetzt hat sie ein Dutzend dieser Boxen, die zu allem Möglichen gut sind, ihr vor allem aber erlauben, die Ergebnisse ihrer Kochkunst effizient aufzubewahren: Sie gibt das Essen in den größten Behälter und wartet umsichtig, dass er abkühlt, bevor sie ihn in den Kühlschrank stellt; in den folgenden Tagen füllt sie nach jedem Essen das Ganze in immer kleinere Behälter um; nach jeder Umfüllaktion spült sie die größere der beiden Boxen und stellt sie in den Küchenschrank, zuunterst. Meist hat sie im Verlauf von fünf Tagen alles aufgegessen und dabei mindestens fünf Frischhalteboxen benützt, es sei denn, das Essen ist, trotz aller Vorsichtsmaßnahmen, in der Zwischenzeit verdorben. In einem solchen Fall zieht die Mutter ihren Kochtag vor und der Kreislauf kann von vorne beginnen. Wichtig ist allein, dass vor Beginn neuer Kochaktivitäten alle Reste der vorherigen verwertet wurden.

Auch Cosimo benutzt die Frischhalteboxen, häufig nimmt er etwas Essen mit nach Hause. Die luftdichten Behälter sind dafür bestens geeignet: Das Essen ist sicher verstaut, Öl oder andere Flüssigkeiten können nicht auslaufen, nicht einmal, wenn man die Boxen auf den Kopf stellt. Auch wenn, sagt seine Mutter, es allemal besser ist, sie nicht auf den Kopf zu stellen.

Immer wenn er sie besucht, wissen beide, wie es enden wird: Er wird sich eine Mahlzeit nach Hause mitnehmen und sie dort essen, allein. Allerdings gibt es ein Ritual zu beachten.

»Schmeckt er dir nicht, der Brociolone?«

»Doch, wieso denn?«

»Wieso willst du dann keinen?«

»Es ist erst halb acht. Ich habe keinen Hunger.«

»Eigentlich ist es ja fast schon acht. Und vorher hast du gesagt, dass du Hunger hast …«

»Vorher meinte ich das ganz allgemein.«

»Tz, tz …«

»Also noch einmal: Ich hab keinen Hunger.«

»Und was willst du dann tun?«

Die Mutter möchte nicht diejenige sein, die zuerst mit dem Vorschlag kommt, und Cosimo selbst macht ihn auch ungern. Weswegen das Ritual weitergeht.

»Ich weiß es nicht.«

»Ich mein, ich kann ihn ja nicht ganz allein aufessen, diesen Brociolone. Schau dir an, wie viel das ist …«

»Schon wahr …«

»Du willst wirklich nichts davon?«

»Ich habe gerade keinen Hunger, ich schwör's dir.«

»Lass das Schwören sein, ja? Also, weißt du, was wir machen? Ich geb ihn dir in eine von diesen Dosen, dann kannst du ihn zu Hause essen, sobald du Appetit darauf bekommst. Geht das in Ordnung?«

Cosimo lächelt, als wäre er selbst erst in diesem Augenblick auf die Idee gekommen.

»Ja, sicher.«

»Was soll ich bloß tun mit dir?«

In diesem letzten Hin und Her hat die Mutter sich bereits ans Abfüllen gemacht. Jetzt gibt sie ihm die Box, eine von mittlerer Größe, mit orangem Deckel, in ein Küchentuch eingeschlagen. Cosimo hat ihre letzte Frage als rein rhetorisch angesehen und nicht geantwortet.

Also wiederholt sie: »Was soll ich bloß mit dir tun?«

Cosimo wechselt das Thema.

»He! Wie viel packst du mir ein!«

Auch das gehört zum Ritual, das Essen ist ja längst sauber verstaut, und seine Mutter hätte in keinem Fall auch nur eine einzige Gabel davon wieder zurückgenommen.

»Nimm's. Nimm's. Aber bring mir ja die Box und das Tuch wieder mit, ich brauch die noch. Wohin sollte ich sonst das nächste Mal dein Essen packen?«

Und damit hat sich die Sache. Cosimo gibt ihr noch einen Kuss, als Dank und zum Abschied. An der Haustür berührt die Mutter nur kurz seinen Arm und sagt: »Hast du den Brociolone denn auch mitgenommen?«

Und sieht selbst, dass dem so ist. Und lächelt. Cosimo lächelt auch und dabei fragt er sich, ob sie es ihm schon gebracht haben, das Kind.

Cosimo macht den Motor aus, zieht den Schlüssel ab, nimmt die Frischhaltebox, steigt aus dem Auto und ist bei all dem nicht ganz bei der Sache. Er sieht nach vorne, um eventuelle Hinweise auf eine bereits erfolgte Übergabe zu entdecken.

Nichts. Das Haus steht da wie eh und je.

Er öffnet das Tor, durchquert den Garten, den Blick immer nach vorn. Den Schlüssel aber muss er ansehen, ob er will oder nicht, wenn er ins Schloss treffen will damit. Im nächsten Augenblick aber ist ihm seine Aufmerksamkeit wieder zehn Meter, eine Minute voraus. Er stellt die Frischhaltebox auf dem Tisch ab, um die Hände freizuhaben, falls es notwendig werden würde, ohne zu wissen, welche Notwendigkeit das sein könnte.

Eine Antwort darauf gibt es vielleicht hinter der Tür des Gästezimmers. Das Haus hat zwei Schlafzimmer, seines und das andere. Das andere, das ist ein kleines fensterloses Zimmer, das direkt von der Küche abgeht. Es gibt keine Gänge in diesem Haus, jedes Zimmer mündet in die Küche, auch das Klo. Es ist zum Glück eine große Küche, die er auch als Wohnzimmer nutzt.

Die Tür des Gästezimmers ist geschlossen, aber das muss nichts bedeuten. Cosimo hatte sie beim Weggehen so gelassen, der Schlüssel steckte außen. Falls die allerdings schon da waren, wird die Tür jetzt abgesperrt sein. Cosimo macht noch drei Schritte und bleibt dann stehen, um hinzuhören.

Stille.

Aber auch das heißt noch nicht viel: Sie könnten ihm etwas gegeben haben, um es ruhig zu halten. Vielleicht schläft es. Oder vielleicht stellt es sich bloß schlafend, um ihn bei erstbester Gelegenheit anzuspringen, kaum dass er sich ins Zimmer wagt. Sie haben ihm gesagt, es sei ein Kind. Aber Cosimo weiß noch nicht, um welche Art von Kind es sich handelt. Vierjährig? Acht? Zwölf? Ein zwölfjähriges könnte ihm wehtun, wenn es wollte. Außerdem ist Cosimo nicht in Form: Er treibt keinen Sport, bewegt sich kaum und er hat sich seit mindestens fünfundzwanzig Jahren nicht mehr geprügelt.

Cosimo legt die Hand auf die Türklinke. Der Versuch ist risikolos: Falls es da ist, wird die Tür abgesperrt sein, wenn es nicht da ist, wird sie sich einfach öffnen lassen. Er drückt die Klinke nieder.

Abgeschlossen. Es ist da. Sie haben es gebracht.

Was bedeutet, dass irgendwann im Verlauf des Tages irgendjemand vorbeigekommen ist. Ein Auto, vielleicht zwei. Sie haben die Schlüssel, die er unter den Blumentopf gelegt hatte, gefunden, haben geöffnet, haben den Weg genommen, den er selbst eben auch gekommen ist: Weg, Treppen, Haus, Küche. Dann sind sie ins Zimmer und haben es auf das Bett gelegt. Für den Fall, dass alles problemlos gelaufen ist; es besteht natürlich auch die Möglichkeit, dass das Kind nicht geschlafen und sich gewehrt hat. Cosimo sieht sich um. Es scheint alles in Ordnung zu sein im Haus, sie haben auf ihrem Weg keine Spuren hinterlassen. Höchstwahrscheinlich haben sie das Kind betäubt, also lief alles problemlos; höchstwahrscheinlich ist seine Sorge, vom Kind angegriffen zu werden, völlig absurd. Cosimo könnte den Schlüssel drehen, ins Zimmer gehen und sich vergewissern, dass es dem Kind gut geht. Sie haben ihm zwar versichert, dass sie dem Kind nichts antun würden, aber bei denen kann man nie wissen.

Er beschließt, es bleiben zu lassen. Er hat keinen Grund, ängstlich zu sein. Aber auch keinen, jetzt gleich ins Zimmer zu gehen. Für den Augenblick begnügt er sich mit dem Wissen, dass es da ist, das Kind, dass sie es gebracht haben; das ist, als Umsturz in seinem Leben, bereits mehr als genug. Es ist nicht dringend, das Zimmer zu kontrollieren, das Gästezimmer ist sicher und auf alles eingerichtet. Am Vorabend hat Cosimo jeden Gegenstand, der gefährlich werden könnte, aus dem Zimmer geräumt, frische Laken aufgezogen und sogar für einen Nachttopf gesorgt, den er regelmäßig entleeren will.

Er geht in die Küche und versucht, Mutters Päckchen zu öffnen. Allerdings ist der Knoten des Küchentuchs etwas sehr streng angezogen. Die Mutter hat ihn so perfekt geschnürt, dass er einige Schwierigkeiten hat damit. Er hantiert minutenlang, dann klappt es endlich. Die Frischhaltebox ist angelaufen, man kann nicht sehen, was drin ist. Offensichtlich ist der Brociolone noch heiß, lauwarm aber auf jeden Fall, genau richtig also. Er öffnet den Behälter, legt einen Fingerrücken auf das Fleisch und prüft die Temperatur. Er hat sich geirrt: Der Brociolone ist inzwischen so gut wie kalt.

Cosimo hat keine Lust, den Herd zu benützen und eine Pfanne, die man danach wieder putzen müsste. Er hat nicht die geringste

Lust, auch nur einen einzigen Teller zu spülen. Also holt er sich eine Gabel, breitet Mutters Küchentuch aus, als eine Art Reservetischtuch. Dann stellt er den Behälter mittig auf das Küchentuch, setzt sich und isst. Er hat vergessen, Brot zu kaufen, aber das ist jetzt egal. Kalter Brociolone ist soso lala, aber Cosimo isst ihn trotzdem mit Appetit, es ist eines seiner Lieblingsgerichte und schmeckt in jedem Fall. Seine Mutter macht ihn mit Gehacktem. Eine große Wurst aus Gehacktem, die mit gekochten Eiern, Provolakäse und Mortadella gefüllt ist. Seine Mutter verwendet immer Mortadella.

Würde die Mutter sehen, unter welchen Umständen ihr Brociolone gegessen wird, sie würde sagen, Cosimo esse wie ein Wilder. Es ist eine Ausschweifung, die er sich häufiger gönnt, seit er allein wohnt und keinem Rechenschaft darüber ablegen muss, was er isst, wie er isst und wie viel er isst. Vom Brociolone zum Beispiel isst er exakt die Hälfte, was von der Menge her mehr als ausreichend ist, um seinen Hunger zu stillen. Den Rest lässt er in der Frischhaltebox und schließt den Deckel. Klack.

Ein paar Sekunden lang noch bleibt er sitzen, weil er nicht weiß, wie er das mit dem Kind regeln soll: Wird es Hunger haben? Cosimo sieht auf die Uhr. Es ist kurz vor neun. Er versteht nicht viel von diesen Dingen, aber sicherlich ist das eine Uhrzeit, zu der Kinder entweder bereits gegessen haben. Oder eben Hunger. Er nimmt die Frischhaltebox und nähert sich von Neuem der Tür.

Dass er das Kind ins Gästezimmer bringen ließ, hat seinen guten Grund: In dem Zimmer lagerte früher die Streu und das Futter für Nico, die Katze, die bis vor sechs Monaten seine gewesen und dann, weil sie leichtsinnig die Straße gequert hatte, gestorben war. Noch kurz vor dem Unfall hatte er für Nico eine dieser kleinen Klappen in die Tür des Gästezimmers einbauen lassen, die den Katzen ihr Kommen und Gehen auch bei verschlossener Tür erlauben. Es war nicht einfach gewesen, dem Tischler zu erklären, was er wollte. Am

Ende seiner umständlichen Beschreibung hatte der Tischler ebenso spöttisch wie simpel übersetzt: »Eine Katzenklappe, also.«

»Äh, ja. Eine Katzenklappe«, hatte Cosimo geantwortet.

Die Klappe war Nico nicht lange von Nutzen gewesen; jetzt aber wird sie es Cosimo ermöglichen, das Essen durchzuschieben, ohne dem Kind in die Augen sehen zu müssen. Wieso sollte er auch? Kein Bedarf. Wenn alles gut geht, wird er nie auch nur die Tür öffnen müssen.

Er hält die Frischhaltebox in der einen und eine Gabel in der anderen Hand. Nähert sich bis auf wenige Zentimeter, hält inne und legt das Ohr an die Tür.

Immer noch Stille.

Er kniet sich hin, um die Box durch die Katzenklappe zu schieben, aber sie passt nicht durch, die Klappe ist um einiges höher als breit. Zum Glück ist die Frischhaltebox hermetisch verschließbar, er kann sie schräg stellen, ohne dass der Inhalt ausläuft. Er schiebt die Box hochkant durch, stellt sie auf der anderen Seite gerade auf den Boden und zieht sofort wieder die Hand zurück: Man kann ja nie wissen.

Wäre das Kind wach, es hätte den Vorgang bemerken müssen. Cosimo verharrt an der Tür, um zu horchen, ob sich auf der anderen Seite etwas bewegt, aber es ist kein Lebenszeichen festzustellen. Er könnte jetzt gehen, aber er bleibt, wo er ist, diese Stille hält ihn fest. Es ist eine eigenartige Stille, jenseits der Tür gibt es ein Lebewesen, und diese Geräuschleere ist eine Art gefüllte Leere. Eine Leere, die zumindest aus einem Atmen besteht, wie leicht auch immer es sein mag. Das Atmen des Kindes.

Cosimo schiebt sein Ohr vor, um doch noch etwas zu hören, aber da ist immer noch absolut nichts. So bleibt er einige Sekunden lang, hält den Atem an, den eigenen, um dem anderen Raum zu lassen. Er atmet nicht, so lange es eben geht, dann zieht er zweimal tief Luft ein, kurz bevor es ihn zerreißt. Er ist außer Atem, versucht aber, ihn wieder unter Kontrolle zu bringen; wenn er das Kind schon nicht hören kann, soll es auch ihn nicht hören. Bevor er sich entfernt, hebt er die Katzenklappe an, um zu sehen, ob die Frischhaltebox noch da ist, wo er sie abgestellt hat. Sie ist noch da, und die Gabel, die er dazu gelegt hat, ist auch noch da. Dabei fällt ihm ein, das Kind könnte die Gabel als Waffe benützen. Besser, er nimmt sie wieder mit.

Cosimo legt die Gabel zum restlichen Besteck und räumt noch kurz die Küche auf. Viel ist nicht zu tun. Er legt Mutters Küchentuch gut sichtbar hin, damit er tags darauf nicht vergisst, es mitzunehmen und ihr zurückzugeben.

Das Bett in Cosimos Zimmer ist nicht gemacht, es sieht so aus wie bei seinem Weggang am Morgen, wie es immer aussieht an sieben Tagen von sieben, bis zum Donnerstag, jeweils, wenn Signora Pina kommt, die sich um den Putz und die Ordnung kümmert. Der Signora Pina hat er gesagt, sie soll bis auf Weiteres nicht mehr vorbeikommen. Er wird von sich hören lassen, sobald es so weit ist. So wird es keine Probleme geben, bis auf die Signora betritt nie jemand das Haus.

Cosimo zieht sich aus. Eigentlich sollte er den Pyjama anziehen, aber er hat keine Lust darauf. Er legt sich vollkommen nackt aufs Bett und schaut zur Zimmerdecke. Denkt an das Kind, daran, wie das Verhältnis sein wird zwischen ihnen. Falls es aufgewacht ist, wird es begriffen haben, dass es keine Chance zur Flucht gibt. Keine Fenster, keine Hoffnung. Das Ärmste: weiß nicht, wo es sich befindet, noch, was geschieht. Das Ärmste kann auch nicht ahnen, dass es, wenigstens was Cosimo betrifft, nichts zu befürchten hat. Morgen früh wird er zuallererst klarstellen, dass er ihm nicht wehtun wird, außer es zwingt ihn dazu, natürlich. Cosimo ist ein guter Mensch, das Kind soll das wissen.

Er schließt die Augen. Eigentlich hatte er angenommen, dass ihn die Anwesenheit des Kindes stärker verstören würde, stattdessen spürt er, wie ihn der Schlaf einholt, auf den er sonst oft sehr viel länger warten muss. Eigentlich schläft er gerne auf seiner rechten Seite, noch aber liegt er auf dem Rücken. Die kleinste Bewegung allerdings könnte die nahende Erlösung in die Flucht treiben. Das Kind ist unwichtig. Wichtig ist ihm alleine, dass er einschläft. Und er schläft tatsächlich ein.

Zwei

Als er wieder erwacht, schätzt er, dass es noch Nacht sein muss. Er ist früh weggedämmert, und jetzt kann er nicht weiterschlafen. Er setzt sich auf, um die leichten Rückenschmerzen loszuwerden, die frühmorgens manchmal auftreten, und dabei denkt er darüber nach, was zu tun ist. Irgendwann ist er fast schon wieder so weit, sich hinzulegen, da kommt ihm prompt das Kind in den Sinn. Es hätte eigentlich sein erster Gedanke sein sollen, aber so war es nicht; zuerst war da der Rückenschmerz, wenn überhaupt.

Vor allem ist nachzusehen, ob es immer noch da ist, ob es gegessen hat. Er geht in die Küche und kniet sich vor der Tür des Gästezimmers hin. Hebt die Katzenklappe an und sieht nach: Die Frischhaltebox ist verschwunden. Also ist das Kind in der Lage, sich zu bewegen und zu essen. Es hat sich bewegt, es hat gegessen. Cosimo hat nachts zwar nichts gehört. Und auch jetzt hört er nichts. Vielleicht ist es noch einmal eingeschlafen.

Die Beobachtung, die er eben gemacht hat, beruhigt und verunsichert ihn gleichzeitig. Das Kind ist da – im Grunde hatte er immer noch daran gezweifelt – und also muss er seine Arbeit als Wächter ernst nehmen, und zwar ab sofort. Was getan werden soll, muss richtig getan werden. Er schaut auf die Uhr und beschließt, sich einen Kaffee aufzusetzen.

Er nimmt die Kaffeemaschine und füllt sie. Die kleine Maschine sollte reichen, wie immer. Es gäbe noch die Große, die zu sechs bis sieben Tassen, aber Cosimo kann sich nicht daran erinnern, sie jemals benützt zu haben. Er versucht, eine Liste von sechs Menschen zu erstellen, die mit ihm Kaffee trinken könnten: seine Mutter, die Signora Pina. Das war's, Ende der Liste. Außerdem hat die kleine

Maschine den Vorteil, dass sie dauernd in Gebrauch ist, und man weiß ja, dass der Kaffee besser gelingt, wenn die Maschine kurz zuvor in Einsatz war. Umgekehrt wird der Kaffee bei einer nie benutzten Maschine ekelhaft schmecken. In solchen Fällen lohnt es sich gar, einen ersten Kaffee zu machen und wegzuschütten. Aber auch das bringt nicht viel, man muss es aufs Neue versuchen, und da kann man es auch gleich bleiben lassen. Je seltener du sie benützt, die Kaffeemaschine, umso weniger benützt du sie. Gleichzeitig aber braucht Cosimo eine ordentliche Portion Morgenkaffee, die kleine Maschine reicht gerade mal eben aus. Und das Kind? Cosimo weiß nicht, wie er das mit dem Kind halten soll. In welchem Alter beginnt man, Kaffee zu trinken? Ob es auch gern ein wenig hätte? Sicherlich nicht. Also braucht es auch die große Kaffeemaschine nicht. Cosimo könnte sie sogar verschenken oder wegschmeißen. Eine mittlere allerdings, eine Kaffeemaschine zu vier Tassen, die könnte ihm nützlich sein. Er selbst würde die Hälfte trinken, der Rest wäre für die Gäste. Seine Mutter, die Signora Pina, das Kind, falls es möchte; oder eben die, wenn sie wiederkommen, um das Kind abzuholen. So eine Maschine könnte, manchmal, vielleicht, durchaus dienlich sein. Genauer bedacht, allerdings, würde sie wohl enden wie die Große: nie benützt. Für Cosimos Bedarf sollte die kleine Kaffeemaschine reichen.

Bis der Kaffee so weit ist, setzt Cosimo sich hin und versucht, die letzten Schlafreste zu vertreiben. Er hat sich bereits darauf eingestellt, zu spät zur Arbeit zu kommen. Einmal ganz abgesehen davon, dass inzwischen ganz sicher kein Kunde auftauchen wird, ist Cosimo stolz darauf, von Arbeitszeiten unabhängig zu sein. Er muss sich vor niemandem verantworten. Das ist auch der eigentliche Grund, wieso er die Werkstatt nie aufgelassen hat, auch wenn sie nicht genügend Gewinn abwirft. Es ist sicher nicht seine Arbeit, die ihn über die Runden bringt. Dabei muss er keine Miete zahlen für die Werkstatt und hat, außer den Steuern, keine weiteren Ausgaben, für Angestellte nicht, und seine eigene Arbeit kostet ihn nichts. Cosimo ist kein Verschwender, im Gegenteil: Die Hinterlassenschaft seines Vaters hat weit länger als vorhersehbar gereicht. Sicher, seit die Rentenersparnisse seines Vaters aufgebraucht waren, liefen die Dinge schlechter. Sehr schlecht, in den letzten Monaten.

Deswegen hat er auch zugesagt, das Kind zu sich zu nehmen. Er hatte keine Wahl. Es gefällt ihm überhaupt, die Risiken einzugehen, die er eingeht, er, der sein Leben lang nichts riskiert hat. Einmal abgesehen davon, dass die dich wegen gewisser Dinge nur fragen, wenn sie bereits vorher wissen, dass du mit Ja antworten wirst. Und Cosimo haben sie ausgewählt, weil es im ganzen Dorf keinen gibt, der geeigneter wäre, das Kind zu übernehmen. In Calcara ist er der Einzige, der wirklich verschwiegen ist, kaum Verbindungen hat, kaum Freunde, wenig Verwandte. Und zu denen, die er hat, hält er nur sporadisch Kontakt, aus reiner Höflichkeit. Cosimo ist nicht neugierig auf das Leben der anderen und die anderen sind nicht neugierig auf seines. Das geht in Ordnung so für ihn, und offensichtlich auch für die anderen. Außerdem ist da noch die Sache mit seinem Ruf. Cosimo glaubt zwar nicht, dass der bei ihrer Entscheidung eine Rolle gespielt hat. Vielleicht wissen sie gar nichts davon. Und falls sie davon wissen, scheren sie sich einen Dreck darum. Sicherlich aber hat das Gerede gewisser Leute dazu beigetragen, dass Cosimo jetzt die ideale Person ist für einen solchen Auftrag.

Die Kaffeemaschine hat begonnen zu gluckern. Cosimo dreht die Gasflamme kleiner, damit der Kaffee nicht verbrennt. Wie er die Schranktür aufmacht und eine Tasse herausholt, tut er das ziemlich laut. Mit Absicht, er will gehört werden. Es wird Zeit, die Sache mit dem Kind ernst zu nehmen. Der Lärm wird es wecken, falls es noch schläft. Den Weg zur Tür geht Cosimo diesmal mit schweren Schritten, die belegen sollen, dass er Herr der Situation ist. Er bückt sich und schaut durch die Katzenklappe hindurch auf die andere

Seite. Die Frischhaltebox steht da, Cosimo nimmt sie an sich. Das Kind hat nur die Hälfte gegessen, vielleicht weil es die Finger dazu nehmen musste. Cosimo bedauert das: Vielleicht hätte er ihm einen Löffel geben sollen. Aber auch aus einem Löffel kann eine Waffe werden. Morgen, falls es sich gut benimmt, wird er ihm einen geben, vielleicht.

Die an die Katzenklappe hingestellte halbvolle Frischhaltebox könnte bedeuten, dass das Kind Hunger hat und frühstücken möchte. Cosimo wärmt die Milch auf. Tags zuvor ist er in den Supermarkt gegangen und hat eine große Menge Milch und Frühstücksgebäck gekauft. Zwölf Packungen Milch und ein Wagen voll mit Merendine, einzeln in Plastik abgepackte Hörnchen, Halbmonde und Minicroissants, insgesamt mindestens vierzig Stück. Cosimo weiß nicht, ob er sich in den nächsten Tagen auf das vorgekochte Essen seiner Mutter verlassen kann, er selbst aber kocht äußerst ungern, und so hat er beschlossen, dass das Kind eben Merendine oder Vorgefertigtes essen wird. Die Supermarktverkäuferin, die ihn ja kennt, hat beim Anblick all der Süßigkeiten ihre Überraschung nicht versteckt können. »He!«

Cosimo hat seinerseits mit einem Laut geantwortet, der nichts bedeutet. »Eh.«

»Das ganze Zeugs …«

»Eh.«

Dieser zweite Laut jetzt hatte sehr wohl eine Bedeutung, war brüsker, und beinahe so deutlich, als hätte er gesagt: *Ist meine Sache*. Weil aber Cosimo eigentlich nicht der Typ ist für Rauheiten dieser Art, hatte er sich genötigt gefühlt, etwas zu erfinden.

»So muss ich mir zwei Monate lang keine Sorgen mehr machen.«

Er hatte den Satz kaum zu Ende gesprochen, da schien ihm dieses *keine Sorgen mehr* ein Riesenblödsinn. Aber jetzt war es bereits gesagt.

Auch der Kassiererin schien es blöd vorzukommen, jedenfalls nahm sie wortlos die Geldscheine, die Cosimo ihr seit ein paar Sekunden hinhielt.

Inzwischen liegen die Merendine gestapelt in einem Fach des Speiseschrankes. Er hat zwei Sorten gekauft. Für das heutige Frühstück wählt Cosimo ein Hörnchen aus. Sobald er glaubt, die Milch sei warm genug, gießt er sie in eine Tasse und stellt Tasse und Hörnchen auf ein Tablett. Wie er aber damit vor der Tür steht, fällt ihm ein, dass die Katzenklappe zu eng ist, also stellt er das Tablett ab und schiebt erst die Tasse, dann die Merendina durch.

Er hat sich kaum wieder aufgerichtet, da hört er auch schon Schritte auf der anderen Seite, das erste echte Lebenszeichen des Kindes. Es sind leichte Schritte. Cosimo versucht, sich daraus eine Vorstellung von Alter und Größe des Kindes zu machen, aber es will ihm nicht recht gelingen. Dann halten die Schritte an. Zwischen Cosimo und dem Kind ist wenig mehr als ein Meter Abstand. Und die Tür, natürlich, zwischen ihnen. Wieder Schritte. Cosimo stellt sich das Kind vor, wie es sich bückt, um das Frühstück aufzuheben, wie es sich an den kleinen Tisch setzt, um zu essen. Er möchte ihm etwas sagen. Er könnte ihm sagen, dass er jetzt gehen muss. Aber das wäre fehl am Platz. Das wäre ein Gespräch zwischen Vater und Sohn, Ehemann und Ehefrau, einer Familie, die sich täglich sieht. Sie beide hingegen kennen sich nicht, das Kind weiß nicht einmal, wo es sich befindet. Es wäre also nicht der richtige Weg, um ihre Beziehung zu beginnen, die sie notgedrungen in den nächsten Tagen haben werden. Und weil ihm sonst nichts einfällt, zieht Cosimo es vor zu schweigen.

Er geht in sein Zimmer und zieht sich an. Nimmt die Frischhaltebox und das Küchentuch, die Mutter will sie wiederhaben. Dann bleibt er in der Tür stehen und fragt sich, ob er gerade dabei ist, etwas zu vergessen. Er glaubt nicht.

Auf dem Weg zur Werkstatt gibt es heute eine Variante: Er muss am Zeitungskiosk vorbei. Kaum sieht er Cosimo, bewegt der Zeitungsverkäufer eine Hand unter den Ladentisch, im Vertrauen darauf, dass die Zeitungsstapel seine Hand verbergen. Was aber nur zum Teil der Fall ist. Der Zeitungsverkäufer ist offensichtlich alarmiert, weil Cosimos Besuch an einem nicht vorgesehenen Tag stattfindet. Weswegen er losredet, noch bevor Cosimo ihn etwas fragen kann.

»Die *Settimana Enigmistica* ist noch nicht gekommen.«

»Nein, nein. Den *Giornale di Sicilia*, bitte.«

Der Zeitungsverkäufer gibt ihm den *Giornale*, wirft aber zuerst noch schnell einen Blick auf die Titelseite und versucht, die Meldung zu finden, die Cosimo dazu gebracht haben mag, heute zum allerersten Mal diese Tageszeitung zu kaufen. Jedenfalls in seinem Zeitungsladen. Auf die Schnelle kann er nichts Auffälliges entdecken, deswegen kassiert er die neunzig Centesimi auch ohne Kommentar.

Kaum sitzt Cosimo wieder im Auto, hält er es nicht länger aus, er muss sofort nachsehen. Titelseite, nichts. Inland, nichts. Regionalseiten, nichts. Provinz Palermo, nichts. Keine Meldung zu dem Kind. Könnte es sein, dass sie noch nichts bemerkt haben? Kaum möglich. Was dann? Höchstwahrscheinlich wird die Nachricht zurückgehalten, auf jeden Fall für den Augenblick. Entweder weiß die Polizei schon von der Sache und will im Geheimen ermitteln, oder die Familie hat es vorgezogen, niemandem etwas zu sagen und zu versuchen, das Ganze auf privatem Wege zu regeln. Alles möglich.

Cosimo überfliegt noch einmal die Seiten, um zu sehen, ob ihm etwas entgangen ist, danach schaut er auf die Uhr und stellt fest, dass es spät geworden ist. Bei all dem Hin und Her hat er eine ganze Stunde verloren. An der Werkstatt könnte jemand auf ihn warten. Auf dem letzten Teil seiner Fahrt gibt er Gas, um etwas Zeit aufzuholen. Sobald die Werkstatt in Sicht kommt, stellt er fest, dass niemand auf ihn wartet, also kann er sich Zeit lassen beim Einparken.

Er öffnet den Rollladen, holt den Stuhl heraus und sucht sich einen Platz, der möglichst lange im Schatten liegen wird. Heute muss er, anders als sonst, den *Giornale di Sicilia* lesen. Sobald sich herausgestellt hat, dass die Meldung, die ihn am meisten interessiert, nicht zu finden ist, blättert er nur mehr sehr zerstreut in der Zeitung. Es hat seinen guten Grund, dass er nie eine Tageszeitung kauft: Normalerweise interessieren ihn die Artikel nicht im Geringsten. Er liest die Schlagzeilen, und nicht einmal die alle, und gut ist. Er ist schnell durch damit.

Seine Lieblingslektüre ist die *Settimana Enigmistica*, die *Rätselwoche*. Selten nur lassen sich Rätsellösen und Radiohören miteinander vereinbaren, gleichzeitig genießen; Cosimo ist einer, der die Dinge lieber nacheinander tut. Am Radio liebt er vor allem das Geplauder. Und so einem Geplauder muss man aufmerksam zuhören. Unvorstellbar, nebenbei ein Kreuzworträtsel zu lösen. Die Radionachrichten mag er auch, er liebt es zu beobachten, wie die Meldungen und Beiträge von Ausgabe zu Ausgabe sich minimalst verändern. Und er mag gewisse Morgensendungen, in denen ununterbrochen geredet wird. Vor allem die Sendung für die Lkw-Fahrer.

Was die *Settimana Enigmistica* betrifft, so hat Cosimo sich ein minutiös-progressives System erarbeitet. Minutiös, gewissenhaft, weil er so eine ganze Woche lang an ihr arbeiten kann. Progressiv, schrittweise, weil er sie sozusagen schichtweise liest. Zu Beginn blättert er die *Settimana Enigmistica* komplett durch und liest dabei nur die einzelnen Witze, die links oder rechts unten abgedruckt sind. Dieser erste Durchgang dient ihm auch dazu zu überprüfen, ob es Neuigkeiten bei den Rubriken oder in der Grafik gibt. Was aber nie der Fall ist. Die letzte Neuigkeit betraf, vor vielen Jahren, das Verschwinden der beiden Zeichnungen mit dem *Tenero Giacomo*, dem *Kleinen Herrn*

Jakob. Er hatte erwartet, dass sie in den nächsten Nummern wieder auftauchen würden, was aber nicht der Fall gewesen war, schließlich fügte er sich in diese Art von Umsturz, den er allerdings für überstürzt hielt; am Ende vermutete er gar, der Zeichner sei verstorben. Seit damals überprüft er als Allererstes jeweils, ob einige Klassiker, darunter *Susis Problem* und *Die Anthologie des Ödipus*, immer noch im Heft sind. Nicht, weil das seine Lieblingsrubriken wären; aber allein die Tatsache, dass es sie noch und auf immer geben wird, tröstet ihn.

Die Lektüre der *Settimana Enigmistica* wird auf den Seiten mit den Anekdoten und Kuriositäten fortgesetzt, egal, ob sie nun bebildert sind oder nicht. Jede der Folgen auf diesen Seiten ist laufend durchnummeriert. Aus der Zahlenfolge – 51293, 51294 – leitet Cosimo ab, dass es diese Rubriken bereits seit der ersten Ausgabe geben muss, sehr lange aber auf jeden Fall. Und ein genaues Studium der Nummerierung der Rubriken *Anekdoten* und *Da und dort gelesen* ergibt, dass es sich dabei eigentlich um eine einzige Rubrik handelt, die auf verschiedene Seiten verteilt wird, wohl aus technischen Gründen. Irgendwann einmal hat Cosimo sich gefragt, wozu diese Nummerierungen gut sein sollen, und sich daraufhin so etwas wie ein riesiges Archiv bruchstückhaften Wissens vorgestellt, auf das die Redakteure Woche für Woche zurückgreifen.

Diese Rubriken sind die Pfeiler, auf die sich Cosimos Bildung stützt. Er hat zwar die Schule nur bis zur fünften Klasse besucht, aber die mehr als zwanzigjährige Lektüre einer Rätselzeitschrift wie *Settimana Enigmistica* hat ihn mit einem ebenso weit gestreuten wie größtenteils nutzlosen Wissen versorgt, von dem man allerdings nicht wissen kann, ob es nicht doch, eines Tages, von Nutzen sein wird.

Der dritte Durchlauf der *Settimana Enigmistica* dient der Verarbeitung der Ratespiele. Seine Lieblingsrubriken in diesem Bereich sind *Wenn ihr nicht von selbst draufkommt…, verrat ich's euch; Wahr oder falsch?* und *Wer war's?*, weil sie die Antworten gleich am Fuß der Seite abdrucken und für die Lösung nicht auf die letzten Seiten oder gar aufs nächste Heft verweisen. Cosimo erträgt die Vorstellung nicht, eine Woche lang auf die Auflösungen zu warten; in solchen Fällen verzichtet er lieber ganz auf sie. Nicht ganz so beliebt wie die anderen, aber trotzdem immer wieder auf der Liste ist *Die Lust am Wissen*. Vollkommen unverständlich hingegen ist die Spalte mit den *Absonderlichen Fragen*. Frage Nummer 14250 zum Beispiel: *Was ist eine Reklamation?* Antwort: *Unfehlbare Methode, um die Dinge so zu belassen, wie sie sind.* Diese Art von Humor erschließt sich Cosimo nicht.

Der nächste Lektüredurchlauf ist ausschließlich den Seiten mit den Witzen gewidmet. Einzelseiten, Doppelseiten (die *Anthologie der guten Laune* zum Beispiel), bebildert wie unbebildert (*Gequält gelacht*), oder ähnliche Rubriken wie *Die Geschichten von Carlo und Alice*. Dieser Lesestoff stellt ein kleines Unterhaltungszwischenspiel dar, das seinen Höhepunkt regelmäßig auf der Doppelseite *Kleine Aufmunterung des Geistes, zwischen einem Rätsel und dem anderen* findet. Cosimo liest die Witze auf den beiden Seiten in unsystematischer Reihenfolge, sodass er am Ende immer den Verdacht hat, einen ausgelassen zu haben; er überprüft das dann, kann aber selten einen vergessenen Witz finden.

Sodann folgen die Spiele, die in keine der vorherigen Kategorien passen: *Was wird das?*, *Die bezifferte Spur*, *Die Zielscheibe*, *Verwickelte Wörter*, *Schärft den Blick*, *Der Vergleich*, *Konzentrische Rahmen*, *Die Nachfolge*.

Schlussendlich die Kreuzworträtsel. Von den Favoriten wie *Die Erleichterten*, *Die Kryptographischen* oder den Silbenrätseln bis zu den, sagen wir, normaleren. Außen vor bleiben ein paar Rätsel, die unnötig verkompliziert wurden: das *Mosaik*, die *Schlange*, die *Kette*. Das Ausfüllen der Kreuzworträtsel wird in die Länge gezogen, so sehr, dass sie bis zum Erscheinungstermin des nächsten Heftes reichen. Sobald er bemerkt, dass er etwas zu früh dran ist, verringert Cosimo die Geschwindigkeit, indem er die Anzahl der Pausen und den Umfang des Radiohörens erhöht.

Gänzlich von der systematischen Lektüre ausgeschlossen werden sämtliche Bilderrätsel, die Preisausschreiben auf den Mittelseiten sowie, rigoros, das Fotorätsel *Eine Reise nach…?*, wo man anhand des Fotos einer italienischen Stadt diese auch erraten sollte, was Cosimo nie gelingen wird, hat er doch Calcara in seinem Leben nur verlassen, um nach Palermo oder in eines der umliegenden Dörfer zu fahren.

Für heute sieht das Tagesprogramm die Besteigung des Kreuzworträtselberges vor. Cosimo sucht und findet einen Bleistiftstummel, der noch gespitzt werden muss. Dabei verwendet er ein kleines Messer, eine Art Rebmesser, das er ausschließlich zu diesem Zwecke benutzt. Am Ende hat der Bleistift eine gleichmäßige scharfe Spitze.

Cosimo macht sich an die Arbeit. Sein neues System sieht vor, im Schnellgang erst alle horizontalen, dann alle vertikalen Suchbegriffe zu überfliegen und dabei alle sicheren Lösungen bereits einzutragen. Zwei Buchstaben, *In mezzo al mare*. Alter Trick, einfache Lösung. Die zwei Buchstaben mitten im Meer. *Un salame… che miagola, Eine Salami… die miaut.* Cosimo weiß, dass die Auslassungspünktchen auf einen Scherz hinweisen, oder auf ein Wortspiel, häufig gar auf beides. Es ist nicht schwierig. Er kennt die Lösung und könnte weitermachen, wenn es ihm gelingen würde, sich zu konzentrieren.

Aber er denkt immer wieder an das Kind statt an das Kreuzworträtsel, es gehen ihm Gedanken durch den Kopf, die nichts mit der Sache zu tun haben. Bei jedem vorüberfahrendem Auto hebt er den Kopf, jeder Passant ist Vorwand genug, um sich ablenken zu lassen. Die Signora Tumminello kommt den Bürgersteig entlang, mit zwei Einkaufstüten beladen, auf seiner Straßenseite. Sie sieht ihn und sieht, dass auch er sie beobachtet. Einen kurzen Augenblick lang zögert sie, hält fast an, schließlich aber geht sie weiter. Macht ein paar Schritte und überquert dann die Straße. Seltsam, weil die Signora Tumminello eigentlich auf seiner Seite der Straße wohnt und kaum Grund hat, schwer beladen, wie sie ist, den Nachhauseweg unnötig zu verlängern. Es sei denn, sie möchte sich die Auslage des Haushaltsartikelgeschäftes gegenüber ansehen. In der Tat hält sie dort an und schaut. Also wird es so sein, auch wenn der Halt der Signora Tumminello vor dem Schaufenster nur ein paar Sekunden lang dauert. Als sie die Straße wieder überquert, ist sie bereits an Cosimos Werkstatt vorbei. Sie nicken sich aus der Entfernung zu, schließlich verschwindet die Signora Tumminello in ihrem Eingang und Cosimo kann zu seinem Kreuzworträtsel zurückkehren.

Aber es ist, wie man sieht, nicht sein Tag, er kommt nicht weiter als bis zu der Salami, die miaut. Er liest den Suchbegriff noch einmal nach, denkt dabei aber an anderes. An das Kind, an das Abendessen, daran, wohin das Paar grüner Socken verschwunden sein mag. In Fällen wie diesen hilft nur das Radio. Er macht es an. Werbespots, die Wettervorhersage. Einen guten Teil des Jahres über verfolgt Cosimo aufmerksam die Wetterberichte. Er schätzt es, über das Wetter des folgenden Tages Bescheid zu wissen. Aber seine Aufmerksamkeit für den Wetterbericht flaut mit dem Heraufziehen des Sommers deutlich ab. Jetzt zum Beispiel, Ende Juni, hört er gar nicht hin. In Calcara hat die ewig gleiche Jahreszeit begonnen, die sich immer selbst ähnelt. Es gibt keine Hoffnung darauf, dass am nächsten Tag ein anderes Wetter herrscht als an diesem oder am Vorhergehenden. Es ist, es war und es wird heiß sein. Gestern, heute und morgen, von Mai bis September. Heiß. Und, an manchen Tagen, sehr heiß. Tatsächlich schiebt Cosimo den Stuhl, auf dem er seinen Tag verbringt, ab Anfang Mai etwas in die Werkstatt hinein, immer auf der Suche nach Schatten. Und immer noch auf der Suche nach Schatten verschiebt er ihn den ganzen Tag über. Schaut dabei jedes Mal auf die Uhr und kann so exakt verfolgen, wie die Tage zunehmend länger und kürzer werden. Und was bis vor wenigen Tagen ein erträgliches Plätzchen knapp hinter der Schwelle war, liegt jetzt in der prallen Sonne. Cosimo verstellt seinen Stuhl noch einmal und redet mit sich selbst, weil ja sonst keiner da ist.

»Diese Sonne.«

Alles in allem ist es dieses Jahr noch gut gegangen, es gab noch keinen einzigen Schirokkotag. Cosimo sorgt sich vor allem vor dem Ausbruch des Schirokkos. Und dazu sollten diese Wetterberichte eigentlich gut sein. Dass sie vorhersagen: Morgen Südostwind, Schirokko. Oder: Libeccio, Südwestwind. Das würde ausreichen, um die sommerlichen Wetterberichte wenigstens halbwegs sinnvoll werden zu lassen. Aber nein, im besten Falle werden steigende Temperaturen angekündigt. Es ist wohl so, dass die Meteorologen nicht imstande sind, die Extravaganzen der Winde vorherzusagen. Und solange sie dazu nicht in der Lage sind, könnten sie im Sommer genauso gut alle in Urlaub fahren; wenn der Schirokko kommt, kommt er ohne Vorankündigung und mit ihm der Irrglaube, er dauere einen, drei, fünf, auf jeden Fall aber eine ungerade Anzahl von Tagen an. Aber: Wenn der Schirokko, der Südostwind, in Calcara ankommt, hat er die Reise übers Meer gerade erst hinter sich und neigt dazu, in Calcara so lange wie nur möglich zu verweilen, als ob er die Energien, die er bei der Meeresquerung verloren hat, wieder zurückgewinnen möchte, um sie umso stärker Richtung Norden, vor allem aber auf Palermo zu, loszulassen. An solchen Tagen lässt sich der Schirokko in Calcara nieder und macht es zum Hauptquartier seiner Unternehmungen. Er kommt einen Tag früher und geht einen Tag später. Und vor allem hält er eben nie für einen, drei oder fünf Tage an. Cosimo beobachtet das genau, er zählt die Tage mit. Und es sind immer zwei oder vier oder sechs, manchmal auch mehr, immer aber eine gerade Zahl.

Sinnlos, wie sie im Sommer sind, gehen die Wettervorhersagen im Radio schnell vorüber. Es folgt wieder Werbung, dann endlich beginnt die Sendung für die Lkw-Fahrer, eines seiner Lieblingsprogramme. Die Sendung wird eigentlich von den Lkw-Fahrern gemacht, die anrufen, während sie am Steuer sitzen, auch wenn man das, wie der ein oder andere beichtet, eigentlich gar nicht dürfte. Es meldet sich der erste Lkwler und der Moderator wiederholt seinen Namen, als ob der besonders schön oder originell wäre.

»Alfredo.«

»Alfredo …!«

Es klingt sogar danach, als ob der Moderator noch etwas hinzufügen möchte, sich dann aber doch noch zurückhalt, weil das Thema unter Umständen zu weit führen könnte. Also wiederholt er nur den Namen. Und fragt nach. »Von wo aus rufst du uns an?«

»Aus Sirmione«, antwortet der Lkwler.

»Sirmione!«, wiederholt der Moderator wieder, als sei er selbst in Sirmione geboren oder hätte einen nicht unbedeutenden Teil seines Lebens da gelebt. Und tatsächlich kann er sich diesmal nicht mehr zurückhalten. »Catullo!«, schickt er nach.

Mehr sagt er nicht, allein die Kombination dieser beiden Worte sagt schon alles. Ist ja wahr: Sirmione erweckt Erinnerungen. Muss im Veneto liegen oder irgendwo in der Lombardei. An einem See. Catullo und Sirmione sind zwei Namen, die in der *Settimana Enigmistica* immer wieder vorkommen. Cosimo wäre gerne dort. So wie an all den anderen Orten, von denen die weiteren Lkwler sich melden.

»Arma di Taggia!«

»San Martino sul Panaro!«

»San Martino di Castrozza!«

»Mesagne, Provinz Brindisi!«

»Gualdo Tadino!«

»Radda im Chianti!«

Und jedes Mal in einem Ton, als ob ein jeder dieser Orte berühmt wäre, wegen einer Schlacht, der Unterzeichnung eines Waffenstillstandes, eines Weines oder eines bekannten Rezeptes.

Eines Tages sagte ein Lkw-Fahrer: »Calcara!«

Und Cosimo ist hellwach geworden, wollte sehen, ob nicht plötzlich direkt vor seinen Augen ein Lkw vorbeikommen würde, samt dem Fahrer mit einem Mobiltelefon am Ohr. Der Lkwler hat den Ort beschrieben, die Häuser, die Bäume, die Fabriken, die sehr zivilisierten Menschen, vor allem aber die Küche; Cosimo allerdings hatte den Eindruck, dass in den Beschreibungen des Lkwlers alles anders, besser, sehr viel schöner war als er, der hier wohnte, es sehen konnte. Höchstwahrscheinlich übertrieb der Lkwler, die Radiohörer würden ihm ja nicht auf die Schliche kommen. Cosimo war drauf und dran, beleidigt zu sein, da lieferte der Lkwler noch ein paar Details nach und schlussendlich stellte sich heraus, dass es sich um ein anderes Calcara gehandelt hatte, eines in der Provinz Bologna.

Die heutige Sendung allerdings macht keinen Spaß. Die anrufenden Lkwler sind alle gegen die Erdölindustrie, werfen ihr vor, die Benzinpreise zu erhöhen, wenn das Erdöl teurer wird, sie aber nicht zu senken, wenn das Erdöl billiger wird. Und die Differenz jedes Mal einzusacken. Der Moderator fragt bei allen nach, was die Lösung sein sollte, aber keiner kann ihm antworten.

Dann sagt einer: »Lösung hin, Lösung her, ich wüsste schon, was man mit denen tun sollte.«

Daraufhin schaltet Cosimo aus. Nicht einmal das Radio kann ihn noch ablenken. In genau drei Stunden hat sich kein einziger Kunde blicken lassen, niemand ist stehen geblieben, um ein paar Worte zu wechseln. In Cosimo steigt der Verdacht auf, dass der Blödsinn, der über ihn herumerzählt wird, längst Allgemeingut sein könnte. Aber dann, als sei diese Vorstellung nicht schon bedenklich genug, macht sich ein neuer, viel schlimmerer Verdacht breit: Vielleicht ahnen sie es, das mit dem Kind. Vielleicht hat es sich längst herumgesprochen im Dorf, und alle wissen davon. Dass er ein Kind gefangen hält in seinem Haus. Und jetzt machen sie einen Bogen um ihn, um zukünftigen Verwicklungen zu entgehen. Cosimo kennt sie: Keiner wird etwas sagen, keiner reden, und gleichzeitig wird er längst schon jeder nur möglichen öffentlichen Bosheit ausgeliefert sein.

Eines Tages hatte die Signora Pina ein Pornoheft zwischen seinen Betttüchern gefunden. Er hatte es da vergessen, am Vorabend. Die Signora hatte sich darauf beschränkt, das Heft auf den Nachttisch zu legen, einige Hefte der *Settimana Enigmistica* obendrauf. Bei seiner Rückkehr hatte er die Sache bemerkt und sich wegen seiner Zerstreutheit verflucht. Das Heft noch einmal zur Hand genommen und durchgeblättert, in dem Wissen, dass auch die Signora Pina darin geblättert hatte. Die Fotos, die er jetzt sah, hatte auch sie gesehen. Jedes dieser Bilder war ein Stich ins Herz; Cosimo kannte Signora Pina so gut wie gar nicht, aber er hielt sie für eine sehr ernste und strenge Frau, und er konnte sich vorstellen, was sie jetzt von ihm dachte. Das Heft war auf nichts spezialisiert, es war von allem etwas dabei. Wenn er aber an die beiden Fotos dachte, die zwei Halbwüchsige am Meer zeigten, war er doch beunruhigt. Zwei Kinder, beinah. Sie waren nackt, und an und für sich war da nicht mehr, kein Geschlechtsakt in Gang. Aber es waren zwei Minderjährige, und aus dem Zusammenhang heraus wusste man, wieso sie dort waren, was sie also eben getan hatten, oder was sie gleich tun würden. Zweifellos war die Signora Pina längst überzeugt davon, dass er einer von denen war, die sich beim Anblick nackter Kinder erregen. Es ist zudem sicher, dass die Signora Pina die Entdeckung des Pornoheftes keinen halben Tag lang für sich behalten haben wird, dass sie sofort losgezogen ist, um es herum zu erzählen, vor allem das von den beiden Kindern. Und so ist es wahrscheinlich, dass er in Calcara bereits seit einiger Zeit den Ruf eines Pädophilen hat, zusätzlich zu dem, was sonst noch über ihn umgeht. Es kann also gut sein, dass die Leute genau wissen, dass er ein Kind im Haus hat, während er dasitzt, Kreuzworträtsel löst und Radio hört. Und was er mit ihm macht, können sie sich leicht ausrechnen.

So denkt er hin und her, und so vergeht nach dem Vormittag auch der Nachmittag. Gegen Abend schaut er bei der Mutter vorbei und gibt ihr Frischhaltebox und Geschirrtuch zurück. Er hat es eilig, nach Hause zu kommen.

»Ich muss mich sputen.«

»Ach was. Setz dich einen Augenblick.«

Cosimo setzt sich, weil er sich ausrechnet, dass es schneller geht, wenn er sich hinsetzt, als wenn er darüber zu diskutieren beginnt, ob er sich hinsetzen soll oder nicht. Außerdem würde es, in jedem Fall, früher oder später, damit enden, dass er sich setzt.

»Und, was sagt man so?«, beginnt die Mutter das Gespräch.

»Was soll man schon sagen? Nichts Besonderes.«

»Zu Hause alles in Ordnung?«

»Alles.«

»Und das Rohr?«

Manchmal wird Cosimo den Verdacht nicht los, dass seine Mutter ihn auf den Arm nimmt. Wenn sie ihn nach dem Rohr fragt, zum Beispiel. Die Geschichte stammt noch aus der Zeit, als er beschlossen hatte, allein in das Haus am Land zu ziehen. Heute noch fragt er sich, wie es dazu kam, dass er diesen Entschluss gefasst hat, schließlich gab es keinen konkreten Auslöser, keinen Streit, nichts, was ihn besonders dazu getrieben hätte. Eine Ausrede, höchstens. Er hatte seiner Mutter gesagt, er ziehe, vorläufig, ins Haus, um ein Auge auf ein Rohr zu haben, das lecke und unter Umständen das ganze Haus unter Wasser setzen könnte. Anfänglich hatte er nur Wäsche zum Wechseln für ein paar Tage mitgenommen und es so gehalten wie mit dem Essen, war Abend für Abend bei seiner Mutter vorbeigegangen, hatte saubere Unterhosen und ein Paar Socken eingepackt und ein paar schmutzige zum Waschen dagelassen. Später hat er zwar die Wäschemenge etwas erhöht, aber die Schubladen in seiner Wohnung sind so immer noch recht leer. Er holt sich jeden Nachmittag Nachschub, sobald er von der Arbeit kommt. Alles andere an Kleidung und die Schuhe hat er nach und nach und komplett mitgenommen. So musste er mit seiner Mutter nie offen über den Umzug sprechen. Nach ein paar Monaten hat sie sogar damit aufgehört, ihn zu fragen, wann er denn wieder nach Hause zurückkehre. Trotzdem ist da nach vier Jahren in dem Blick seiner Mutter immer noch der vage Vorwurf, er habe sie allein gelassen. Cosimo weiß das, geht aber nicht weiter darauf ein, weil er gleichzeitig weiß, dass dieser vorwurfsvolle Blick seiner Mutter nur eine Gewohnheit ist, die sie nichts kostet; wenn sie das Thema wirklich angehen wollte, hätte sie kein Problem damit. Vielleicht hängt diese schmollende Vorwurfsmiene ja gar nicht damit zusammen, dass er sie allein gelassen hat, sondern bezieht sich auf das versammelte Unrecht, das er ihr im Laufe seines Lebens angetan hat.

Man trifft sich immer bei ihr; seit er alleine lebt, hat er sie nur ein einziges Mal in sein neues Haus eingeladen. Damals hat seine Mutter eine Serie von Bemerkungen gemacht, zu Unordnung, Wohnungsputz und Möbelaufstellung.

»Du bringst mich ganz durcheinander …,« hat sie dann gesagt.

Cosimo hat ihr zugehört, er hat sogar ein Sofa umgestellt, dahin, wo sie es haben wollte; aber seither hat er sie nie mehr eingeladen, und die Mutter hat nie zu erkennen gegeben, dass sie ihn noch einmal besuchen will. Wahrscheinlich sieht sie es folgendermaßen: Die neuen Lebensumstände ihres Sohnes sind ohne ihre Erlaubnis zustande gekommen und deswegen existieren sie gewissermaßen gar nicht. Also zieht sie es wohl vor, so zu tun, als ob nichts wäre, als ob ihr Sohn immer noch das lecke Rohr kontrolliere. Tatsächlich ist das Rohr bereits vor vier Jahren repariert worden, seit vier Jahren müsste man eigentlich nicht mehr davon reden. Und trotzdem fragt sie ihn ab und zu nach dem Rohr. Cosimo schweigt und überlegt, ob sie ihn auf den Arm nimmt. Nein, sagt er sich dann.

»Das Rohr …«, sagt er.

Womit er sagen will, dass sich die Sache mit dem Rohr seit Zeiten erledigt hat. Aber sie hat da noch einige Zweifel.

»Man muss vorsichtig sein, mit solchen Dingen, wenn so ein Rohr einmal anfängt, kaputt zu gehen, geht bald das ganze Haus kaputt. So endet das, wenn man nicht aufpasst.«

»Eben …«

»Passt du drauf auf?«

»Auf was?«

»Wie, auf was? Auf die Dinge, von denen ich mit dir spreche. Hörst du mir überhaupt zu?«

»Ich pass auf, ich pass schon auf …«

Die Mutter wechselt das Thema. »Und was isst du heut Abend?«

Eigentlich und von sich aus hätte er nicht den Mut gehabt, davon zu reden. Aber wenn sie damit anfängt, ist das etwas anderes. »Ich weiß es noch nicht.«

»War er gut, der Brociolone?«

»Sehr gut. Und überhaupt: Danke.«

Eigentlich hätte sich Cosimo sofort bedanken sollen, kaum angekommen, aber er war etwas zerstreut. Wie jetzt auch. Er sieht auf den Fernseher, der stumm eine Matratzenverkaufssendung überträgt.

»Na, gottseidank schmeckt dir ja noch, was deine Mutter dir kocht …«

»Ich hab vergessen, mich zu bedanken.«

»Wichtig ist ja nur, dass es dir geschmeckt hat.«

»Hat es. Es hat mir geschmeckt.«

»Und das hast alles du gegessen?«

»Mit wem zusammen hätte ich ihn denn essen sollen?«

»Was weiß ich denn? Mit irgendeinem Freund, irgendeiner Freundin …«

»Hab keine Freunde.«

»Mit einer Freundin dann eben.«

»Auch keine Freundinnen.«

»Kurz und gut: Du hast ihn gegessen.«

»Ich hab ihn gegessen.«

Die Mutter wartet ab, ob er noch etwas sagen will, dann fährt sie fort. »Heute hab ich Polpette gemacht. Magst du ein paar Polpette, ein paar nur, mit Sugo?«

Er mag diese Fleischklöße in der Soße. »Hast du denn genug?«, sagt er also.

»Wieso: Wie viele seid ihr denn?«

»Ich mein: Reichen die auch für dich?«

»Mach dir da einmal keine Sorgen.«

Die Mutter braucht ein paar Sekunden, um die richtige Frischhaltebox auszusuchen. Schließlich nimmt sie eine relativ große und füllt sie auf.

»So reichen die Polpette auch, falls noch jemand zu Besuch kommt.«

»Wer soll denn kommen?«

»Was weiß ich schon, wen du zu dir nach Hause einlädst? Du sagst es mir nicht, und ich will es nicht wissen. Und falls sie nicht reichen, machst du noch etwas Pasta dazu, und schon bist du auf der sicheren Seite. Du weißt, wie man die kocht?«

Cosimo könnte jetzt eigentlich vermuten, dass seine Mutter irgendetwas weiß, aber es ist unmöglich, dass sie auch nur etwas ahnt von dem Kind. Trotzdem fühlt er sich verpflichtet zu antworten.

»Ich bin allein.«

»Eh?«

»Ich ess allein, zu Hause.«

»Schon gut, schon gut. Du musst mir nichts erzählen. Also, reichen die Polpette?«

Es sind allemal zu viele.

»Wie viele hast du mir denn eingepackt?«

»Mach dir keine Sorgen. Iss, es tut dir gut.«

Die Mutter kontrolliert das Küchentuch, das ihr der Sohn zurückgebracht hat. Da ist ein kleiner Fleck.

»Tsss …, auf und auf voller Flecken.«

Sie schmeißt es zur Schmutzwäsche und nimmt ein neues, in das sie die Frischhaltebox einschlägt. Und als sie den Knopf macht, ist Cosimo an der Reihe. »Zieh ihn nicht zu eng.«

»Da kümmer du dich nicht drum, und überhaupt löst er sich sonst.«

Sie reicht ihm das Bündel mit dem verschwörerischen Gehabe derjenigen, die nicht alles wissen will, sondern sich damit begnügt, die Dinge zu erahnen. Sie umarmen sich, sie küssen sich, und er geht los.

Zu Hause ist alles so, wie Cosimo es verlassen hat. Zuallererst muss man das Kind verköstigen, das seit heut morgen nichts gegessen hat. Die Polpette al sugo reichen leicht für zwei. Er stapelt ein paar auf einen kleinen Teller, der problemlos durch die Katzenklappe passt. Und legt einen Plastiklöffel dazu. Löffel, damit es nicht mit den Fingern essen muss; aus Plastik, damit es nicht auf komische Ideen kommt.

»Hast du Hunger?«, fragt er durch die Tür.

Einige Augenblicke lang Stille und dann die Antwort.

»Ich habe Durst.«

Tatsächlich: Cosimo hat vergessen, ihm etwas zu trinken zu geben. Eigentlich will er schon los, um dem abzuhelfen, und doch bleibt er stehen, um zu hören, ob sich das Wunder der Kinderstimme wiederholt. Es ist eine dünne Stimme, voller Durst und Angst. Die Angst des Kindes macht Cosimo Mut, einen Augenblick lang gerät er gar in Versuchung, die Tür zu öffnen, um ihm ins Gesicht zu sehen. Dann überlegt er es sich doch anders und schiebt den Teller mit den Polpette durch die Katzenklappe. Und was das Wasser betrifft, so holt er eine ganze Flasche und schiebt sie hinterher. Darauf hört er, wie auf der anderen Seite das Kind vom Bett springt und eilig nach der Wasserflasche greift. Cosimo wartet weiter hinter der Tür und versucht, die Geräusche des Kindes zu entziffern, wie es trinkt, ob es isst und ob ihm das Essen schmeckt. Ihm selbst, als er noch ein Kind war, schmeckten die Polpette ganz besonders. Sie schmecken ihm heute noch, und ihm wäre gerade sehr danach, aber er will damit lieber warten, bis das Kind fertig ist. Nach einigen Minuten hört es sich so an, als ob die Geräusche verstummt seien. Also fragt er nach.

»Bist du fertig?«

»Ja.«

»Möchtest du noch?«

»Nein.«

»Haben sie dir nicht geschmeckt?«

»Ich mag keine mehr.«

Cosimo bückt sich, er möchte Teller und Löffel schnell wieder zurückholen durch die Katzenklappe.

»Stell den Teller auf den Boden hin.«

Cosimo hält die Katzenklappe hoch und sieht einen Fuß und eine Hand, die Teller und Löffel trägt. Eine kleine Hand, ein kleiner Fuß, nicht kleiner oder größer, als er sie sich erwartet hatte. Auf dem Teller liegen noch eineinhalb Polpette, woraus man schließen kann, dass es keinen allzu großen Hunger hatte. Cosimo fällt das Brot ein, das er kaufen wollte.

»Wolltest du Brot haben?«, fragt er nach, obwohl es bereits zu spät ist.

»Jetzt nicht mehr.«

Vernünftige Antwort. Morgen muss er sich unbedingt daran erinnern, Brot zu kaufen.

Dann isst auch Cosimo. Und während er isst, denkt er darüber nach, was er dem Kind sonst noch sagen könnte, am Ende aber beschließt er, dass ihre Bekanntschaft Fortschritte genug gemacht hat. Für heute reicht es.

Drei

Als er aufwacht, denkt Cosimo zuerst an sich, und dann an das Kind. Und bekommt Lust, zum Kaffee eine dieser Merendine zu probieren. Als Kind war ihm solcher Art von Essen strikt verboten gewesen.

»Was ist denn das für ein Schweinerei?«, hatte seine Mutter gesagt.

Und damit war eine derart wirkungsvolle Sperrlinie errichtet, dass ihm dieses Schnellgebäck nicht einmal als Heranwachsender, der schrittweise seine eigenen Vorlieben entwickelte, begehrenswert erschien. Und wer weiß, wieso er ausgerechnet heute Lust darauf hat, eins zu probieren.

Ein kleiner Biss, noch einer. Es schmeckt nicht besonders, und die Aprikosenmarmelade, die einem auf der Verpackung versprochen wurde, stellt sich als mickriges Herzstück heraus, auf das er erst stößt, als er schon längst nicht mehr daran glaubt. Nachdem er die erste Merendina gegessen hat, ist ihm eigentlich danach, noch eine zu versuchen, eine in einer anderen Geschmacksrichtung, einfach um entscheiden zu können, welche weniger schlimm ist, welche er beim nächsten Mal kaufen soll. Zu guter Letzt verzichtet er doch auf die Vergleichsverkostung, es ist besser, die Merendine für das Kind aufzuheben.

Und überhaupt: Er macht die Milch warm und legt ihm drei Merendine dazu, immerhin bekommt es bis zum Abend sonst nichts anderes zu essen. Er schiebt alles durch die Katzenklappe und wartet. Aber es ist nichts zu hören von der anderen Seite. Vielleicht schläft es. Cosimo fragt laut nach.

»Schläfst du?«

Die Antwort kommt erst nach einigen Sekunden.

»Nein.«

»Magst du kein Frühstück?«

»Ich hol's mir gleich.«

Cosimo wartet, aber es geschieht nichts. Er bückt sich und sieht nach, ob die Tasse und die Merendine immer noch da stehen, wo er sie hingestellt hat.

»Magst du keine Milch?«

»Doch …, ja …«

»Soll ich etwas in die Milch geben? Kakao?«

Es gibt, um die Wahrheit zu sagen, keinen Kakao im Haus. Cosimo hofft, dass das Kind mit Nein antwortet.

»Nein. Höchstens etwas Zucker.«

Cosimo holt den Zucker und süßt nach. Endlich nimmt das Kind die Tasse und Cosimo kann sich um seine eigenen Angelegenheiten kümmern. Er macht den Fernseher an und wartet, zappt sich durch die Kanäle auf der Suche nach einer Nachrichtensendung. Findet eine, hört aufmerksam zu, vom Anfang bis zum Ende. Von entführten Kindern ist nicht die Rede. Drei Tage ist es jetzt in seinem Haus. Spätestens morgen müssten sie eigentlich kommen und es wieder mitnehmen. Als sie darüber sprachen, waren drei oder vier Tage vereinbart worden, mehr nicht.

»Die Zeit, um eine endgültige Unterbringung zu finden.«

Mehr haben sie nicht gesagt. Je weniger du weißt, umso besser ist es für alle, auch für das Kind, und für dich genauso, haben sie ihm klargemacht. Cosimo hat keine Fragen gestellt, aber er hat noch einmal erklärt, dass es ihm nicht möglich sei, das Kind für längere Zeit zu behalten.

»Es ist nur eine Frage von wenigen Tagen«, hatten sie ihm geantwortet.

Cosimo hätte es vorgezogen, sie hätten statt von *wenigen Tagen* noch einmal von *drei oder vier Tagen* gesprochen, einfach um präzise zu sein. Um sich die Dinge entsprechend einteilen zu können. Und er hatte noch auf seine Mutter und die Signora Pina hingewiesen. Aber sie wussten bereits alles und hatten an alles gedacht. Sie wussten, dass seine Mutter nie zu Besuch kam, und auch für die Signora Pina hatten sie eine Lösung. »Verschick sie eine Zeit lang.«

Das hatte Cosimo dann doch beunruhigt, immerhin kam die Signora Pina ja nur einmal in der Woche vorbei, und insofern bestand eigentlich keine Notwendigkeit, sie zu entlassen.

»Da reicht es doch, wenn ich ihr sage, dass sie die eine Woche nicht zu kommen braucht.«

»Nein nein, man weiß nie: Besser, du sagst ihr, dass du verreisen musst und dich bei ihr meldest, sobald du wieder zurück bist.«

»Aber sie sieht mich ja, vor der Werkstatt, man trifft sich auf der Straße …«

»Sag ihr, dass du dich bei ihr meldest, und basta.«

Nach diesem Gespräch hatte Cosimo begriffen, dass man sehr vorsichtig sein musste und dass der Zeitrahmen von drei oder vier Tagen nur grob zur Orientierung dienen konnte. Deswegen hat er im Supermarkt auch reichlich Merendine eingekauft, und aus demselben Grund ist er sich auch überhaupt nicht sicher, ob sie morgen das Kind abholen werden.

Was die Signora Pina betrifft, so hat es keine Probleme gegeben. Auch seine Mutter hatte ja immer wieder darauf gedrängt, sie zu entlassen. Sie hat sie nie akzeptiert; obwohl sie die Signora Pina nie gesehen hat, war es ihr nie ganz recht, dass jemand sich an ihrer Stelle um die Dinge ihres Sohnes kümmerte. Das Mindeste, was sie befürchtet, sind Hochzeitsabsichten vonseiten der Signora. Sie ist Witwe und kaum älter als vierzig, da ist es durchaus normal, dass sie sich wieder verheiraten will. Aber nicht mit ihm, zwischen ihnen beiden gab es nie auch nur die geringsten Vertraulichkeiten. Um sich Überraschungen zu ersparen, hat Cosimo ihr keinen Zweitschlüssel gegeben. Wenn er donnerstags das Haus verließ, legte er seinen eigenen Schlüssel unter den Topf, immer an dieselbe Stelle, und wenn sie ging, legte sie ihn wieder dorthin zurück. Die Signora Pina kam ins Haus, wenn er bereits fort war, und ging wieder, bevor er zurückkehrte. Cosimo sah sie lediglich einmal monatlich, wenn sie in der Werkstatt vorbeikam, um sich bezahlen zu lassen. Manchmal ließ er das Geld sogar auf dem Küchentisch liegen, so musste man sich überhaupt nicht sehen. Wenn sie sich etwas mitzuteilen hatten, Aufträge seinerseits, Putzmittelbestellung ihrerseits, schrieben sie sich kleine Zettel und legten sie gut sichtbar hin.

Als er ihr sagte, dass sie eine Zeit lang nicht mehr kommen sollte, hatte er den Eindruck, dass sie enttäuscht war. Sicherlich hatte sie geglaubt, dass Cosimo aus irgendeinem Grunde unzufrieden war mit ihr und ihr deshalb kündigte. So zumindest hatte sie sich verhalten.

»Ist etwas nicht in Ordnung?«, hatte sie gefragt.

»Nein, was soll nicht in Ordnung sein? Alles in Ordnung.«

»Also?«

»Nichts also.«

Die Signora Pina hatte geschwiegen, hatte sich aber auch nicht bewegt, sodass er sich gedrängt fühlte, doch noch etwas zu sagen. Und weil ihm nichts Besseres einfiel, musste die Ausrede herhalten, die sie ihm vorgeschlagen hatten.

»Ich muss verreisen.«

»Wohin denn?«

Signora Pina schien es für ausgeschlossen zu halten, dass Cosimo auf Reisen gehen sollte.

»Nach Rom.«

»Und was wollen Sie da, in Rom?«

Das war die eine Frage zu viel. Der Abstand zwischen ihnen beiden hatte bisher verhindert, dass es so weit kommen konnte. Cosimo wurde wortkarg.

»Familienangelegenheiten.«

Und damit war die Sache beendet. Die brüske Verabschiedung sollte eine zusätzliche Garantie sein, dass es vonseiten der Signora nie mehr zu Problemen kommen wird. Darum muss er sich nicht mehr kümmern.

Die Entscheidung, nicht bei seiner Mutter vorbeizugehen, trifft er ohne lange zu überlegen als er bereits unterwegs ist. Einerseits ist er erleichtert deswegen, andererseits beunruhigt, weil er sich erst dieser Tage wieder vorgenommen hat, ja nichts zu verändern, um keinen Verdacht zu wecken. Und trotzdem ist er heute nicht dazu in der Lage, hat nicht die geringste Lust auf Diskussionen mit seiner Mutter.

Also geht er von der Werkstatt direkt nach Hause. Er sollte eigentlich etwas kochen für sich und das Kind, aber er hat keine Lust dazu. Er zögert etwas, dann spricht er durch die Tür.

»Hast du gegessen?«

Keine Antwort von der anderen Seite. Er fragt nach.

»Schmecken dir die Merendine?«

»Ja.«

Das Kind könnte sich ruhig etwas anstrengen in der Verständigung angesichts der Tatsache, dass Cosimo versucht, freundlich zu sein, obwohl er eigentlich drauf pfeifen könnte. Und tatsächlich pfeift er jetzt drauf. Er geht zum Speiseschrank, nimmt alle übrig gebliebenen Merendine, kehrt zur Tür zurück und schiebt sie durch die Katzenklappe, immer ein, zwei aufs Mal. So wird das Kind unabhängig sein, kann so viel essen, wie es will, wann es will, und er hat eine Sorge weniger. Im Grunde ist das ja der Traum aller Kinder: Dreckszeug essen bei Tag und Nacht.

Sobald das Problem mit der Nahrungsversorgung gelöst ist, kann Cosimo das Kind eigentlich vergessen. Er setzt sich wieder vor den Fernseher, sucht nach einem Programm, das ihn interessieren könnte, entdeckt aber nichts und so findet er sich damit ab und schaut sich die Sendung an, die noch am wenigsten schlimm ist, eine Revue alter komödiantischer Sketche. Nichts Anspruchsvolles, Zeug, das er schon Dutzende Male gesehen hat, und trotzdem kann Cosimo sich nicht darauf konzentrieren, denkt an alles Mögliche. Er schnaubt kurz auf, wechselt wieder den Kanal, weil er annimmt, dass es an der langweiligen Sendung liegt, dann macht er den Fernseher aus, sitzt auf dem Sofa und überlegt, was er mit dem Rest des Abends anfangen soll. Schließlich tut er das, was er sich bis vor Kurzem eigentlich absolut verboten hat, aus Vorsicht. Und er ist überrascht, wie locker und zielstrebig er sich dabei bewegt.

Er steht auf, öffnet die Tür und betritt das Zimmer.

Das Kind ist ein Kind. Ein normales. Ist zehn Jahre alt, vielleicht. Es hat den Körperbau eines Kindes seines Alters, kurze Haare, und macht einen erschrockenen Eindruck. Es liegt eingerollt auf dem Bett. Scheint in dieser Verteidigungshaltung schon dagelegen zu haben, bevor es hörte, wie er das Zimmer betrat. Jetzt, da er vor ihm steht, kommt es Cosimo absurd vor, dass er Angst hatte vor dem Kind. Auf dem Tisch liegen zwei von den drei Merendine von heute Morgen, unberührt. Unangetastet auch die, die er erst vor Kurzem hingestellt hat. Beinahe wäre er eben darübergestolpert. Das Kind hat seit gestern also nur ein Stück gegessen. Cosimo sieht es weiter an, das Kind sieht ihn an, mit einem Gesichtsausdruck, den er nicht entziffern kann. Vielleicht ist es aber auch einfach nur ein ausdrucksloses Gesicht. Das Kind bewegt sich nicht, er auch nicht. Schließlich geht Cosimo wieder, wie er gekommen ist, und schließt die Tür.

Kaum ist er draußen, wär ihm lieb, er hätte etwas gesagt, aber jetzt ist es zu spät. Er kehrt zum Sofa zurück, überlegt kurz, den Fernseher wieder anzumachen, und verzichtet dann darauf. Stattdessen steht er auf und kehrt ins Zimmer zurück.

»Du hast gesagt, die Merendine schmecken dir. Was ist nun? Schmecken sie, oder schmecken sie nicht?«

Das Kind antwortet nicht.

»Schmecken sie, oder schmecken sie nicht?«

»Sie schmecken.«

»Und wieso isst du sie dann nicht?«

»Sie schmecken mir, aber ich mag keine.«

»Wieso nicht?«

»Ich habe keinen Hunger.«

»Gestern hattest du noch welchen.«

»Heute nicht.«

»Wenn ich dir etwas koche, isst du es dann?«

»Hab keinen Hunger.«

»Aber irgendwas musst du essen.«

»Hab keinen Hunger.«

»Das habe ich verstanden. Irgendwas musst du trotzdem essen.«

Das Kind sagt nichts mehr. Cosimo geht zwei Schritte darauf zu. Das Kind schien zwar schon gänzlich eingerollt, aber jetzt stellt er fest, dass es in der Lage ist, sich noch mehr über sich selbst zu krümmen. Cosimo begreift, dass es Angst hat, und geht näher, um es zu beruhigen, will ihm zu verstehen geben, dass es von seiner Seite nichts zu befürchten hat. Dann steht er direkt neben dem Kind, das sich noch stärker zusammenkauern möchte, das aber nicht schafft. Cosimo müsste nur die Hand ausstrecken, um es zu berühren. Tatsächlich streckt er sie auch aus, will es streicheln. Ein beruhigendes Streicheln über den Kopf sollte es sein, um irgendwie in Kontakt treten zu können mit ihm. Kaum aber hat er es berührt, fängt das Kind zu schreien an.

Es schreit. Schreit, so laut es kann.

Zuallererst ist Cosimo überrascht. Denkt, dass man es hören könnte. Denkt dann, man kann es nicht hören. Das Haus liegt abgelegen. Er sagt es ihm.

»Sie können dich nicht hören.«

Er sagt es zu still; vielleicht aber liegt es daran, dass das Kind zu laut schreit und ihn nicht hören kann. Also wiederholt er es, lauter.

»Wir sind mitten am offenen Land. Man kann dich nicht hören.«

Das Kind gibt aber nicht auf. Oder besser: Es hört gerade einmal so lange auf, wie es braucht, um wieder zu Atem zu kommen und Cosimo die falsche Hoffnung zu geben, dass es ausgeschrien hat. Aber es fängt wieder an, lauter als zuvor. So geht das zweimal, dreimal. Cosimo ist knapp davor, in Panik zu geraten. Was er nicht sollte. Es stimmt schon: Keiner kann es hören. Das Haus liegt zweihundert Meter von der Landstraße entfernt. Trotzdem macht ihn das Schreien des Kindes nervös. Er weiß nicht, wie er sich verhalten soll. Versucht, sich zu erinnern, was sein Vater mit ihm gemacht hätte unter ähnlichen Umständen. Er strengt sich an, und endlich fällt es ihm ein. Sein Vater hätte ihm eine Ohrfeige gegeben. Und das tut er jetzt auch: Er gibt ihm eine Ohrfeige. Das ist zwar das genaue Gegenteil dessen, was er eigentlich tun wollte, aber manchmal muss man deutlich werden. So hätte das sein Vater gesagt, und so sagt er es dem Kind.

»Was sein muss, muss sein.«

In der Tat hört das Kind, kaum hat es die Ohrfeige erhalten, mit dem Schreien auf. Jetzt weint es. Es ist ein heftiges, verzweifeltes Weinen, das sich nach wenigen Sekunden als ebenso unbezähmbar herausstellt wie vorher das Schreien. Durch die Ohrfeige ist Cosimo zwar wieder Herr der Lage geworden, gleichzeitig aber bereut er längst, dass er seinem Instinkt nachgegeben hat, er möchte das gute Verhältnis wiederherstellen, auf das er aus war, als er sich dem Kind genähert hat. Er streckt noch einmal die Hand aus und berührt es am Kopf. Es ist kein Streicheln. Er lässt die Hand auf dem Kopf des

Kindes liegen und hofft, dass die Geste beruhigend wirkt. Es soll sich keine unnötigen Sorgen machen, es hat nichts zu befürchten.

Was er aber da unter seiner Hand spürt, sagt ihm, dass es ein Problem mit der Verständigung gibt. Das Kind versteht falsch. Es fängt zwar nicht wieder zu schreien an, aus Angst, noch eine Ohrfeige zu bekommen, aber man sieht, dass ihm eigentlich sehr danach wäre. Was dem Kind Angst macht, ist genau diese Bewegung seiner Hand. Es hat Angst davor, von ihm berührt zu werden.

Sobald ihm das klar wird, zieht Cosimo die Hand zurück. Sein Arm bleibt leicht unnatürlich in der Luft hängen, wie bei einer Marionette. Eigentlich wäre ihm danach, die Hand des Kindes zu nehmen und zu halten, einfach so. Allerdings scheint ihm das gleichzeitig wenig angemessen, wo er doch darum bemüht ist klarzustellen, wer hier kommandiert. Cosimo macht einen Schritt nach hinten, das Kind sieht ihn an, hört dabei einen Augenblick lang mit dem Weinen auf. Dann fängt es wieder an damit, allerdings leiser. Cosimo entfernt sich weiter, das Kind hört beinahe ganz auf.

»Was soll das?«, fragt er. »Ich hab's dir doch gesagt: Auch wenn du schreist, sie können dich nicht hören.«

Das Kind hat zu viel Angst, um antworten zu können.

»Ist mir egal, wenn du mir's nicht glaubst. Und falls du es testen willst, dann schrei eben, soviel du meinst und möchtest. Ist mir scheißegal.«

Das Kind schluchzt in kleinen Abständen. Cosimo dreht sich um, verlässt das Zimmer und schließt es ab. Er hat den weiß emaillierten, leicht angerosteten Nachttopf mitgenommen. In dem liegt etwas, das Cosimo mit einem Blick analysiert, den er gern als väterlich bezeichnen würde. Er kann sich daran erinnern, dass seine Mutter aus seinem Kot seinen Allgemeingesundheitszustand ablesen konnte. Ihm aber ist die Kindsscheiße nur irgendeine Scheiße, sie bleibt stumm. Sie kommt ihm normal vor, obwohl er es nicht beschwören könnte. Er ekelt sich davor, das ja. Er hat genug von dem Kind, und er hat genug von diesem sinnlos anstrengenden Tag. Also geht er direkt in sein Zimmer, zieht sich den Pyjama an, legt sich ins Bett und macht das Licht aus. Er glaubt, viel zu gereizt zu sein, um sofort einschlafen zu können, aber dem ist am Ende doch nicht so.

Am nächsten Tag beschließt er sofort, im Aufwachen noch: Heute wird nicht gearbeitet. Er hat keine Lust, und es muss auch nicht sein. Wenn die vorbeikommen werden, um das Kind zu holen, will Cosimo zu Hause sein und gleich nach der Bezahlung fragen. Mit dem Geld, das sie ihm schulden, kann er eine ganze Menge Arbeitstage sausen lassen.

Einmal abgesehen davon, dass es unnütz ist, zur Arbeit zu gehen, weil sich doch nie Kunden blicken lassen. Cosimo hat die Nase voll von der Werkstatt. Er wäre gerne schon in Rente, um den ganzen Tag lang nichts tun zu können, ohne jemandem eine Erklärung schuldig zu sein. Aber: Wem soll er schon Rechenschaft schuldig sein? Den Freunden? Er hat keine. Also ist ihm das Geld herzlich willkommen, das sie ihm für die Verwahrung des Kindes in diesen Tagen schulden; mit dem Geld sollte er locker einen Monat über die Runden kommen. Allerdings ist es sicher nicht angebracht, den Laden von einem Tag auf den anderen dichtzumachen; das würde nur Verdacht schüren. Es ist wohl besser, Tag für Tag neu zu entscheiden, ob man zur Arbeit geht oder nicht. Heute, zum Beispiel, nicht.

Das natürlich nur unter der Voraussetzung, dass sie ihn bezahlen. Man weiß ja, wie so was läuft: Du arbeitest heute, und die zahlen, wann es ihnen in den Kram passt. Übrigens waren sie ziemlich vage, was diese Frage betraf.

»Du sollst ja auch etwas bekommen dafür«, haben sie gesagt.

Ihm wäre auch dabei lieber gewesen, wenn sie genauer geworden wären: wie viele Tage, wie viel Geld.

»Von wie viel reden wir, nur so?«, hatte er nachgefragt.

»Genug, mach dir da mal keine Sorgen.«

»Naja, um mir halt meine Rechnung aufzumachen. Ein Risiko ist ja …«

»Natürlich ist ein Risiko auch dabei. Aber du solltest dir keine Sorgen machen. Wir werden uns schon einigen. Das gibt's kein Problem.«

Es war sicher nicht angebracht, lange herumzufeilschen. Trotzdem ist Cosimo beunruhigt: *Wir werden uns schon einigen, das ist kein Problem*, das sind so Formulierungen, denen er misstraut. Seine Erfahrung sagt ihm nur zu genau: Wenn die schon so reden, dann wird es keinesfalls einfach werden, sich zu einigen, dann wird es sicher Probleme geben. Damit man sich versteht: Cosimo hätte es auf jeden Fall getan, er hätte das Kind die ganze Zeit übernommen, wenn es sein musste, völlig gratis dazu. Er ist nicht in der Situation, Nein sagen zu können. Und im schlimmsten aller Fälle wäre ihm diese Arbeit eben ein Versprechen auf die Zukunft gewesen. Es handelt sich hier schließlich um Leute, die nicht vergessen, dass man ihnen einen Gefallen getan hat.

Auf dem Tisch, in dem Körbchen, in das Cosimo normalerweise die Hausschlüssel legt, die Post und was er sonst noch im Auge behalten will, liegt auch der Kassenbon des Supermarktes, in dem er die Merendine gekauft hat. Er hat ihn aufbewahrt, für alle Fälle, und um irgendwann belegen zu können, dass er Ausgaben hatte, und was für Ausgaben. Er weiß nicht, ob er pauschal bezahlt werden wird oder zuzüglich einer separaten Spesenabrechnung. Die erste Variante hält er für wahrscheinlicher: Er hat es hier nicht mit Leuten zu tun, die sich mit solchen Details aufhalten. Und trotzdem ist es sicherheitshalber besser, den Kassenbon aufzubewahren. Die sind eigenartig; durchaus fähig zu großen generösen Gesten und einen Augenblick später zu kalter Knausrigkeit. Wie auch immer,

Cosimo wird es bald genau wissen. Falls sie kommen. Falls sie ihn bezahlen.

Er schaut noch einmal nach. Längst beeindruckt es ihn nicht mehr, das Zimmer zu betreten. Das Kind liegt immer noch auf dem Bett, inzwischen aber ausgebreitet, auf dem Rücken. Als es ihn eintreten hört, dreht es den Blick zu ihm, einen Augenblick lang scheint es so, als wisse es nicht, was tun. Dann tut es nichts, es bleibt liegen, nimmt den Blick von ihm, aber nicht zur Gänze, so als wolle es seine Bewegungen im Auge behalten. Der Merendineberg auf dem Tisch ist immer noch unberührt. Cosimo rechnet kurz nach: Das Kind hat seit dem gestrigen Morgen außer einer kleinen Merendina nichts gegessen. Und das letzte vernünftige Essen waren die Polpette.

»Die schmecken dir aber wirklich nicht, diese Merendine«, sagt er.

Das Kind antwortet nicht und bewegt sich nicht, tut weiterhin so, als sähe es ihn nicht an.

»Möchtest du Milch? Soll ich dir eine warm machen?«

Cosimo macht einen Schritt nach vorn. Da setzt das Kind sich auf, unsicher, ob es sich ein Versteck suchen soll. Aber weil es nirgends ein Versteck gibt, bleibt es, wo es ist. Cosimo wiederholt, was er am Abend vorher getan hat: Er streckt die Hand aus und berührt es am Kopf. Dieses Mal ist es ein Streicheln, wenn auch ein leicht unbeholfenes. Er weiß selbst, wie es wirkt.

Das Kind reagiert wieder gleich. Es fängt zu schreien an. Schreit.

Diesmal allerdings gerät Cosimo nicht in Panik. Er nimmt sofort die Hand vom Kopf des Kindes und deutet eine Ohrfeige an. Deutet bloß an. Bleibt so stehen, mit dem erhobenen Arm, für einige Sekunden, um ihm zu verstehen zu geben, dass er es schlagen kann. Oder auch nicht. Er schlägt es nicht, das Kind hat sofort mit dem Schreien aufgehört. Cosimo legt ihm die Hand wieder auf den Kopf.

Eine Hand, die es gern beruhigen möchte, die aber ungeschickt ist und sein Unbehagen auf das Kind überträgt. Außerdem zittert das Kind. Eigentlich ist das so etwas wie ein Fortschritt, verglichen mit dem vorherigen Abend, es weint nicht mehr, es zittert bloß. Aber es ist ein Zittern, das nach und nach stärker wird, als ob es sich aus sich selbst heraus nähren und an sich selbst wachsen würde und immer stärker werden würde dabei. Je mehr es zittert, umso stärker zittert es. Cosimo spürt es unter seiner Handfläche, ihm ist, als ob man es anhalten müsste.

»Hab keine Angst. Mach dir keine Sorgen. Ich hab dir die Ohrfeige ja nicht gegeben …«

Er sagt das, als ob es das Kind trösten würde, als ob es ihm dankbar sein müsste dafür. Nur dass Cosimo es aufgrund seines eigenen Unbehagens lediglich schafft, irgendetwas zu vermitteln, das klingt wie: Hast Pech gehabt, du kannst mir schon dankbar sein, wenn ich dich nicht mit Ohrfeigen umbringe. Das Ergebnis ist, dass das Kind noch stärker zittert als vorher und er nicht mehr weiß, wie er es beruhigen soll. Als er klein war, umarmte ihn die Mutter in solchen Fällen, und alles ging vorbei. Er weiß nicht, ob er es schaffen wird, aber er beschließt, es trotzdem zu versuchen. Und er umarmt es.

Dazu muss er sich auf das Bett setzen, neben das Kind, und noch während er das tut, wird ihm klar, dass er so etwas vorher noch nie gemacht hat; er hat noch niemals ein Kind umarmt. Mehr noch: Wenn er genau nachdenkt, hat er außer seiner Mutter schon seit sehr langer Zeit keinen mehr umarmt. Er kann sich, zum Beispiel, nicht entsinnen, jemals seinen Vater umarmt zu haben. Unbeholfen schließt Cosimo das Kind in seine Arme, weiß nicht genau, wo er die Hände hinlegen soll, wo drücken, wie viel drücken. Außerdem versucht das Kind, sich ihm zu entwinden, es will um keinen Preis umarmt werden.

»Was ist? Was ist?«, fragt Cosimo.

Und hört dabei die ganze Zeit nicht auf, es zu umarmen. Inzwischen ist es offensichtlich, dass es nicht will. Das Kind hat es geschafft, die Arme freizubekommen, auf Cosimos Brust zu setzen und ihn von sich zu schieben, mit all seinen Kräften, die zwar gering sein mögen, aber verzweifelt. Cosimo kann diese Dickköpfigkeit des Kindes nicht akzeptieren und insistiert. Um es besser umarmen zu können, landet er auf dem Bett, neben ihm liegend. Ihm wird klar, dass die Lage, in der sie sich befinden, absurd ist. Aber es ist eine Frage des Prinzips geworden, er will nicht der Erste sein, der nachgibt. Und während das Kind versucht, ihn mit Armen und Beinen fern zu halten, legt Cosimo ihm die Hände auf den Hals.

»Wenn du dich nicht beruhigst, bring ich dich um.«

Aber das Kind beruhigt sich nicht. Es will nicht angefasst werden. Es beginnt auszuschlagen und kommt dabei einer Gegend, wo so ein Fußtritt wirklich wehtun könnte, immer näher. Cosimo reicht es. Er steht vom Bett auf und macht ein paar Schritte zurück.

»Du bist ein Idiot«, sagt er zu dem Kind.

Das Kind zittert weiter vor sich hin, und, was noch schlimmer ist, es schlägt weiter aus. Es sieht aus, als erlitte es einen Anfall. Hält die Augen weit aufgerissen und verdreht die Augäpfel, als ob es irgendetwas suchen würde, irgendwo da drin in seinem eigenen Gehirn. Das fehlt gerade noch. Falls es sterben sollte, machen sie ihn verantwortlich. Man müsste die Leiche verstecken und behaupten, das Kind sei abgehauen. Obwohl, vielleicht wäre es besser, die Wahrheit zu sagen; besser tot als geflohen. Wenn es abhauen würde, könnte man ihm vorwerfen, nicht aufmerksam genug gewesen zu sein. Würde es hingegen sterben, könnte Cosimo immer noch darauf bestehen, dass es nicht seine Schuld gewesen sei. Aber ob er sich da so sicher sein soll? Und inwieweit? Es ist wohl am besten, das Kind haut nicht ab und stirbt nicht.

Die Krise allerdings zieht sich weiter. Das Kind hat aufgehört, um sich zu treten, und wird von einem fürchterlichen Krampf gebeutelt. Cosimo, der nicht weiß, was er tun soll, kehrt zum Bett zurück, umarmt es mit ganzer Kraft und versucht, es zur Ruhe zu bringen. Und dabei geht ihm durch den Kopf, in welcher Lage sie ihn ertappen würden, wenn sie gerade jetzt vorbeikämen, um das Kind zurückzuholen. Sie könnten, durchaus berechtigt, alles Mögliche denken, auch das Schlimmste. Während er das Kind weiter an sich drückt und das Kind sich weiter schüttelt, könnte einer von denen ins Zimmer kommen, er würde ihn auf dem Bett liegend vorfinden, ein Kind im Arm. Schließlich glaubt Cosimo, Geräusche aus der Küche zu hören, Geräusche, die einer macht, der gleich die Zimmertür öffnen wird. Er starrt auf den Punkt, an dem der Besuch gleich auftauchen wird. Gleich. Gleich.

Gleich nichts. Da ist niemand.

Cosimo verscheucht diese Gedanken und kümmert sich wieder um das Kind, das wie bewusstlos aussieht und gleichzeitig immer noch von einer Art Stromschlag durchzuckt wird. Das Gesicht des Kindes befindet sich jetzt dicht vor dem seinem, so dicht, dass es verzerrt wirkt und erschreckend aussieht. Um den Anblick nicht mehr ertragen zu müssen, schiebt er den Kopf des Kindes über seine Schulter, was zur Folge hat, dass die Umarmung nur noch enger wird. Cosimo konzentriert sich und versucht, alles, was er an Ruhe aufbringen kann, auf das Kind zu übertragen; nicht wirklich viel angesichts der Tatsache, dass er sich noch nicht hundertprozentig sicher ist, dass in der Küche wirklich keiner steht und nicht gleich hereinkommen wird.

Plötzlich stellt er fest, dass das Kind versucht, irgendetwas mit seinem Mund zu tun: Es versucht, ihn aufs Ohr zu küssen. Ein eigenartiges Verhalten: Erst schreit es und tritt um sich, danach versucht es, ihn aufs Ohr zu küssen. Auf das linke Ohrläppchen, um genau zu sein. Cosimo sucht nach den richtigen Worten, um ihm zu erklären, dass es ihn missverstanden hat. Das dauert einen Augenblick, weil er gerührt ist davon, wie das Kind aufgibt. Der Augenblick ist schnell um: Er kommt nicht mehr dazu, noch irgendetwas anderes zu denken oder zu sagen, stellt stattdessen fest, dass er derjenige war, der hier etwas missverstanden hat. Während ihn der Schmerz durchzuckt, wird ihm bewusst, dass das kein Kuss ist, sondern ein Biss. Es ist ein Biss.

Das Kind beißt ihm ins Ohr.

Beißt ihn fest, und das schon seit einiger Zeit. Das taube Fleisch seines Ohrläppchens hat den Schmerz nämlich erst mit einigen Sekunden Verspätung an ihn weitergeleitet. Der Schmerz, den er gerade verspürt, entstammt einem vergangenen Augenblick. Und was er eigentlich in diesem Augenblick verspüren müsste, wird mit leichter Verzögerung genauso zeitversetzt ankommen. Der Schmerz aus seinem Ohrläppchen ist langsam unterwegs. Vielleicht ist er in genau diesem Moment längst über jedes erträgliche Maß hinaus angewachsen; vielleicht hat er sich gänzlich gelegt. Cosimo kann das noch nicht wissen, also verschiebt er jede Reaktion auf später, aus Angst davor, dass das Ohrläppchen reißt, in der Hoffnung, dass es irgendwann vorbei sein wird.

Aber es ist nicht vorbei. Im Gegenteil, der Schmerz nimmt zu.

Und ist so stark geworden, dass Cosimo endlich den Mut findet, den Kopf zurückzuziehen, während er mit den Händen das Kind und seine Zähne wegschiebt. Was er dann spürt, ist ein unvorstellbarer Anstieg des Schmerzes, der dieses Mal direkt in sein Hirn fährt, und sich damit sozusagen selbst einholt. Kein Zeitversatz mehr, der Schmerz ist jetzt und hier. Und als er erkennt, dass das Schlimmste inzwischen vorbei sein müsste, dass er die Zähne des Kindes los ist, ist das eine rein formale Erleichterung, die sich umgehend in Nichts auflöst, als er das Kind mit seinen immer noch nach oben gedrehten

Augen und dem blutverschmierten Mund sieht. Cosimo denkt: Das ist meins, das Blut.

Es ist klumpig geronnenes Blut, das das Kind da spuckt, auf sich, auf das Laken, auf ihn; er versucht, ihm auszuweichen, vor allem dem größten Brocken, der auf dem Kissen landet und von dem sich herausstellt, dass es sein Ohrläppchen ist.

Instinktiv legt Cosimo eine Hand auf die Verletzung und hofft dabei völlig widersinnig, feststellen zu können, dass er sich getäuscht hat. In der Tat ergibt ein Abtasten nichts Genaues, es scheint aber, als fehle da nichts. Dann zieht er die Hand zurück und entdeckt, dass sie blutbesudelt ist. Überhaupt ist da mehr Blut und sehr viel dunkleres Blut, als er es sich vorgestellt hätte. *Mehr Blut*, weil er eigentlich gedacht hatte, dass so ein Ohr weniger stark durchblutet wäre. Wieso *sehr viel dunkler* weiß er nicht, vielleicht weil das Blut im Kino von einem leuchtenden Rot ist und er diese Farbe im Kopf hat. Das Blut aber, von dem die Laken, die Kleider und seine Hände voll sind, beängstigt ihn viel mehr.

Cosimo muss ruhig bleiben: Ein Biss ins Ohr ist nicht gefährlich. Reichlich Schmerzen, aber keine Lebensgefahr. Wenn schon, dann muss man das Ganze als eine Warnung sehen: Das nächste Mal sollte er vorsichtig sein, das Kind ist offensichtlich alles andere als harmlos. Er gibt ihm eine Ohrfeige, mit der blutverschmierten Hand. Eine gewaltige Ohrfeige, diesmal hat er wirklich mit der Absicht zugeschlagen, ihm wehzutun. Auf die Ohrfeige hin hört das Kind mit dem Zittern auf, es wimmert nur noch vor sich hin, ganz wie am Abend zuvor. Wie man sieht, haben Ohrfeigen diesen Effekt bei dem Kind.

Überall ist Blut. Cosimo stellt das abgetrennte Ohrläppchen sicher, hält es in der Hand. Er weiß zwar nicht, wohin damit, aber er möchte es aufbewahren, zum einen, damit aufgeräumt ist, zum anderen, weil man ja nie wissen kann. Eigentlich müsste jetzt geputzt werden, aber es gibt Dringenderes zu tun. Das Kind wird sich also damit abfinden müssen, in blutigen Laken zu liegen. Selbst schuld. Das Ohr schmerzt ihn. Damit er sich konzentrieren kann, muss das Kind endlich mit dem Weinen aufhören. Er versucht, sich daran zu erinnern, wie ihm das letzte Nacht gelungen ist. Als es ihm wieder einfällt, macht er einen Schritt nach hinten, das Ergebnis kann man sofort sehen; als ob er die Lautstärke des Weinens an einem Regler zurückgedreht hätte. Es ist klar: Das Kind hat Angst vor ihm. Dummes Kind. Er ist nicht der, vor dem es Angst haben sollte.

Das Kind hat beinahe aufgehört zu weinen; ihm ist allerdings klar, dass es nicht seine Worte waren, die es beruhigt haben, sondern die Tatsache, dass der Abstand zwischen ihnen, rein körperlich, inzwischen ein größerer geworden ist. Die Rauferei auf dem Bett hat sicher nicht dazu beigetragen, dass sie sich näher gekommen sind. Cosimo hatte zu wissen geglaubt, dass sich zwischen Wärter und Gefangenem üblicherweise eine gewisse Komplizenschaft entwickelt. Diese Komplizenschaft hat auch einen Namen, er hat ihn irgendwann einmal in der *Settimana Enigmistica* gelesen, kann sich aber nicht mehr an ihn erinnern. Es ist ohnehin nicht gesagt, dass das immer so sein muss. Ganz im Gegenteil: Das Stück Ohr, das er da in der Hand hält, erinnert ihn daran, dass zwischen ihnen keine große Sympathie herrscht. Mit seinem Annäherungsversuch hatte er nur dafür sorgen wollen, dass das Kind sich wohlfühlt; aber das ist offensichtlich nicht möglich.

Cosimo atmet heftig. Er möchte aber vermeiden, dass es etwas davon mitbekommt, und hält den Atem an. Es ist von grundlegender Bedeutung, dass das Kind größtmöglichen Respekt hat vor ihm, Kurzatmigkeit aber ist ein Zeichen von Schwäche. So hält er den Atem zu lange an, ist noch zu nahe am Kind, weswegen ihm, als er es nicht mehr unterdrücken kann, ein groteskes Prusten entfährt, umso unkontrollierter, je mehr er sich um Kontrolle bemüht. Auch die nächsten Atemzüge sind keuchender, als Cosimo lieb ist. Während er versucht, wieder zu Atem zu kommen, macht er einige Schritte nach vorne, dreht dem Kind diesmal mit Absicht den Rücken zu, um ihm klarzumachen, dass er keine Furcht hat. Erst auf der Türschwelle dreht er sich um.

»Heut Abend bekommst du kein Essen. Das hast du davon.«

Er sperrt die Tür zu, geht zum Sofa und setzt sich, blutverschmutzt, das Stück Ohr immer noch in der Hand. Er schaut es an und ekelt sich. Das wird man wohl kaum wieder annähen können. Es ist zu klein, kleiner als ein halber Fingernagel. Und außerdem: Wer sollte es denn annähen? Kann man überhaupt in eine Erste-Hilfe-Station gehen, mit einem Stück Ohr in der Hand, und verlangen, dass es einem wieder angenäht wird, ohne dass man eine Erklärung schuldig ist? Und welche Erklärung könnte er abgeben?

Es ist unschön, etwas wegzuschmeißen, was immerhin einmal ein Teil des eigenen Körpers gewesen ist, aber Cosimo weiß nicht, was er damit anstellen, wo er es aufbewahren soll. Er geht ins Bad, schaut noch einmal auf das Stück Fleisch, hält es unter den Wasserstrahl und legt es schließlich auf dem Waschbeckenrand ab. Jetzt sieht es noch kleiner aus, und gräulich weiß. Es lohnt sich wirklich nicht, es wieder anzunähen. Im Bad hat er eine Erste-Hilfe-Tasche. Cosimo nimmt sie und versucht, aus Pflastern und Gazen einen Verband zu basteln. Was nicht einfach ist. Der erste Versuch ergibt einen unförmigen Flicken, der sein gesamtes Ohr bedeckt, das Hörvermögen reduziert und insgesamt so aussieht, als sei die gesamte Ohrmuschel explodiert. Die nächsten Versuche scheitern daran, dass sich keine ebene Oberfläche finden lässt, auf der sich die Pflaster anständig befestigen ließen. Während er weiter herumbastelt, denkt Cosimo immer noch darüber nach, was das Kind wohl gedacht hat. Sicher an einen sexuellen Angriff. Woran auch immer es gedacht hat, es hat sehr falsch gelegen damit.

Das mit dem Verband hat inzwischen leidlich geklappt, er ist allerdings ziemlich auffällig und improvisiert ausgefallen. Man müsste mehr Zeit haben, aber Cosimo will so schnell wie möglich wieder zu dem Kind zurück und ein paar Dinge klarstellen. Er geht ins Zimmer, ziemlich wütend diesmal, aber es gelingt ihm nur, den Mund aufzumachen. Er bringt kein Wort heraus, denn das Kind liegt nicht auf dem Bett.

Es steht. Steht mitten im Zimmer. Und hält irgendetwas in der Hand.

Zuerst versteht Cosimo nicht. Es sieht nach einem großen Messer aus, er ist sich aber sicher, dass er keine Messer hat herumliegen lassen. Dann begreift er, dass es sich um die Armlehne eines der Stühle handelt, die im Zimmer stehen. Er sieht nach, und tatsächlich, eine der Armlehnen ist nicht da, wo sie sein sollte. Das Kind hält sie in der Hand und hat vor, sie als Waffe zu benutzen, wartet nur darauf, dass er den Anfang macht. Cosimo zeigt auf sein Ohr.

»Schau mal, was du mir angetan hast.«

»Ist mir egal.«

»Leg die Lehne hin. Wär besser …«

»Lass mich raus.«

Das Kind scheint sehr entschlossen. Cosimo bewegt sich langsam rückwärts in Richtung Tür.

»Kann ich nicht. Das hängt nicht von mir ab.«

»Von wem hängt es dann ab?«

»Von denen, die heute kommen, um dich mitzunehmen.«

»Wohin mitnehmen?«

»Das weiß ich nicht.«

»Wann sollen sie denn kommen?«

»Sie haben gesagt, sie würden heute kommen …«

»Wer sind sie?«

»Ja, wer sind sie …«

»Wer sind sie?«

»Kann ich dir nicht sagen.«

»Was wollen sie von mir? Was hab ich damit zu tun?«

»Kann ich dir auch nicht sagen.«

»Dann lass mich eben raus. Und basta.«

Cosimo kann das Kind jederzeit überwältigen, trotz der Armlehne, aber es ist nicht angebracht, ihm in einem offenen Kampf entgegenzutreten. Er begnügt sich damit, die Tür zu bewachen, um ihm die Flucht zu vereiteln. Und so bleiben sie beide reglos auf ihren Positionen.

»Die Armlehne wird dir nicht im Geringsten nützen.«

»Da mach dir mal keine Sorgen.«

»Leg sie hin und sei vernünftig.«

»Hol sie dir, wenn du sie haben willst.«

Das Kind bewegt sich als erstes, es macht einen Schritt nach vorn und hebt die Armlehne, um zuzuschlagen. Cosimo schätzt kurz die Entfernung ab und weicht um zwei Schritte zurück. Das Kind glaubt, ihn weiter bedrängen zu können, und macht vier Schritte nach vorne. Als sie nur mehr einen knappen Meter auseinander sind, bricht Cosimo seinen Rückzug ab, wirft sich auf das Kind und packt es an den Handgelenken, vor allem das, in dem die Armlehne liegt. Es war einfach zu neutralisieren.

»Was hattest du vor? Was denn? Hä?«

Er verdreht ihm das Handgelenk, bis diese lächerliche Armlehne zu Boden fällt. Danach dreht er es einmal um sich selbst, beugt sich über das Kind, hält seinen Arm am Rücken fest und drückt ihm gleichzeitig den Hals zu.

»Ah? Ah? Was hattest du vor?«

Das Kind ist bewegungsunfähig. Es kann sich nicht wehren und scheint entmutigt durch die Leichtigkeit, mit der es entwaffnet worden ist. Cosimo spürt, dass es aufgegeben hat, aber er hält es weiter fest, um es zu demütigen. Ihre beiden Körper kleben wieder aneinander, dieses Mal der eine im Rücken des anderen. Der Rücken des Kindes ist heiß, als ob es Fieber hätte. Cosimo möchte verhindern, dass es seine Absichten schon wieder missversteht, deswegen lockert er nach einigen Sekunden den Griff und lässt es ganz los, ohne Bedingungen, gibt es frei. Frei auch, es noch einmal zu versuchen, wenn es möchte und falls es glaubt, diesmal siegen zu können.

Cosimo macht einen Schritt nach hinten, das Kind kann die Tränen nicht mehr zurückhalten. Es weint, weint und stürzt plötzlich zu Boden. Cosimo denkt: tot. Nähert sich, vorsichtig, es könnte ein Trick sein, aber als er die Atmung des Kindes kontrolliert, stellt sich heraus, dass es bloß bewusstlos geworden ist. Cosimo holt ein Glas Wasser und schüttet es ihm ins Gesicht. Reichlich Wasser, mehr als genug. Tatsächlich kommt das Kind sofort wieder zu Bewusstsein. Es ist durch und durch nass. Kaum hat es die Augen geöffnet, schaut es um sich, als ob es vergessen hätte, wo es sich befindet, einen Augenblick später aber erinnert es sich wieder und beginnt von Neuem zu weinen. Diesmal kann man die Tränen nicht sehen, sie vermischen sich mit dem übrigen Wasser. Außerdem weint es jetzt leise, ohne Zittern und ohne Schluchzen. Für Cosimo ist auch das schon ein Fortschritt.

Vier

Sie sind nicht gekommen. Jetzt ist der Tag vorbei und sie sind nicht gekommen. Die Nacht ist auch schon vorüber, der Morgen des darauf folgenden Tages hat begonnen, und sie sind nicht gekommen. Und weil sie, was die Uhrzeit betrifft, sehr vage geblieben waren, hatte es keinen bestimmten Zeitpunkt gegeben, ab welchem Cosimo unruhig geworden wäre. Es war eher, seit dem Nachmittag, ein langsames, sich in die Länge ziehendes Abgleiten in die Sorge gewesen, sie würden nicht kommen. Und sie sind tatsächlich nicht gekommen.

Er hat die Sorge nicht mit dem Kind teilen wollen. Es wäre erniedrigend, sich jetzt selbst widersprechen zu müssen, vor allem nach all dem, was gestern geschehen ist, und nachdem er ja behauptet hatte, sie würden kommen. Also sagt er ihm nichts, nichts davon, überhaupt nichts. Er ist immer noch wütend darüber, was das Kind seinem Ohr angetan hat. Es schmerzt ihn immer noch, und heute Morgen fanden sich Blutspuren auf dem Kissen, trotz des Verbandes.

Es gibt aber Begegnungen, denen Cosimo nicht ausweichen kann. Als er das letzte Mal im Zimmer war, hat er in dem Durcheinander ganz vergessen, den Nachttopf zurückzubringen. Also kümmert er sich jetzt darum. Ein Blick auf die Merendine sagt ihm, dass das Kind in der Zwischenzeit erst eines gegessen hat. Die Zellophanverpackung liegt auf dem Nachttisch. Das Kind liegt flach auf dem Bett und hat wohl keine Lust, sich zu drehen, um ihn anzusehen; als ob es sich sicher wäre, dass der Eintretende nur Cosimo sein könne. Er würde es gerne aufrütteln.

«Sie sind nicht gekommen«, sagt er also, während er den Nachttopf abstellt.

Cosimo wartet auf eine Reaktion des Kindes. Eigentlich erwartet er sich irgendeine Frage, unter Umständen dieselben Fragen wie am Tag zuvor, Fragen, auf die er nicht antworten kann; aber das Kind lässt nicht erkennen, ob es ihn gehört hat, liegt gedankenversunken da. Cosimo löst den Blick von ihm und kontrolliert das Zimmer.

Dem Stuhl fehlt eine Armlehne. Sie liegt am Boden, da, wo sie am Abend vorher auch lag. Er hat sie dort vergessen und das Kind hat sie sich nicht geholt. Cosimo hebt die Armlehne auf. Sicherheitshalber stellt er auch den kaputten Stuhl zur Seite, den zweiten lässt er da, falls das Kind sich irgendwann einmal hinsetzen möchte. Aus Erfahrung klug, kontrolliert er noch einmal, ob ja keine weiteren potenziellen Waffen herumliegen. Sieht nicht so aus. Er kontrolliert die restlichen Armlehnen und sieht unter dem Bett nach. Aber da finden sich einzig und allein einige dieser Fusselknäuel, die sich im Lauf der Zeit formen. Und Schmutz und Mief. Eigentlich sollte man etwas Frischluft ins Zimmer lassen und die Signora Pina rufen, damit sie putzt. Wenn die da ihr Versprechen eingehalten hätten, längst schon hätte er die Signora angerufen und ihr einen kompletten Putzauftrag gegeben, inklusive Möbelschieberei und so weiter. Er hatte es ihnen klar gesagt: Zwei Tage waren das Maximum. Er ist nicht ausgerüstet für so was. Das Gästezimmer eignet sich eben nicht als längerfristige Gefängniszelle.

Cosimo trägt den Stuhl aus dem Zimmer. Er sieht mitgenommen aus, man sollte ihn wegschmeißen, aber es ist ein altes Erinnerungsstück seiner Mutter, und folglich stellt er ihn in eine Ecke. Er wird sich später damit befassen.

Die Mutter. Er hat sie seit zwei Tagen nicht mehr besucht. Es ist wohl das erste Mal, dass sie sich so lange nicht sehen. Bis auf seine Zeit beim Militär, natürlich. Nicht einmal angerufen hat er sie; sie ihn auch nicht. Gleichgültig, wie sehr sie in Sorge ist, nie ruft sie als Erste an. Seine Mutter führt sehr genau Buch über ihre Telefonate, zweimal hintereinander ruft sie nicht an. Einmal ja, danach wartet sie darauf, zurückgerufen zu werden, selbst wenn sie ihm etwas Dringendes zu sagen hat.

Cosimo hat leise Schuldgefühle, weil er sie vernachlässigt hat; und er ist diese Schuldgefühle leid. Eigentlich sollte er sie anrufen, hat aber gleichzeitig keine Lust darauf und weiß jetzt schon, dass er es nicht tun wird. Bei solchen Gelegenheiten findet er immer etwas, was vorher noch getan werden muss. Zur Zeit allerdings gibt es nichts zu tun, weshalb Schuldgefühl und Gereiztheit im Gleichschritt anwachsen. Er wird sie nicht anrufen, sondern später am Tag bei ihr vorbeigehen.

Er will aber nicht schon wieder einen ganzen Tag mit Warterei verbringen, deswegen überlegt er, ob er nicht doch zur Arbeit gehen sollte. Da gibt es wenigstens die *Settimana Enigmistica* und das Radio. Beide Lieblingsbeschäftigungen hat er sich für die Werkstatt reserviert. Sie nach Hause mitzunehmen würde bedeuten, sie zu vergeuden und sich der Gefahr auszusetzen, nichts, aber auch gar nichts zu tun zu haben während der toten Zeit am Arbeitsplatz. Zu Hause gibt es andere Möglichkeiten: das Telefon, den Fernseher. Sowie, dieser Tage, natürlich noch das Kind, das er beaufsichtigen muss.

Es ist beschlossen: Er geht zur Arbeit. Vorher allerdings muss er sich noch waschen. Am Waschbeckenrand liegt immer noch das Ohrstück. Es liegt unverändert da, und doch kann er es im ersten Augenblick kaum wiedererkennen, es ist jetzt noch weißer und noch grauer als tags zuvor. Außerdem scheint es angeschwollen, größer geworden zu sein, über Nacht. Wie auch immer, es kann nicht da liegen bleiben, also nimmt er es und schmeißt es in die Kloschüssel. Er kann sich kaum mehr daran erinnern, welche Schwierigkeiten er gestern Abend noch hatte, sich von ihm zu trennen. Er sieht dem Ohrstück noch eine Weile hinterher, dann zieht er an der Kette, und als die Spülung zu Ende ist, ist es verschwunden.

Kaum hat Cosimo den Rollladen geöffnet, den Stuhl in den Schatten gestellt und das Radio eingeschaltet, um die neuesten Nachrichten zu hören, schon wird ihm klar, dass es ein Fehler war, heute zur Arbeit zu gehen. Solange er hier ist, wird er nicht wissen, was zu Hause geschieht, ob sie auftauchen, um das Kind zu holen. Sie könnten jederzeit kommen. Wenn er aus dem Haus geht, hinterlegt er den Schlüssel immer am üblichen Platz, unter dem Blumentopf, damit sie problemlos ins Haus kommen. Wäre er daheimgeblieben, er hätte die Situation unter Kontrolle. Unter Umständen erwarten sie von ihm auch, dass er vor Ort ist, wenn sie kommen. Natürlich ist es richtig, dass er bereits einen ganzen Tag lang auf sie gewartet hat, aber es ist auch so, dass er denen keinen Anlass geben will, die Gewissenhaftigkeit seiner Arbeit in Zweifel zu ziehen. Ganz abgesehen davon, dass er sich verpflichtet fühlt, dabei zu sein, wenn das Kind das Haus verlässt.

Die Radionachrichten haben noch nichts von einer Entführung gemeldet. Cosimo ist sich dessen sicher, auch wenn er sich nicht auf die einzelnen Meldungen konzentrieren kann. Kaum hat er eine gehört, schon könnte er nicht mehr sagen, worum es dabei ging. Er hört nur Radio, und trotzdem will es ihm nicht gelingen, sich darauf zu konzentrieren. Also macht er das Radio aus und versucht, sich mit der *Settimana Enigmistica* zu befassen. *Parole crociate crittografiche*, ein Zahlenrätsel. 3M, 7A, 13R, 9E. Was versteckt sich hinter diesen Zahlen und Buchstaben? Nichts zu machen. Er legt die *Settimana Enigmistica* wieder weg und schaut den Passanten zu.

Die Ungewissheit, ob sie schon gekommen sind, ist kaum zu ertragen. Und während seine Nervosität stetig ansteigt, geschieht etwas, das ihn verwirrt und beunruhigt. Unter denen, die an ihm vorübergehen, ist auch die Signora Pina, die aber nicht weitergeht, sondern stehen bleibt und reden will.

»Wollten Sie nicht verreisen?«

Cosimo ist sich unsicher, ob da nicht etwas Sarkasmus war in ihrer Stimme. Er hofft, nicht. Nein, beschließt er.

»Ich bin dann doch nicht abgereist.«

»Und, zu Hause?«

»Alles in Ordnung zu Hause.«

»Wird schmutzig sein, inzwischen …«

Cosimo kommen die Fusselknäuel in den Sinn.

»Naja.«

»Wer kümmert sich denn darum?«

In Cosimo steigt der Verdacht auf, die Signora Pina sei nicht gänzlich zufällig hier vorbeigekommen. Sondern um mit ihm zu diskutieren.

»Meine Mutter putzt. Zur Zeit kann ich niemanden mehr bezahlen. Die Geschäfte laufen schlecht. Das sehen Sie ja, nicht?«

Cosimo deutet hinter sich, auf die leere Werkstatt und die fehlenden Kunden. Die Signora Pina schaut hin, obwohl sie das Ergebnis bereits kennt.

»Aber sicher. Wer soll denn kommen? Wer hat denn in Calcara schon ein Fahrrad?«

»Eben.«

»Und wenn sie keins haben, was sollen sie dann hier reparieren lassen?«

Cosimo antwortet nicht, die Signora Pina ist durchaus im Recht. Und setzt nach.

»Wissen Sie, was Sie tun sollten? Schließen Sie die Werkstatt und machen Sie stattdessen einen richtig schönen Eisenwarenladen auf, der fehlt hier im Dorf; jedes Mal, wenn einem ein Nagel fehlt, muss man, mindestens, nach Mussomeli zum Einkauf fahren. Stimmt doch, oder?«

»Natürlich, so gesehen ist das richtig.«

Cosimo möchte noch loswerden, dass das Problem nicht nur die fehlenden Radfahrer sind. »Egal, welcher Laden: Zu mir kommt sowieso keiner.«

Die Signora Pina denkt etwas nach und lächelt, wobei man ihr Lächeln durchaus vielfältig interpretieren kann, die mögliche Palette reicht von Fatalismus bis Aufmunterung.

Cosimo entscheidet sich für letztere Variante. Und seufzt.

»Eh …«

Womit er gesagt haben will, dass, ganz im Gegenteil, man gar nicht pessimistisch genug sein kann. Es ist wohl besser, das Thema zu wechseln.

»Und Sie, Signora, was haben Sie vor?«

»Was soll ich schon vorhaben? Ich warte darauf, dass ich eine neue Arbeit finde.«

»Zu den anderen da gehen Sie aber immer noch?«

»Aber sicher. Aber das sind welche, bei denen … Besser, ich sage jetzt nichts … Und außerdem reicht das Geld, das ich da bekomme, sowieso nicht zum Überleben.«

Cosimo bedauert das, aber er weiß zurzeit nicht, wie er ihr helfen könnte. Er kann nicht so weit gehen, ihr jetzt schon einen Termin anzugeben, ab dem sie wieder für ihn arbeiten kann. Und außerdem ist er unschlüssig, ob er überhaupt noch möchte, dass sie zurückkommt. Eventuell könnte das mit dem Haus auch so klappen, falls er ein wenig Ordnung hält und ab und zu putzt. Außerdem ist Signora Pina eine, die gern redet. Ihm erzählt sie von den anderen Familien, bei denen sie ebenfalls putzt, und es ist ganz einfach auszurechnen, dass sie den anderen Familien von ihm erzählen wird. Und deswegen auch, und es tut ihm leid für die Signora Pina, aber vielleicht ist es wirklich besser, wenn sie nicht wieder anfängt bei ihm. Also ist zwischen ihnen, bis auf die Dinge, über die man nicht spricht, alles beredet.

»Signora …«

»Signor Tumminia …«

»So ist es.«

»Eh … Und falls Sie mich brauchen …«

Der letzte Satz stört ihn, er ist, scheint ihm, ganz und gar fehl am Platz. Schließlich hat er ihr die Gründe erklärt, wieso er gezwungen ist, auf sie zu verzichten. Das reicht, basta. Sie geben sich die Hand, was sie normalerweise nicht tun. Von Cosimos Seite aus ein deutliches Zeichen für eine definitive Trennung. Er will allein bleiben. Inzwischen ist er sich sicher, dass die Signora Pina mit der Absicht vorbeigekommen ist, ihm irgendeine Information zu entlocken. Im Nachhinein ist er froh darüber, dass er sich rundum zugeknöpft gezeigt hat. Und er ist zufrieden mit der Entscheidung, die er getroffen hat: Er wird auch in Zukunft ganz gut ohne sie auskommen.

Die Signora Pina sagt nichts weiter und geht. Cosimo denkt bereits wieder an das Haus, an das Kind und an diejenigen, die noch kommen müssen, um es abzuholen. Das hat er nun davon, dass er hier so allein herumsitzt, so gesehen wäre es besser, immer noch die Signora Pina am Hals zu haben, die hat ihn wenigstens etwas abgelenkt.

Und so vergeht, angefüllt mit sinnlosen Sorgen, der Vormittag und der Nachmittag. Kein Kunde kommt vorbei, um ihn abzulenken, niemand sonst, um mit ihm zu plaudern. Das Zahlenrätsel bleibt unlösbar und das Radio sendet weiter vor sich hin, ohne dass es ihm gelingen würde, mehr als nur unwichtige Bruchstücke wahrzunehmen. Um fünf Uhr gibt es wieder Nachrichten, Cosimo hofft, dass es dann Neuigkeiten gibt. Welche? Wenn sie die Entführung melden würden, wäre das eine Neuigkeit. Er wüsste, wer das Kind ist, und sehr wahrscheinlich wüsste er dann auch, wieso sie es entführt haben. Aber was würde das an der Situation ändern? Nicht viel.

Er setzt sich folgende Frist: Sollte es in den Fünfuhrnachrichten keine Neuigkeiten geben, wird er den Laden dichtmachen und gehen. Um fünf Uhr dann gibt es nichts Neues. Cosimo schließt die Werkstatt und geht.

Geht zur Mutter. Es ist immer schwierig, dort einen Parkplatz zu finden. Er stellt die nächste Regel auf: Wenn es auch heute wieder keinen Parkplatz gibt, fährt er weiter und ruft sie von zu Hause aus an, eventuell. Kaum ist er vor Ort, entdeckt er einen freien Platz, direkt gegenüber der Haustür.

Cosimo parkt ein und schließt die Fenster. Dann will er aber noch einmal kurz nachdenken, sofort wird es viel zu heiß im Auto, also öffnet er das Fenster auf der Fahrerseite wieder. Bei der Gelegenheit steckt er den Kopf hinaus, um zu sehen, ob ihm die Fenster seiner Mutter irgendeinen Hinweis geben. Die Rollläden sind heruntergelassen, aber das hat nicht viel zu bedeuten, seine Mutter hält das immer so, um die Sonne draußen zu halten, die ihr, sagt sie, die Stoffbezüge der Diwane ruiniert. Das ist der Grund, wieso die Wohnung, in der er so viele Jahre gelebt hat, immer im Halbdunkel liegt. Cosimo kann sich nicht daran erinnern, sie jemals im hellen Licht gesehen zu haben. Um die Zimmer zu lüften, hat seine Mutter ein spezielles Rotationssystem entwickelt: Erst öffnet sie das Wohnzimmerfenster, danach das in der Küche, das im Klo, und schließlich die in den Schlafzimmern. Aber nie zwei Fenster gleichzeitig, weil es nicht nur zu hell würde, sondern auch noch zu einem Luftzug kommt. Falls Cosimo aber versehentlich doch ein zweites Fenster geöffnet hat, ist aus dem anderen Zimmer sofort ein Schreien zu hören.

»Es zieht!«

Cosimo hat sogar den Verdacht, dass seine Mutter die Zimmerbelüftungszeremonie ganz eingestellt hat, seit er weggezogen ist, die Fenster also ständig geschlossen hält, um sich vor Sonne und Luftzug in Sicherheit zu bringen. Und der stickige Geruch, den er bei seinen

Besuchen regelmäßig vorfindet, bestärkt ihn in seinem Verdacht. Ein Geruch, der ihm nie besonders unangenehm aufgefallen war, er hat ihn, als er noch in der Wohnung lebte, einfach eingeatmet: Ablagerungen von Frittiertem und gekochtem Gemüse. Inzwischen aber ekelt er sich vor dem Geruch, wie es eben ist bei Dingen, die man viel zu lange ertragen hat und die einem deswegen schließlich und endlich unerträglich geworden sind. Die Erinnerung an den abgestandenen Geruch von irgendwelchem Essen vermischt sich mit der Vorstellung von Essen als solchem, von Frischhalteboxen und Dosen. Seine Mutter bewahrt Salz, Zucker, Mehl, Kaffee, Paniermehl und den Rest in solchen Dosen auf. Und auf jeder Dose ein Aufkleber, mit Filzstift beschriftet. Meistens ist die Schrift etwas verwischt. Die Erinnerung an die verwischte Tinte auf den Aufklebern der Dosen widert Cosimo plötzlich so sehr an, dass er beschließt, nicht in die Wohnung zu gehen. Er startet das Auto und macht sich nach Hause auf.

Es tut ihm zwar etwas leid wegen des Parkplatzes, es war ein wirklich sehr guter Parkplatz, aber ansonsten nimmt die Erleichterung mit der Entfernung zu. Wäre er dageblieben, er hätte der Mutter erklären müssen, wieso er sie zwei Tage lang nicht besucht hat. Zu anstrengend. Natürlich würde er ihr jetzt zu erklären haben, wieso er auch den heutigen Besuch ausgelassen hat, samt des strafverschärfenden Umstandes der fortgesetzten Unterlassung. Aber damit wird er sich später befassen, am Telefon, er wird irgendetwas erfinden. Am Telefon sind die Dinge einfacher. Er wird sagen, dass es ihm schlecht ging. Nicht richtig schlecht, sonst macht sie sich noch Sorgen. Und außerdem ist er längst wieder gesund, es geht ihm gut, er braucht nichts, und morgen wird er sie besuchen kommen.

Anhand dieser Strategie hat Cosimo seine Schuldgefühle ins Nichts aufgelöst, sie hatten ihn bis dahin doch bedrückt. Jetzt liegt das Haus seiner Mutter hinter ihm und vor ihm liegt die Aussicht darauf, in sein eigenes zurückzukehren. Auch dort kann es nur gute Neuigkeiten geben. Er kann es kaum erwarten, sich Gewissheit zu verschaffen, ob das Kind inzwischen fortgebracht worden ist. Und dabei wird ihm klar, dass er gut daran getan hat, das Haus zu verlassen, heute Morgen, und die ganze Zeit über der Versuchung zu widerstehen: Wieder einen vollen Tag im Haus mit nichts als Warten zu verbringen wäre unerträglich gewesen. So aber hat er, falls sie bereits dagewesen sind, es sich erspart, dabei zusehen zu müssen, wie sie das Kind wegbringen. Er wird sich ein anderes Mal von ihm verabschieden, wenn er es wiedersieht; er glaubt aber eigentlich nicht daran. Und er sollte gar nicht darauf hoffen, falls er sich weitere Probleme ersparen möchte. Außerdem ist da noch sein Ohr, das ihn daran erinnert, dass er eigentlich keinen Grund hat, das Kind zu bemitleiden.

Er kommt an, steigt aus dem Auto und eilt fast schon im Laufschritt die wenigen Meter zum Haus. Der Schlüssel liegt noch unter dem Blumentopf, allerdings in einer leicht veränderten Position, verglichen mit heute Morgen. Scheint ihm. Um sich absolute Klarheit zu verschaffen, muss er ohnehin nur die Tür aufsperren. Er öffnet, geht rein, ruft.

»Niemand da?«

Keine Antwort. Er sieht seinen Optimismus bestätigt. Aus reinem Skrupel geht er bis zur Tür des Gästezimmers und wiederholt die Frage.

»Niemand da?«

Niemand. Sie sind gekommen und haben es zurückgeholt. Instinktiv blickt Cosimo zum Küchentisch hinüber, um zu sehen, ob sie etwas dagelassen haben für ihn, einen Zettel, oder Geld, schlimmstenfalls einen Scheck. Aber da liegt nichts. Was bedeutet, dass die Sache noch nicht endgültig abgeschlossen ist, es wird wohl ein wenig erfreuliches Nachspiel geben, er wird Druck machen müssen, um bezahlt zu werden. Es wird nicht einfach werden mit dem Druckmachen, wenn man ihr Verhältnis bedenkt und die Tatsache, dass solche Leute es bestens schaffen, sich unauffindbar zu machen, wenn sie wollen.

Unterm Strich aber sind das Detailfragen. Wichtig ist allein, dass sie das Kind wieder mitgenommen haben. Eigentlich würde Cosimo gern einen Schluck trinken darauf, dass die Gefahr überstanden ist, aber es gibt im Haus weder Wein noch sonstigen Alkohol. Im Kühlschrank steht eine Flasche Mineralwasser mit Kohlensäure, die eignet sich genauso gut. Er schenkt sich ein Glas ein, trinkt und atmet durch. Setzt sich an den Tisch, und während er sich noch einmal Wasser nachschenkt, betrachtet er die Kücheneinrichtung. Alles ist endlich wieder geordnet und es ist sein. Und es wird ihm bewusst, dass er in den letzten Tagen aufgehört hatte, seine Wohnung zu mögen; sie war im fremd geworden, wie beschmutzt durch die Anwesenheit des Kindes und das überfallsartige Auftauchen der anderen, die schon einmal da gewesen waren und jederzeit wieder auftauchen konnten. Jetzt aber ist es vorbei damit, vorbei mit den Schlüsseln unter dem Blumentopf, weder für die da noch für die Signora Pina noch für irgendjemand anderen. Cosimo ist dermaßen erleichtert, dass er, apropos Signora Pina, gerade überlegt, sich ein allerletztes Mal den Luxus eines gründlichen Putzes zu leisten, so gründlich, dass er alle Spuren dieser vier Tage beseitigt. Vielleicht aber ist es doch nicht angebracht, vielleicht wird er das doch selbst übernehmen müssen, trotzdem: Cosimo ist glücklich, beinahe. Etwas Zeit noch, und er wird sogar alles vergessen können.

Er hat die Signora Pina gestrichen, also wird er selbst sämtliche Spuren seines Gastes verschwinden lassen müssen. Eine kleine Anstrengung. Um sie anzugehen, verzichtet Cosimo auf ein drittes Glas Wasser und lässt zuallererst etwas Luft ins Zimmer. Er öffnet die Tür und beobachtet, wie die Katzenklappe hin und herschwingt.

Er wird sie nicht mehr brauchen. Tatsächlich riecht man in dem Halbdunkel sofort die abgestandene Luft, es ist aber nicht der stickige Geruch, den er aus der Wohnung seiner Mutter kennt. Es ist eine Mischung aus Schweiß, ungewaschenen Füßen, Urin und Exkrementen. Er macht das Licht an: Der Nachttopf steht immer noch an seinem Platz.

Auch das Kind ist an seinem Platz. Auf dem Bett, wie immer.

Cosimos erster Gedanke ist: Das Kind ist tot. Es ist aber nicht tot, es atmet. Wenn man genau hinsieht, erkennt man, dass es atmet. Vielleicht schläft es. Immer schläft es. Cosimo ist verärgert.

»Hier bist du?«

Und weil das Kind nicht antwortet, fragt Cosimo weiter.

»Hast du mich nicht gehört, vorher, als ich dich gerufen habe? Eh? Hast du mich nicht gehört, wie ich zurückgekommen bin? Eh? Eh? He du!«

Und geht näher und schüttelt es. Das Kind dreht sich um und sieht ihn an.

»Bist du taub? Wieso antwortest du nicht, wenn ich dich rufe? Bist du stumm, oder taub? Eh?«

Cosimo würde gerne etwas ablesen können aus dem Blick, mit dem ihn das Kind ansieht. Kampfansage, Hass, Bedauern, Erniedrigung, Demütigung. Aber da ist nichts. In den Augen, die ihn da ansehen, ist kein erkennbares Gefühl zu bemerken. Es ist, als würde das Kind ihn zum ersten Male sehen und er ihm vollkommen gleichgültig sein. Eigentlich ist es nicht einmal Gleichgültigkeit: Die Augen des Kindes gehen durch ihn hindurch, ohne ihn anzusehen. Cosimo ist fast schon versucht, sich umzudrehen und nachzusehen, ob es auf der Wand in seinem Rücken etwas Interessantes zu entdecken gibt. Aber er dreht sich nicht um, der Blick des Kindes sagt ihm, dass da hinten nichts Bemerkenswertes zu sehen ist.

»Komm schon …«

Cosimo würde es am liebsten zum Teufel schicken. Lässt das dann aber bleiben. Dreht sich um und hebt den Nachttopf auf. Es ist nicht viel drin. Wie auch, das Kind hat nichts gegessen. Was ihm Sorgen macht.

»Willst du etwas essen? Hast du Hunger?«

Das Kind hat sich wieder weggedreht. Cosimo versteht sein Verhalten nicht. Er hat den Eindruck, genug getan zu haben für das Kind, angefangen damit, dass er ihm verziehen hat, dass es noch immer sein Gast ist.

»Kann ich mir diese Merendine nehmen? Was ist, nehm ich sie mit?«

Er tut nur so, als ob er sie nehmen würde, lässt sie dann aber doch auf dem Tisch liegen, weil das Kind vollkommen gleichgültig geblieben ist.

»Falls du es dir anders überlegst, ich bin da. Und wenn du etwas brauchst, ruf mich.«

Dann geht er.

Sie sind nicht gekommen. Inzwischen haben sie zwei Tage Verspätung. Es muss etwas vorgefallen sein. Das ist eigenartig, für einen in seiner Situation ist alles sehr eigenartig. Die Zeitungen, das Fernsehen, das Radio, niemand hat von einem entführten oder verschwundenen Kind berichtet. Die da haben sich ihn, einen vollkommen Fremden als Wärter ausgesucht. Reden von drei Tagen und verschwinden. Wenn da nicht das Kind wäre als Beweis, dass das alles wahr ist, Cosimo würde längst denken, dass es sich hier um einen Scherz handelt.

Er muss versuchen, sie ausfindig zu machen. Aber er hat weder eine Telefonnummer noch eine Adresse. Früher hat er sie manchmal auf der Piazza getroffen. Nur geht er selten dorthin, in letzter Zeit schon gar nicht. Vielleicht sind sie ja jetzt gerade da. Oder sie sind gestorben. Wenn es nur darauf ankommt, was er weiß, könnten sie auch allesamt längst gestorben sein. Auch dazu gab es keine Meldungen in den Zeitungen, aber das muss nichts zu sagen haben. Das sind Leute, die man manchmal verschwinden lässt, ohne dass es je irgendjemand erfährt. Und wenn sie wirklich tot sind? Er müsste das Kind zurückgeben, aber er weiß nicht, an wen. Es behalten? Vollkommen undenkbar. Töten also. Cosimo aber ist nicht der Typ, der so etwas tun könnte, bei einem Kind schon gar nicht. Er ist sich nicht einmal sicher, ob er wüsste, wie. Man müsste sich betrinken, vielleicht. Aber auch dann: Er hat keine Waffen im Haus. Er könnte es vergiften. Wenn er es vergiften würde, hätte das den Vorteil, dass er ihm nicht ins Gesicht sehen müsste, während es stirbt, vorher auch nicht, in dem Augenblick, in dem das Kind begreift, was mit ihm geschieht. Aber womit vergiften? Er hat keine Ahnung, welches Gift er verwenden könnte. Salzsäure würde es ganz sicher töten, aber Cosimo hat den Verdacht, dass das eine lange und grauenhafte Geschichte werden würde. Er sieht sich schon an der Tür, wie er dem Kind beim Röcheln zuhört. Nein, keine Salzsäure. Solange nicht garantiert ist, dass es schnell und still geht, ist es besser, eine andere Methode zu finden. Jede ist gut. Wichtig ist nur, dass es nicht wieder zu Raufereien kommt. Allein der Gedanke daran verursacht ihm Übelkeit.

Cosimo wird schlagartig klar im Kopf. Es ist absurd, natürlich kann keine Rede davon sein, ein Kind umzubringen. Er sicher nicht, er wird so etwas nicht tun. Und also? Also wird man warten müssen. Vielleicht kommen sie morgen, um es abzuholen.

Heute Früh ist der Kaffee gründlich missglückt. Cosimo war zerstreut und hat ihn auf dem Herd vergessen, wo er dann verbrannt ist. Eigenartig: Das ist ihm vorher noch nie passiert. Die Anwesenheit des Kindes macht ihn langsam verrückt. Er könnte einen neuen Kaffee aufsetzen, aber er hat keine Lust dazu; er wird später einen trinken, in der Bar. Er hat beschlossen, dass er in die Bar geht. Nicht in die *del Moro*, in die er für gewöhnlich geht, knappe fünfzig Meter neben seiner Werkstatt. Er geht auf die Piazza, in die *Bar Centrale*.

Er zieht sich mit Sorgfalt an; nicht besonders elegant, aber mit einer gewissen Sorgfalt. Kein schwarzer Anzug vor allem, um dem üblichen Gerede nicht noch Vorschub zu leisten. Er ist unsicher, ob er sich eine Krawatte umbinden soll, entscheidet sich schließlich dagegen. Die Jacke muss reichen, darunter das Hemd, mit drei, besser zwei offenen Knöpfen. Er zieht nie eine Krawatte an, umso weniger Anlass dazu gibt es heute, schließlich will er die anderen beobachten und dabei selbst unbeobachtet bleiben. Schade nur wegen des Verbandes am Ohr, der wirklich auffällig ist. Er versucht, ihn abzunehmen, aber darunter klebt ein ekliger Klumpen geronnenen Blutes. Da ist der Verband immer noch besser.

Bevor er das Haus verlässt, will er noch einen Blick auf das Kind werfen. Er ist schon an der Tür, aber im letzten Augenblick, kurz bevor der Schlüssel im Schloss dreht, hält er inne. Er will es jetzt nicht sehen. Er spricht durch die Tür, laut.

»Alles in Ordnung?«

Das Kind antwortet nicht.

»Bist du wach?«

Nichts.

»Ich gehe jetzt. Auf Wiedersehen.«

Cosimo geht los, zwei Schritte weit, kehrt wieder um.

»Falls du Hunger bekommst, du weißt ja, auf dem Tisch liegen die Merendine.«

Höchstwahrscheinlich schläft das Kind noch. Cosimo schaut auf die Uhr, es ist Viertel nach zehn. Etwas spät, um noch zu schlafen, aber wie auch immer: Besser, es schläft, so wird es weniger Probleme geben.

Wenn man zur *Bar Centrale* will, an der Ecke der Piazza gegenüber vom Rathaus, lässt man das Auto besser in einer Seitenstraße des Corso. Von da aus sind es hundert Meter zu Fuß. Was wenig ist, aber für Cosimo doch sehr anstrengend, weil er den Eindruck hat, auf diesen hundert Metern auf alle Idioten des Dorfes zu treffen. Der Bäckerlehrling wechselt die Straßenseite, der Bankangestellte steckt eine Hand in die Hosentasche. Sogar der Priester scheint ihn zu bemerken, allerdings zu spät, um noch die Richtung ändern zu können; wie er ihn sieht, bremst er ab, zappelt herum auf der Suche nach einem Fluchtweg, dabei muss er sich längst damit abfinden, dass er Cosimos Weg kreuzt. Der grüßt ihn. Der Priester antwortet mit einer Handbewegung, zwei segnende Finger. Die anderen Finger aber stehen dabei leicht ab, eine Geste halb zwischen Benedeiung und Verstoßung.

Cosimo betritt die Bar, und schon drehen sich alle Gäste um und schauen ihn an. Sie schweigen. Er hat den Eindruck, ein Gespräch unterbrochen zu haben, gar ein Gespräch, das ihn persönlich betroffen haben mag. Aber das ist nichts als eine Unterstellung seinerseits, und Cosimo muss achtgeben, nicht paranoid zu werden. Er grüßt mit einer Handbewegung, die unfreiwillig der des Priesters gleicht. Die Gäste sehen sich an, als ob sie eine gegenseitige Bestätigung suchten für etwas, worüber sie gesprochen haben, bevor er in die Bar gekommen ist, dann sehen sie wieder ihn an. Sie sind zu viert, dazu noch Calogero, der Barista, der genauso gut zur Gruppe gehört, in allem, im Gerede wie im Geschaue. Er ist der Erste, der etwas sagt, mit einer in diesem Zusammenhang leicht übertriebenen Fröhlichkeit.

»He! Wen sieht man denn da?«

»Ich mache einen kleinen Spaziergang.«

»Gut so. Gefällt mir. Was darf's sein?«

»Ein Kaffee.«

»Einen Kaffee. Wie willst du ihn?«

»Normal.«

»Verlängert? Kurz? Macchiato?«

»Normal.«

»Es gibt auch kalten Kaffee, wenn du möchtest.«

»Nein danke, normal. Normal.«

Calogero gibt auf, aber er ist nicht ganz überzeugt; er weiß schließlich, dass jeder Kunde seine Vorlieben hat, und keine dieser Vorlieben gleicht einer anderen. Sobald der Kaffee fertig ist, versucht er es wieder, stellt die Zuckerdose hin. »Oder möchtest du Süßstoff oder Rohrzucker?«

»Ist in Ordnung so.«

Cosimo rührt einen Löffel Zucker unter und trinkt den Kaffee. Seit er angekommen ist, schweigen die anderen Gäste. Es herrscht eine gewisse Verlegenheit; vielleicht ist die fixe Idee, dass sie über ihn geredet haben, gar nicht so übertrieben. Um den Gedanken loszuwerden und sich der Aufmerksamkeit zu entziehen, setzt sich Cosimo, sobald er den Kaffee ausgetrunken hat, draußen an einen Tisch. Er stellt den Stuhl so, dass er einen möglichst großen Teil der Piazza sehen kann. So wird er es sofort bemerken, wenn einer von denen aufkreuzt. Auf den ersten Blick kann er keinen entdecken, jetzt geht es darum abzuwarten. Im Grunde ist es nicht sehr viel anders, als vor der Werkstatt zu sitzen und die Passanten zu beobachten; nur dass hier sehr viel mehr Bewegung herrscht. Wenn er die *Settimana Enigmistica* bei sich hätte, könnte er sich bei all dem Kommen und Gehen kaum konzentrieren. Außerdem ist er es nicht gewohnt, vor einer Bar zu sitzen, er fühlt sich leicht unbehaglich dabei. Zwischendurch kommt jemand vorbei und grüßt ihn; und ist dabei überrascht, ihn hier zu sehen, zu dieser Tageszeit, dasitzend, als würde er auf jemanden warten. Seine Anwesenheit ist eine Veränderung, die alle zu beunruhigen scheint.

Um unauffälliger zu wirken, holt er eine Zeitung und kehrt an seinen Platz zurück. So sitzt er nicht mehr einfach nur an dem kleinen

Tisch; er sitzt und liest Zeitung. Außerdem will er wirklich nachsehen, ob sich irgendeine Meldung zu dem Kind findet. In dem Falle wäre sie wohl auf der Titelseite gelandet, aber da steht nichts. Zur Sicherheit kontrolliert Cosimo auch auf den anderen Seiten, aber ohne Ergebnis. Er wirft sogar einen Blick auf die Seiten, die ihn am wenigsten interessieren, von denen er nichts versteht, Kultur und Sport. Er muss die Zeit herumbringen.

Zwischendurch blickt er auf und kontrolliert die Piazza, um sicherzustellen, dass nicht einer aufgetaucht ist von denen. In diesem Falle würde er die Zeitung ablegen und kurz zu ihm hinlaufen, ihn aufhalten und um ein kurzes Gespräch bitten. Das ist es, was zu tun wäre, deswegen muss er sich bereithalten, jederzeit aufzuspringen. Ein solches Verhalten muss auf einer Piazza natürlich auffallen, aber Cosimo hat keine andere Wahl.

In der Zwischenzeit haben die Gäste die Bar verlassen, neue sind nicht dazugekommen. Ein paar haben es sich anders überlegt, sich umgedreht und dabei zuerst ihn, dann den Barista gegrüßt. Einer hat kehrtum gemacht, als hätte er etwas vergessen.

»Wir sehen uns nachher«, hatte er zu Calogero gesagt.

Weil Kundschaft fehlt, hat sich der Barista in die Tür gestellt. Er steht in seinem Rücken, Cosimo spürt seine Anwesenheit, kann ihn aus den Augenwinkeln heraus sehen. An dem Barista ist etwas Nervöses, als ob er ihm etwas zu sagen hätte, sich aber nicht trauen würde. Also fragt Cosimo nach. »Was ist?«

»Nichts.«

»Ach so, ich hatte den Eindruck …«

»Es sind keine Kunden da, ich schau mir an, wer vorbeigeht. Und du, was machst du? Schaust du auch den Leuten zu?«

»Was soll ich schon tun?«

»Darf ich dir noch etwas bringen? Willst du noch einen Kaffee?«

»Nein, danke.«

»Ein Tonic? Einen frisch gepressten Saft?«

»Nein. Nein.«

Es folgt eine lange Pause. Dann ist es Calogero, der wieder anfängt. »Was hast du dir denn getan an dem Ohr?«

»Nichts, nur ein Blödsinn. Beim Rasieren.«

»Gehst du heute nicht arbeiten?«

»Ruhetag, heute.«

»Wieso denn Ruhetag?«

»Keine Kunden in Sicht …«

»Na ja, wenn du nicht in der Werkstatt bist, kannst du natürlich auch schlecht Kunden zu Gesicht bekommen.«

»Sagst du …«

»Notgedrungen: Je weniger du da bist, umso weniger kommen die vorbei. Natürlich gibt es Phasen, wo keiner kommt … Schau dich hier um: Normalerweise ist immer alles voll, und jetzt ist keiner da. Kann vorkommen. Aber wenn ich jetzt nach Hause gehe, dann wird wirklich keiner mehr kommen, und Feierabend. Angenommen, du gehst jetzt zur Werkstatt, wirst du sehen, dass früher oder später einer auftaucht. Zum Beispiel einer, der am Sonntag einen Fahrradausflug mit der Familie machen will und dir ein Rad zur Reparatur vorbei bringt. Und was macht er, wenn du hier sitzt und Zeitung liest?«

Cosimo dreht sich eigens, um ihn anzusehen, aber in den Augen Calogeros ist keine Spur von Fopperei zu entdecken. Eher schon eine Art von Fürsorglichkeit, so, als ob er sich wirklich Sorgen machen würde um Cosimos Geschäftsgang. Aber Cosimo kennt ihn, er ist nicht der Typ dazu. Dabei wird ihm unversehens klar, dass er nichts bestellt hat, seit er an dem Tisch sitzt. Und Calogero hat eigens nachgefragt. Einen anderen Kunden hätte er vielleicht schon längst zum Gehen aufgefordert. Cosimo möchte das wieder gutmachen, aber er weiß nicht, was er bestellen soll. Keinen Kaffee, es wäre schon der zweite an diesem Morgen, ganz gegen seine Gewohnheiten. Ein Glas Wasser zu bestellen wäre schäbig. Einen Aperitif vielleicht. Er ist weiter unentschlossen, dann entscheidet er sich doch, nur so, ohne große Begeisterung.

»Bringst du mir ein Eis?«

»Im Becher?«

»Nein, keinen Eisbecher, das ist mir zu viel, das ess ich nicht auf. So einen Plastikbecher.«

»Draußen gibt's nur Eisbecher.«

Cosimo bemerkt eine leise Feindseligkeit in Calogeros Stimme, ganz so, als ob es gar nicht eine weitere Bestellung gewesen war, auf die er insgeheim aus war mit seinem Getue eben.

»Dann bring mir eben einen Eisbecher. Ich weiß, dass ich ihn nicht aufessen werde.«

»Welche Sorte?«

»Welche Sorten gibt es denn?«

»Schokolade, Haselnuss, Erdbeere, Zuppa inglese, Malaga …«

»Zuppa inglese.«

»Zuppa inglese.«

Calogero wiederholt das, als ob Cosimo seit Jahren der Erste wäre, der Zuppa inglese bestellt. Und geht achselzuckend und immer noch nicht ganz überzeugt los, um den Eisbecher zu machen. Wie auch immer, jetzt ist der Barista wieder weg und Cosimo fühlt sich schon besser. Schaut weiter auf den Platz, in der Hoffnung, auf eines der gesuchten Gesichter zu stoßen. Damit ist es allerdings bald vorbei. Calogero bringt einen Eisbecher, gelbes Eis garniert mit kleinen Keksen, Fahnen und Schirmchen, sehr viel größer, als ihn ein normaler Mensch je essen kann. Cosimo dachte eigentlich, dass solche Eisbecher den Touristen vorbehalten sind, also Leuten, die man mit schamlosen Preisen vertreiben will.

»Vierfünfzig«, sagt Calogero tatsächlich.

»Wie viel?«

»Vierfünfzig.«

Calogero legt den Kassenbon auf den Tisch und bleibt stehen. Es dauert einige Sekunden, bis Cosimo begriffen hat.

»Jetzt gleich?«

»… dann muss ich, falls jemand kommt, dich nicht warten lassen.«

Schon wieder eine Art der Behandlung, auf die Cosimo nicht vorbereitet war. Touristenabfertigung. Während er noch zahlt, hat er schon große Lust, einfach aufzustehen und loszugehen, aber er bleibt, wo er ist, weil er noch zu tun hat. Cosimo baut die Garnitur komplett ab und löffelt im Eis, schließlich geht der Barista und er kann sich endlich wieder mit seinen Angelegenheiten beschäftigen. Hätte er vorher daran gedacht, er hätte Calogero fragen können, ob er sie vielleicht zufällig gesehen hat. So, im Gespräch, nebenbei, als ob nichts wäre. Jetzt ist es natürlich zu spät, ihm hinterherzugehen und zu befragen, er würde Verdacht schöpfen. Cosimo könnte irgendjemand von den Leuten auf dem Platz fragen, aber das Problem wäre dasselbe. Es steht sich nicht dafür. Die Leute würden unruhig werden, ganz abgesehen von der Tatsache, dass die auf eine derartige Aufmerksamkeit sicher keinen Wert legen. Cosimo will niemanden beunruhigen. Also kann er nichts tun als hoffen, dass er sie zufällig trifft. Vielleicht sind die Chancen darauf ja höher, wenn er eine Runde dreht.

Cosimo hat noch nicht einmal ein Viertel des Eisbechers gegessen und hat schon genug. Er will den Eisbecher aber nicht stehen lassen. Es käme ihm wie eine Vergeudung vor, und außerdem möchte er Calogero, der ihm das übertriebene Ding angedreht hat, diese Genugtuung nicht gönnen. Also isst er reichlich lustlos noch ein paar Löffel, steht auf, isst im Stehen weiter. Halb geschmolzen schmeckt es besser, aber sein Magen spielt nicht mehr mit. Bevor er losgeht, steckt er seinen Kopf in die Bar, um sich von Calogero zu verabschieden, aber der dreht ihm gerade den Rücken zu. Also geht Cosimo grußlos. Und falls der Barista jetzt beleidigt ist, umso besser.

Unterwegs bleibt keiner stehen, um mit ihm zu sprechen, aber Cosimo ist das vollkommen egal; er ist in Gedanken noch bei dem Beschiss mit dem Eis, bei Calogero, der ein Lump ist und sonst nichts. Es sind diese Kleinigkeiten, die ihm einen ganzen Tag verderben können. Außerdem sind da diese Leute, die sich nicht auftreiben lassen und seinen so schon qualvollen Auftritt in der Öffentlichkeit auch noch zu einem gescheiterten Versuch gemacht haben. Es war ein Fehler, hierher zu kommen. Außerdem es ist schon ziemlich spät; so spät werden sie nicht mehr auftauchen. Und schließlich kann es gut sein, dass die das Kind abgeholt haben, während er in der Bar Zeit und Geld vergeudet hat. Vielleicht haben sie sich deswegen nicht auf der Piazza blicken lassen.

Cosimo denkt auf seinem Rückweg an nichts anderes. Nach der Enttäuschung des Vortages wagt er es gar nicht zu hoffen, aber er denkt daran. Und kaum ist er zu Hause angekommen, geht er direkt ins Zimmer, ohne vorher zu rufen. Das Kind ist immer noch da. Es liegt zwar nicht genauso da, wie er es verlassen hat, aber so gut wie. Dieses Mal allerdings öffnet es die Augen, um zu sehen, wer gekommen ist. Es erkennt Cosimo, gibt aber nicht zu verstehen, ob es das für gut oder schlecht hält. Es beschränkt sich darauf, ihn zur Kenntnis zu nehmen und schließt wieder die Augen.

Cosimo bleibt stehen und beobachtet es. Ihm ist inzwischen klar, dass das Kind beschlossen hat, nicht mehr zu essen. Eine Art Hungerstreik also. Nur dass ein zehnjähriges Kind kaum in der Lage sein dürfte, einen Hungerstreikprotest zu seiner Freilassung zu organisieren. Und wenn es trotzdem so wäre, hätte es vorher deutlich mit Streik gedroht. Stattdessen sieht es ganz danach aus, als ob das Kind nicht essen würde, weil es einfach keine Lust hat zu essen. Als ob es sich ein persönliches Selbstverpflegungssystem zurechtgelegt hätte, das Verbrauch und Energiebedarf deutlich reduziert.

Wenn das dem Kind gefällt, sollte es Cosimo mehr als recht sein. Und trotzdem ist dem nicht so. Er fühlt sich verantwortlich. Seit das Kind ihm beinahe das Ohr abgebissen hat, sollte es ihm eigentlich gleichgültig sein, mehr noch: Er müsste es, genau genommen, sogar bestrafen. Und er ist sich sicher, der Hunger würde sofort zurückkommen, wenn er ihm die Merendine nehmen würde. Cosimo beschließt, es dieses Mal ernsthaft zu versuchen.

»Nachdem du die nicht magst, nehm ich sie mit.«

Dann will er eine gekonnte Bewegung hinlegen, eine einzige, mit der er alle Merendine auf einmal einsammelt und mitnimmt. Aber es sind zu viele: Ein paar fallen zu Boden, er bückt sich danach, da fallen ihm wieder welche aus dem Arm. Cosimo beschließt, drei Stück liegen zu lassen, um zu vermeiden, dass ihm noch mehr hinunterfallen. Er bringt die Ladung in die Küche und kommt wieder zurück, um die restlichen zu holen. Dabei überprüft er die Reaktionen des Kindes. Es gibt keine.

Cosimo hatte eine Tante, sie ist bereits gestorben. Diese Tante Maria hatte eine Redewendung für jede Gelegenheit. Um das Kind und sein Verhalten zu beschreiben hätte sie gesagt: Das ist ganz ein Wildes.

Und damit wäre die Nichtbeantwortung von Fragen, die Nichtbeachtung von Ermahnungen sowie das Nichterwidern der Grüße von Erwachsenen gemeint gewesen. Und Cosimo sagt ihm das auch.

»Ich habe noch nie ein wilderes Kind gesehen. Hörst du, ich red' mit dir? Na … Es zahlt sich nicht aus für dich, so mit mir umzugehen. Es ist besser, du verhältst dich vernünftig, dann kann ich eines Tages unter Umständen ein gutes Wort einlegen für dich, bei denen.«

Das Kind dreht sich, um zu sehen, ob er es ernst meint, und Cosimo schaut so ernst drein, wie ihm nur möglich ist. Das Kind scheint seinen Worten zu glauben, aber es nicht für nötig zu halten zu antworten. Cosimo hält das auf jeden Fall für einen Fortschritt, deshalb will er nachsetzen; aber bevor er weiterreden kann, kommt ihm das Kind schon zuvor.

»Hätten die nicht kommen sollen, um mich abzuholen?«

»Tja. Wie man sieht, sind sie nicht gekommen.«

»Und wieso nicht?«

»Was weiß ich? Hast du sie kommen gesehen?«

»Nein.«

»Und ich auch nicht. Was sollen wir tun? Ich kann mich ja nicht aufhängen. Geh aber trotzdem davon aus, dass sie bald auftauchen werden, und dann haben wir die Schererei hinter uns.«

Womit Cosimo sagen wollte, dass das Kind eine Schererei ist für ihn; aber dann wird ihm klar, dass auch er ein Ärger ist für das Kind. Er hat es aber gesagt, weil er sich eigentlich erwartet hätte, dass man sich bedankt bei ihm für das, was er tut; er hat es ja schließlich und endlich nicht misshandelt. Und weil das Kind das nicht zu begreifen scheint, beschließt Cosimo, deutlicher zu werden.

»Du hättest es schlechter treffen können. Was ich tun konnte, hab ich getan. Ich weiß nicht, ob du irgendwo anders so glimpflich durchgekommen wärst, bei dem, was du mir angetan hast.«

Und er berührt sein Ohr, um ihm zu verstehen zu geben, dass es ihn immer noch schmerzt. Das Kind schaut ihn an, vielleicht will es sich ja entschuldigen für das, was es getan hat. Das wäre das Mindeste, denkt Cosimo. Aber das Kind schweigt weiter.

»Wenn ein anderer an meiner Stelle gewesen wäre, was meinst du, was der mit dir angestellt hätte?«

Hier macht er jetzt eine Pause, damit das Kind sich in Ruhe vorstellen kann, was ein anderer an seiner Stelle getan hätte. Und um sich selbst noch schnell etwas einfallen zu lassen. Er braucht dazu länger, als ihm lieb ist.

»Der hätte dir den Kopf abgerissen und ihn dir unter den Arm gesteckt.«

Das Kind soll ruhig wissen, wie brutal die Welt, in der es lebt, sein kann.

»Die da, die dich entführt haben, wenn die dich jetzt, nur als Beispiel, holen kommen, dann ist es besser, du benimmst dich ordentlich, die sind nämlich nicht so wie ich, ich bin gut und nett. Die da, die werden dir wirklich, falls du wieder so etwas tust, den Kopf abreißen und ihn dir unter den Arm stecken.«

Wenn das Kind auch nur ein ganz klein wenig intelligent ist, weiß es jetzt, dass es keine Eile haben sollte. Es ist besser, so lang wie möglich zu bleiben, wo es ist. Zumindest von seinem Standpunkt aus gesehen; für Cosimo sieht das natürlich anders aus.

Fünf

Cosimos Traum ist ein Morgentraum, einer von denen, die man hat, wenn man zu früh aufgewacht und unverhofft wieder eingeschlafen ist, einer der Träume, an die man sich nach dem Aufwachen ein paar Sekunden lang erinnert und danach nicht mehr.

Er und das Kind an einem tropischen Strand. Das Kind denkt, dass Cosimo es einfangen will, und versucht wegzulaufen. Er verfolgt es, wenn auch halbherzig und nur um zu versuchen, das Missverständnis auszuräumen. Erst scheint es einfach zu sein, das Kind einzuholen, aber dann stellt er fest, dass das Kind schneller läuft als gedacht. Außerdem läuft Cosimo im Traum mit kleinen Trippelschrittchen, als ob seine Beine gefesselt wären. Also schreit er ihm hinterher, es solle auf ihn warten, aber die Traumregel besagt, dass man nicht gleichzeitig schreien und laufen kann. Er hält daher an und ruft ihm hinterher, und schon hat das Kind weitere Meter Abstand gewonnen. Jetzt ist es außerhalb der Reichweite seiner Stimme. Cosimo nimmt die Verfolgung wieder auf, aber er macht weiterhin diese sinnlosen Trippelschrittchen. Zudem sind jetzt Schläge zu hören, als ob jemand mit den Fäusten rhythmisch auf einen Tisch hauen würde. Anfänglich sind die Schläge nur im Hintergrund zu hören, aber sie werden umso lauter, je weiter das Kind sich entfernt. Also dreht Cosimo sich, um nachzusehen, ob die Schläge, die er hört, von jemandem kommen, der seinerseits ihn verfolgt, aber da ist niemand hinter ihm. Und trotzdem kommen die Schläge von da hinten; und sie werden immer lauter, so laut, dass die Verstörung, die er anfänglich empfand, sich langsam in Angst und schließlich in eine Art leichter Panik verwandelt. Inzwischen dröhnen die Schläge in immer größerer Nähe, und immer stärker. Es ist, als würden sie Gestalt annehmen und dabei in der Lage sein, alles um ihn herum Stück für Stück auszulöschen. Der Strand, den er vor Kurzem noch entlanglief, existiert nicht mehr, genauso wenig existieren die Palmen und das Meer, die den Strand zu beiden Seiten säumten. Cosimo läuft nicht mehr, er treibt in einem weißen Nichts, das die Beschaffenheit und die Struktur eines sommerlich verschwitzten Bettlakens hat. Tatsächlich wird ihm jetzt klar, es ist es sein eigenes Laken. Zeitgleich mit dem Kind, dem Strand und dem ganzen Rest hat sich auch sein Schlaf verflüchtigt. Übrig geblieben ist allein das Geräusch der Schläge.

Faust auf Tisch, Faust auf Tisch, Faust auf Tisch.

Es ist nicht eine Hand auf einem Tisch, es ist eine Hand an der Tür. Das Kind klopft; als ob er ihm einfach aufmachen könnte, um es hinauszulassen. Es ist dumm, dieses Kind.

Faust auf Tür, Faust auf Tür, Faust auf Tür.

Es ist nicht die Tür seines Schlafzimmers. Zu stark ist der Widerhall, zu massiv das Holz, auf das die Hand schlägt. Es ist die Haustür. Jemand klopft von außen an die Tür. Das Einzige, woran Cosimo denken kann, während er sich die Pyjamahosen, wenigstens die, anzieht, ist: wie lange wohl schon? Lange Zeit, höchstwahrscheinlich, sein Traum hat die Sache sicher etwas hingezogen. Also versucht er, sich zu beeilen und aufzumachen. Erst als er bereits halbwegs angezogen ist, schafft er es, die richtige Frage zu stellen: wer? Es gibt keinen Zweifel: Es sind die, die das Kind abholen. Er schaut auf den Wecker am Nachttisch, es ist Viertel nach acht. Erst zwei Tage Verspätung und jetzt diese Eile. Und immer noch die Schläge an die Tür, und immer ungeduldiger. Cosimo will sie nicht warten lassen.

»Bin schon da. Bin gleich da.«

Endlich hören sie mit dem Klopfen auf. Die Erleichterung darüber schlägt sich in einer kaum spürbaren Verlangsamung seiner Schritte auf dem restlichen Weg zur Haustüre nieder. Er öffnet sie. Hat sich geirrt. Sie sind es nicht.

»Mamma. Mutter.«

»Was hast du gemacht?«

»Geschlafen hab ich.«

»Wo warst du die ganze Zeit?«

»Ich habe geschlafen.«

Natürlich ist es nicht das, was seine Mutter wissen will.

»Seit mehr als drei Tagen höre ich nichts von dir. Warst du krank?«

»Ja.«

»Was hast du?«

»Jetzt geht's mir gut.«

»Was hattest du?«

»Ich war krank.«

»Ja, klar, aber was war's denn, was hattest du?«

Er muss sich etwas einfallen lassen.

»Koliken.«

»Tsss. Wieder? Du hattest schon seit zwei Jahren keine mehr …«

»Na ja, du weißt, wie das ist, mit diesen Koliken … Mal geht's dir gut, dann kommen sie und es geht dir dreckig, dann geht's dir wieder gut. Ich bin nicht einmal zur Arbeit gegangen.«

»Was ist, lässt du mich reinkommen?«

Cosimo will sich für sein Zögern entschuldigen.

»Tut mir leid, ich habe geschlafen.«

Er geht von der Tür weg, um sie hereinzulassen. Es bleibt ihm nichts anderes übrig. Wer weiß, ob das Kind schläft oder schon bemerkt hat, dass jemand gekommen ist. Die Mutter hat mit ihrem Geklopfe so viel Lärm gemacht, und so lange dazu, dass es eigentlich unmöglich ist, dass das Kind davon nicht wach geworden ist. Höchstwahrscheinlich lauscht es jetzt und versucht zu begreifen, was für ein Besuch das ist, ob es sich lohnt, um Hilfe zu rufen, oder nicht.

Die Mutter geht in die Küche und schaut sich dabei kontrollierend um, ob sauber geputzt ist, ob die Dinge da stehen, wo sie es möchte, ob es irgendwelche Spuren gibt, die an die Koliken erinnern, eine Spritze oder eine vergessene Fiole mit einem Schmerzmittel.

»Hör her, einen Telefonanruf hättest du aber schon machen können, oder?«

»Du aber auch.«

»Ich?«

Cosimo begreift, dass er etwas Absurdes gesagt hat. Und tut, als ob nichts wäre.

»Mir ging's so schlecht, dass ich einfach nicht dran gedacht habe.«

»Und die Spritzen?«

»Welche Spritzen?«

»Wer hat dir die Injektionen gemacht?«

Dank ihrer anerkanntermaßen ebenso präzisen wie leichten Handführung ist die Mutter die einzige Person, die ihm jemals eine Spritze gegeben hat, also muss Cosimo jetzt improvisieren. Eine Spritze darf er wennschon nur von jemandem bekommen, den sie erstens kennt und der, zweitens, über den Parteien steht.

»In der Erste-Hilfe-Station«, sagt er also.

»Wie, du bist in die Erste-Hilfe-Station gegangen?«

»Tja …«

»Du bist, mit der Kolik, in dein Auto gestiegen und zur Erste-Hilfe-Station gefahren? Und konntest nicht zu mir kommen?«

Cosimo kennt sie. Sie hält es für komplett ausgeschlossen, dass ihr Sohn sich wirklich lieber von einem Krankenpfleger oder von irgendeinem Arzt eine Spritze geben lässt als von ihr. Und sie bedauert es, einen Sohn zu haben, der so dumm ist, in die Erste-Hilfe-Station zu gehen, um sich dort eine Spritze geben zu lassen: Die Erste-Hilfe-Station ist ein gefährlicher Ort, an dem man gefährliche

Leute trifft. Die Nadel ist unter Umständen nicht sterilisiert, und vielleicht waschen sie sich die Hände nicht. Cosimo kennt sie, sie tut ihm etwas leid.

»Schau, ich hab vor lauter Schmerzen nichts mehr begriffen …«

»Jaaa …«

»Ich konnte nicht denken.«

»Das nächste Mal rufst du mich an und ich komme vorbei. Dann musst du dich auch nicht mit der Kolik ins Auto setzen und herumfahren.«

Cosimo will das Thema wechseln. »Wie bist du denn hergekommen?«

»Die Nachbarin hat mich mitgenommen.«

»Und wo ist sie jetzt?«

»Sie wartet draußen.«

»Die Ärmste.«

Er will schon vorschlagen, sie ins Haus zu rufen, da erinnert er sich an etwas, das er nie hätte vergessen dürfen, nicht einmal für ein paar Sekunden: Im Nebenzimmer wird ein zehnjähriges Kind gefangen gehalten. Es ist bereits schwierig genug, unter diesen Bedingungen seine Mutter im Griff zu haben, die beiden gleichzeitig aber, das ist unmöglich.

Cosimo versucht noch einmal, das Thema zu wechseln. »Und, spürst du die Hitze?«

»Aber sicher: Es ist Juni. Und wir haben noch Juli, August, September vor uns …«

Sie antwortet leicht gedankenverloren, weil sie immer noch in die Runde schaut, auf der Suche nach irgendwelchen Indizien ist, oder einfach nur nach etwas Unordnung. Cosimo hat am Vorabend die Küche aufgeräumt und jetzt ist er sich nicht sicher, ob das gut war oder nicht. Vielleicht ist es gerade diese Ordnung, die sie Verdacht schöpfen lässt. Wenn er am Vorabend einfach alles hätte herumliegen lassen, würde sie sich jetzt über eine Kleinigkeit aufregen, und das würde sie von ihren Nachforschungen ablenken und gäbe ihr außerdem zu tun.

Die Mutter dreht ihm den Rücken zu, als sie weiterredet. »Was hast du dir denn an dem Ohr getan?«

Natürlich hat sie das zuallererst gesehen, gleich schon, als sie ins Haus kam. Er hat das Ohr beinahe schon vergessen, es tat ihm nicht mehr weh, den Verband aber hatte er gelassen, man weiß ja nie.

»Ich habe mich geschnitten.«

»Womit denn?«

»Beim Rasieren.«

»Mit dem Rasiermesser? Was hast du dir denn dabei gedacht?«

»Na ja, was soll ich dir sagen?«

»Nur dir, so was passiert nur dir.«

Die Mutter öffnet den Kühlschrank und wirft einen Blick hinein.

»Sag mal, kaufst du auch ein, zwischendurch?«

»Muss ich noch, heute Nachmittag. Gestern ging's mir zu schlecht.«

»Und was hast du gegessen?«

»Was da war. Und wenn ich diese Koliken bekomme, hab ich keinen Hunger.«

»Soll ich dir einen Sugo kochen?«

»Nein, ist nicht notwendig. Aber wir könnten ja jetzt zusammen einkaufen gehen.«

»Könnte man machen, ja.«

»Geh und sag der Nachbarin, dass sie wieder fahren kann, und dass ich dich nach Hause bringe.«

Aus dem Zimmer ist nichts zu hören, kein Geräusch. Immer, wenn das Kind so still ist, ist Cosimo geneigt anzunehmen, dass es ihm nicht gut geht oder gar, dass es tot ist. Jetzt hofft er beinahe, dass dem so ist, einfach nur, damit seine Mutter das Kind nicht entdeckt. Das wäre das Ende. Welche Erklärungen könnte er ihr geben? Keine vernünftige. Er könnte nur still dastehen und den Kopf senken vor Scham. Was das Ganze nur noch schlimmer machen würde, weil seine Mutter denken müsste, das Kind werde aus den abscheulichsten Gründen hier versteckt gehalten.

Cosimo zieht sich eiligst an und geht in den Garten. Die Nachbarin ist noch da. Sie ist das Spiegelbild seiner Mutter: derselbe Körperbau, derselbe ewig vorwurfsvolle Blick in seine Richtung. Die Nachbarin hat keine Kinder, nimmt aber steten Anteil an den Problemen ihrer Freundinnen, die welche haben. Während Cosimo sich den beiden nähert, erklärt seine Mutter ihr etwas, die Nachbarin aber kann kaum den Blick von ihm lösen. Cosimo erträgt das geduldig, wichtig ist zurzeit nur, dass er die beiden von seinem Haus wegbekommt. Er grüßt kurz angebunden.

»Buongiorno.«

»Buongiorno.«

»Mamma, wir müssen los …«

Gleich hat er die Nachbarin abgefertigt. Sie macht ein paar Schritte, scheint aber nicht ganz überzeugt zu sein. Dann dreht sie sich noch einmal zu Cosimos Mutter, so, als ob er gar nicht da wäre.

»Falls du mich brauchst, ich bin zu Hause …«

Im Auto hält die Mutter sich andauernd am Handgriff fest. Cosimo schaut geradeaus, aber er kann das Schweigen spüren, das da von rechts herüberkommt, während sie ihn beobachtet und den Mund nur aufmacht, um den besten Weg zum Supermarket anzusagen.

»Du jedes Mal mit deiner Umfahrungsstraße …«

Um sie zufriedenzustellen, biegt Cosimo an der nächsten Querstraße ab, es macht eh keinen Unterschied. Der Parkplatz ist kein Problem, es gibt reichlich freie Plätze. Darunter einer, der es seiner

Mutter besonders angetan hat. »Hier, stell dich hier hin, stell dich hier hin.«

Cosimo lässt ihr den Willen, steigt aus, geht um das Auto herum und will ihr beim Aussteigen helfen. Sie wartet auf ihn und tut dabei so, als wolle sie es alleine schaffen. Cosimo versucht sich zu beeilen, aber die Mutter hat schon einen Fuß auf dem Boden.

»Wart, Mamma, wart …«

»Bemüh dich nicht.«

Tatsächlich aber wartet sie und nimmt seine Hilfe an.

Den Supermarket nennt seine Mutter nur Super. Cosimo wusste, dass er ihr mit seinem Vorschlag, in den Super zu gehen, einen sehr appetitlichen Köder hingeworfen hatte. Die Eröffnung des Super vor einigen Jahren hatte zu einer entscheidenden Wende in ihrer Einkaufs- und Lebensordnung geführt. Nichts war mehr mit diesen tagtäglichen kleinen Einkaufszetteln, die sich auf die verschiedensten kleinen Läden verteilten; jetzt ist nur mehr ein einziger Zettel nötig, auf dem alles steht, was im Verlauf einer Woche gebraucht wird, was im Super gekauft wird, in einem Aufwasch. Das war's dann bis zum nächsten Mal. Normalerweise geht sie dienstags in den Super, da ist die Ware frischer und es sind weniger Leute da. Samstags und montags sind immer zu viele Leute da; samstags, weil es Samstag ist, und montags, weil da die Geschäftsleute hingehen, die am Vormittag den Laden geschlossen halten. Alles dumme Menschen, schließlich hat der Super auch heute offen, bis mittags, und heute ist Sonntag Vormittag.

Für Cosimo aber ist der Super ein Ort, in dem er sich gnadenlos verirren kann. Es gibt da viel zu viel Zeug, Möbel sogar, Spielzeug, und Elektrohaushaltsgeräte auch noch; er weiß am Ende nie, was er kaufen soll. Er läuft durch die Gänge und wird zunehmend stärker von einem nicht genau beschreibbaren Seelenschmerz angefallen, dessen Hauptsymptom darin besteht, dass er erst alles haben will und am Ende doch nichts kauft. Oder etwas kauft, von dem er bereits von Anfang an weiß, dass er es überhaupt nicht brauchen wird. Cosimo fühlt sich nicht wohl im Super, und das nicht nur heute.

Als sie ankommen, ist es noch früh am Tag, es ist kaum jemand da. Drinnen schiebt er den Wagen und seine Mutter stellt die Fragen.

»Hast du das?«

Cosimo sagt ja, sagt nein, und sie packt entsprechend ein, sucht allerdings die beste Marke aus, alles immer nur vom Feinsten. Manchmal ergreift sie die Initiative. »Das hast du noch nie probiert, oder?«

»Nein.«

»Das ist aber gut.«

Und legt es in den Wagen. Am Ende reicht das Zeug, das sie eingeladen haben, für einen ganzen Monat. Als sie an die Kasse kommen, ist seine Mutter gerade dabei, ihm gewisse einfache Rezepte zu erklären. »Das kannst sogar du kochen …«

Cosimo aber hört ihr nicht zu, weil ihm die Rezepte der Mutter, auch wenn sie anscheinend einfach sind, immer viel zu kompliziert erscheinen. Die Kassiererin ist dieselbe wie beim letzten Mal. Sie tippt die verschiedenen Artikel ein, manchmal aber unterbricht sie sich dabei, weil sie selbst an einem der Rezepte interessiert ist. Sie verlangt sogar nach Erklärungen, die die Mutter gerne gibt, froh darum, endlich ein williges Publikum gefunden zu haben. Cosimo aber ist froh, außen vor zu bleiben, er hat es eilig, antwortet nur, wenn es unbedingt notwendig ist. Er weiß, dass die Mutter bald wieder auf das Thema zurückkommen wird, das sie wirklich interessiert, auf die Frage nämlich, wieso er in den letzten Tagen verschwunden ist, und dabei will er sich nicht unvorbereitet erwischen lassen. Er versucht, ihre Züge vorherzusehen und die für ihn vorteilhaftesten Gegenzüge vorauszuberechnen.

Aber vielleicht ist das ja auch nur ein falscher Eindruck, und sie wird sich damit begnügen, ihm zu helfen, ohne irgendwelche Fragen zu stellen. Letzthin hat Cosimo häufiger solche Vermutungen, und, ebenso häufig, sofort danach den Eindruck, diese Vermutungen seien vollkommen unbegründet; das liegt vielleicht daran, dass er gerade eine ziemlich anstrengende Zeit durchmacht. Das Beste ist wohl, einfach den Mund zu halten und abzuwarten, bis alles vorbei ist.

Dann kommen sie am Auto an, er hilft der Mutter zuerst auf den Sitz, verstaut den Einkauf im Kofferraum. Als er selbst ins Auto steigt, durchstöbert sie gerade das Handschuhfach. Und macht sich nicht einmal die Mühe, so zu tun, als ob nichts wäre.

»Wo hast du denn die Fahrzeugpapiere?«, fragt sie.

Sie könnte nichts Absurderes sagen, schließlich hat sich seine Mutter nie auch nur im geringsten um Auto oder Fahrzeugpapiere gekümmert. Cosimo versucht zu verstehen, was los ist.

»Wozu brauchst du sie?«

»Wie lange hast du es schon, das Auto?«

»Zehn Jahre …«

»Und wann kaufst du dir ein neues?«

»Wieso, was ist mit dem hier? Ist es nicht gut genug? Wozu brauch ich ein neues Auto? Und das Geld? Gibst *du* mir das Geld?«

Cosimo lässt den Wagen an, sie hat immer noch auf keine seiner Fragen geantwortet. Sie denkt an irgendetwas anderes, das bestätigt seine Vermutung, dass die Geschichte mit den Fahrzeugpapieren der reinste Blödsinn war. Cosimo ist nicht daran interessiert, sie nach einer Erklärung zu fragen, schließlich will er selbst ja auch keine geben. Gleich ist es so weit: Wenn alles gut geht, wird er seine Mutter in ein paar Minuten in ihrer Wohnung abliefern und dann wird er frei sein.

Als seine Mutter feststellt, dass sie zu ihr nach Hause unterwegs sind, fragt sie nach. »Soll ich nicht mitkommen und dir helfen?«

»Das ist nicht nötig. Das mach schon ich, außerdem muss ja noch die Signora Pina kommen.«

»Man hört, dass die Signora Pina nicht mehr kommt.«

»Wer sagt das? Wer hat dir das gesagt?«

»Du, du hast es mir gesagt.«

Cosimo ist sich sicher, nie mit ihr darüber gesprochen zu haben. »Wann denn, bitte?«

Seine Mutter schaut weg. »Oder sie hat es mir gesagt.«

»Du hast sie getroffen …«

»Wie man sieht, hab ich sie getroffen, und sie hat es mir erzählt, ja.«

Cosimo nervt dieses Herumgerede hinter seinem Rücken. Also versteckt er sich in seiner Gereiztheit und beendet das Gespräch; das alles geht nur ihn etwas an. Die Mutter insistiert nicht weiter. Sie reden nichts mehr, bis sie vor dem Haus angekommen sind. Es gibt keinen Parkplatz, und das ist auch besser so.

»Kommst du eine Minute mit hinauf?«, fragt sie.

»Nein. Ich kann das Auto nicht in zweiter Reihe stehen lassen. Und außerdem habe ich die Einkäufe hinten drin …«

»Na gut. Fahr schon, los … Und lass von dir hören, hörst du?«

»Ciao, Mamma.«

Cosimo hilft ihr beim Aussteigen und bringt sie bis zur Haustür. Sie haben sich ja schon im Auto verabschiedet, jetzt wiederholen sie es.

»Ciao.«

»Ciao.«

Sobald er allein ist, macht er sich nach Hause auf. Er ist noch einmal, wie durch ein Wunder, mit heiler Haut davongekommen. In den vergangenen Tagen hat er die Gefahr eines unerwarteten Besuchs ihrerseits deutlich unterschätzt, für diese Leichtsinnigkeit wäre er beinahe böse bestraft worden. Von nun an wird er sehr viel vorsichtiger sein müssen. So etwas kann einmal gut gehen, öfter nicht. Er fühlt sich so sehr in der Schuld bei seinem Glück, dass er gar nicht zu hoffen wagt, zu Hause irgendwelche Neuigkeiten vorzufinden. Neuigkeiten, die eigentlich nur in einer stillen Bitte bestehen: dass das Kind nicht mehr da ist. Dass sie gekommen sind, um es wieder mitzunehmen. Oder dass es geflüchtet ist, abgehauen, nie da gewesen. Was längst dasselbe ist, soweit es ihn angeht. Auch wenn das Kind flüchten würde und die kämen und würden ihm Rechenschaft und Begründung abverlangen, egal, er hatte sich nur für vier Tage verbürgt, allerhöchstens. Vier Tage, und nicht mehr. Cosimo ist beleidigt mit dem Kind und er ist sauer auf diejenigen, die das Kind bei ihm gelassen haben. Eigentlich aber sollte er sich über sich selbst ärgern, weil er heute zum ersten Mal vergessen hat, beim Verlassen des Hauses den Schlüssel an der üblichen Stelle zu hinterlegen. Und wenn die ausgerechnet heute Vormittag vorbeigekommen sind? Unwillkürlich gibt er Gas. Je länger er darüber nachdenkt, umso sicherer ist er sich. Er wäre nicht im Mindesten überrascht: Seit einer Woche geht alles, aber auch gar alles schief, was schief gehen kann. Wahrscheinlich sind sie gekommen, haben an die Tür geklopft, keiner hat geantwortet, sie haben den Schlüssel gesucht, der Schlüssel war nicht da, sie haben noch einmal geklopft, keiner hat geantwortet, und dann sind sie wieder gegangen.

Im Grunde ist er nicht lange weggeblieben: eine Stunde, eineinhalb höchstens. Und die mussten unbedingt genau dann auftauchen? Aber es gibt vielleicht doch noch eine Hoffnung. Für dieses ganze Hin und Her mit Anklopfen, Schlüsselsuche und wieder Klopfen braucht es doch seine Zeit. Vielleicht sind die ja noch da und versuchen immer noch, ins Haus zu kommen. Cosimo drückt stärker aufs Gas, will Zeit aufholen, gibt die Hoffnung nicht auf. Da ist eine Gerade, bevor man auf die Querstraße abbiegt, die zu seinem Haus führt. Auf dieser Geraden könnten sie ihm entgegenkommen, falls sie gerade am Wegfahren sind. Er ist bereit, die entgegenkommenden Autos genau zu mustern, aber es kommt ihm niemand entgegen.

Auch nicht auf der Querstraße. Und keiner vor dem Haus. Er ist wieder einmal hereingefallen. Wieder einmal hat er darauf gehofft, dass irgendetwas gut gehen würde.

Voll beladen mit Einkaufstüten betritt er das Haus. Er stellt die Einkäufe hin und geht sofort in das Zimmer des Kindes. Es liegt im Bett, wie immer. Aber es ist wach.

»Ist jemand gekommen, während ich nicht da war?«

Das Kind antwortet nicht. Das ist eine Unverschämtheit zu viel an diesem eh schon schwierigen Tag. Seiner Stimme ist anzuhören, dass ihm die Geduld langsam ausgeht.

»Ich habe dich gefragt, ob jemand vorbeigekommen ist, während ich weg war.«

»Eine Frau, heute Morgen, aber da hast du ja aufgemacht.«

»Du hast sie also gehört …«

Das Kind rührt sich nicht.

»Und wieso hast du nicht gerufen? Du hättest sie um Hilfe bitten können.«

Das Kind zuckt mit den Achseln.

»Das hast du gut gemacht, auf jeden Fall. Es war meine Mutter. Sie hätte dir nicht helfen können.«

Das Kind zuckt wieder mit den Achseln.

»Nachher ist keiner mehr gekommen?«

Wieder dasselbe Zucken. Die nächste Frage soll es dem Kind unmöglich machen, schon wieder mit den Achseln zu zucken.

»Möchtest du nach Hause zurück?«

Diesmal sieht das Kind ihn an, als ob es verstehen möchte, ob er das im Ernst meint, ob es aus der Sicht Cosimos wirklich Hoffnungen gibt, dass es zu seiner Familie zurück kann. Cosimo antwortet mit einem ungerührten Blick, dem man keine Antwort zu dieser Frage anmerken kann. Tatsächlich hat er keine Meinung zu dem Thema, außerdem geschieht es dem Kind recht, wenn es weiter im

Ungewissen bleibt. Eigentlich sollte es ihm mehr Respekt entgegenbringen. Er könnte sein Vater sein; und ganz sicher ist er derjenige, der kommandiert in dieser Situation. Sie sind nicht Cosimos wegen in dieser Lage, die ist ihm selbst aufgezwungen worden. Auch das Kind ist in einer Zwangssituation, sicher, aber das ist etwas anderes. Vor allem jetzt, wo es aussieht, als seien die Entführer verschwunden, ist er derjenige, der die Macht hat über Leben und Tod des Kindes. Es sollte sich dessen bewusst werden und entsprechend die Konsequenzen ziehen, indem es ein angemesseneres Verhalten an den Tag legt. Allein deswegen stellt Cosimo jedes Mal, wenn er das Kind anspricht, eine gewisse Kaltherzigkeit zur Schau, auch wenn er sich eigentlich Sorgen macht, weil es nicht isst.

»Ich habe eingekauft«, sagt er, so nebenbei wie möglich.

Und will damit nichts sagen als: Wenn du Lust auf irgendetwas hast, nur zu, frag nur.

Aber das Kind bemerkt seine Fürsorge gar nicht. »Ich habe keinen Hunger.«

»Ich bring dir ein kleinwenig Schinken, falls der Hunger doch kommt …«

Er geht in die Küche und lässt dabei die Tür offen, um die Reaktionsfähigkeit des Kindes zu prüfen und festzustellen, ob es flüchten will. Es würde ihm auf keinen Fall gelingen, aber das weiß das Kind ja nicht. Nach diesen Tagen in Gefangenschaft sollte es eigentlich verzweifelt sein und bereit, jede Möglichkeit zu nutzen. Fünfzehn Sekunden lang, so lange wie es dauert, um zwei, drei Schinkenscheiben auf einen Plastikteller zu legen, behält Cosimo die Zimmertür fest im Auge und wartet darauf, dass das Kind auftaucht.

Das Essen ist fertig, und das Kind hat sich nicht blicken lassen. Cosimo öffnet den Kühlschrank und holt eine Wasserflasche heraus. Wie er den Kühlschrank wieder schließt, steht das Kind da. Steht in der Tür, verlässt das Zimmer aber nicht. Steht da, und bewegt sich nicht.

Vielleicht wägt es ja ab, welche Chancen auf eine Flucht ihm die Situation bietet. Cosimo antwortet ihm darauf mit einem einzigen Blick: gar keine. Das Kind scheint das zur Kenntnis genommen zu haben und macht keine Anstalten, sich über die Türschwelle seines Zimmers hinauszubewegen. Cosimo geht ganz ruhig auf das Kind zu, den Teller in der einen, die Wasserflasche in der anderen Hand. Aber er kann das Zimmer nicht betreten, das Kind steht genau in der Mitte der Tür.

»Was ist, lässt du mich vorbei?«

Das Kind tritt zur Seite, um ihm Platz zu machen. Cosimo stellt alles auf den Tisch, dann nimmt er den Nachttopf. Er tut das alles sehr ruhig und täuscht dabei Sicherheit vor, ist aber jederzeit bereit, bei der allerkleinsten Bewegung des Kindes loszustürmen. Das Kind geht an den Tisch, schaut den Schinken nicht einmal an, sondern interessiert sich nur für das Wasser. Es nimmt die Flasche und trinkt, trinkt sehr lange.

»Hast du die Absicht, dein Leben lang nichts mehr zu essen?«, fragt Cosimo.

Das Kind will gerade antworten, da kommt er ihm zuvor.

»Du hast keinen Hunger. Hast du mir schon gesagt.«

Cosimo beobachtet den wilden Durst, mit dem das Kind die halbe Flasche leer trinkt, um sich dann mit dem Handrücken den Mund abzuwischen. Schließlich lässt es sich auf das Bett fallen und bleibt regungslos liegen.

Auf einen Aspekt der Geschichte hat Cosimo bisher noch nicht geachtet: Das Kind langweilt sich. Vielleicht isst es ja nicht, weil es niedergeschlagen ist. Er selbst wäre auch niedergeschlagen, wenn man ihn eine Woche lang in einem fensterlosen Zimmer gefangen hielte. Er muss ihm einen Zeitvertreib organisieren. Cosimo versucht, sich daran zu erinnern, wie er selbst sich abgelenkt hat, als er noch zehn Jahre alt war, aber es fällt ihm nichts ein. Nichts, was gleich zur Hand wäre. Also versucht er, sich vorzustellen, wie er sich die

Zeit vertreiben möchte, wenn er selbst in einer ähnlichen Situation wäre. Sicher hätte er gerne Radio und *Settimana Enigmistica* zur Hand. Vielleicht aber ist ein Radio für dieses Kind, das ja einer ganz anderen Generation mit gänzlich anderen Interessen angehört, nicht das Richtige. Es sollte ein Fernseher sein. Der einzige Fernseher aber, den er im Haus hat, steht in der Küche und Cosimo hat nicht vor, auf ihn zu verzichten und ihn in das Zimmer des Kindes zu stellen. Also bleibt nur noch die *Settimana Enigmistica.*

Normalerweise bewahrt Cosimo die Zeitschrift noch monatelang auf, nachdem er alle Rätsel, die ihn interessieren, gelöst hat. Und so stapeln sich die einzelnen Nummern der Zeitschrift, so lange, bis es wirklich zu viele geworden sind und er endlich beschließt, sie allesamt, ohne Ausnahme, wegzuschmeißen. Zurzeit ist der Zeitschriftenstapel im Zimmer ziemlich hoch. Es ist einige Monate her, seit er sie das letzte Mal auf den Müll geworfen hat, und das kommt ihm jetzt zugute. Es ist eine Familienangewohnheit, auch die offensichtlich unnützen Dinge aufzubewahren; seine Mutter macht das genau so. Er hat mit Signora Pina bereits einige Male wegen der alten Ausgaben der *Settimana Enigmistica* diskutiert. Die Signora Pina ist der Meinung, man solle die Hefte verräumen, sobald die Rätsel gelöst sind, weil sie dann nutzlos sind, nur noch Platz wegnehmen und Staub anziehen. Was die zwei letzten Punkte betrifft, ist Cosimo mit ihr einer Meinung, aber er findet es schade; immerhin gibt es darin neben den Rätseln auch noch Witze, vor allem aber die kulturellen Rubriken wie *Eigenartig, aber wahr!* und *Nicht jeder weiß, dass …*, die einem ein Wissen vermitteln, das leicht wieder vergessen werden kann. Wenn er aber die Hefte aufbewahrt, kann er sie immer wieder einmal durchgehen, obwohl er, um die Wahrheit zu sagen, nie die Zeit dazu hat. Schlussendlich hat die Signora Pina aber aufgeben müssen: Es fällt ihm einfach zu schwer, sich von den alten Ausgaben zu trennen. Und dass er jetzt eine Verwendung für die gesammelten

Settimane Enigmistiche findet, indem er sie dem Kind vorsetzt, ist eine Art moralischer Sieg über die Signora Pina. Schade, dass er ihr das nicht unter die Nase reiben kann.

Er nimmt ein Dutzend Hefte von dem Stapel in der Küchenecke; falls das Kind sie mag, kann er ja weitere holen. Dann klopft er zwar an, wartet aber keine Antwort ab.

»Ich hab dir das da gebracht. Kennst du die Hefte?«

Das Kind macht ein Gesicht, dem man weder ein Ja noch ein Nein ansehen kann. Cosimo möchte zwar freundlich sein, redet aber in einem achtlosen Ton weiter.

»Ich dachte, du langweilst dich. Also …«

»Danke.«

»Wenn du willst, bring ich dir noch mehr.«

»Erst mal reichen die.«

»Die Kreuzworträtsel sind alle schon aufgelöst, aber es stehen auch Witze drin; da vergeht dir die Zeit schneller. Beziehungsweise … Falls du Kreuzworträtsel lösen möchtest, die sind mit Bleistift ausgefüllt. Wir könnten mit dem Radiergummi, wenn du möchtest …«

Weil aber das Kind nichts sagt, legt Cosimo die Hefte auf den Tisch und redet weiter.

»Die sind nicht gekommen.«

»Ich hab's gemerkt.«

»Vielleicht kommen sie morgen. Oder später. Falls sie kommen, und du bist mit den Heften noch nicht ganz durch, kannst du sie auch mitnehmen, ich brauch sie nicht mehr.«

»Und wenn sie nicht kommen?«

»Wenn sie nicht kommen, liest du die Hefte alle durch, dann bring ich dir neue.«

»Und wenn sie überhaupt nicht kommen?«

»Wieso sollen sie denn nicht kommen? Sicher kommen sie. Die lassen dich ja nicht hier, oder?«

»Was weiß ich.«

»Die kommen, die kommen schon.«

»Ich weiß ja nicht einmal, wieso sie mich mitgenommen haben.«

Cosimo ist froh darüber, dass das Kind von sich aus das Thema anschneidet. Er hat es vermieden, er wollte nicht den Eindruck hinterlassen, keine Ahnung davon zu haben, was da läuft. Auch jetzt hält er sich zurück.

»Du weißt es nicht?«

»Nein. Weges des Geldes?«

»Wenn du es nicht weißt …«

»Kennst du die, die mich hergebracht haben?«

»Ich kenn sie und ich kenn sie nicht.«

»Und, was haben die vor? Wollen die mich umbringen?«

»He! Wieso sollten die dich denn umbringen? Wenn sie dich umbringen wollten, hätten sie dich gleich umgebracht und wären die Sorge los gewesen. Und außerdem bringst du dich gerade selbst um, weil du seit wer weiß wie vielen Tagen nichts mehr isst. Wenn du so weitermachst, wird es gar nicht notwendig sein, dass sie dich umbringen.«

Dieses eine Mal wenigstens erwartet sich Cosimo, dass das Kind lacht. Es lacht nicht. Dabei fällt ihm auf, dass es noch nie gelacht hat, seit es da ist. Wenigstens nicht in seiner Anwesenheit.

Was die letzte Frage betrifft, die, ob sie es umbringen wollen: Cosimo hat nicht die geringste Ahnung. Zuallererst müsste man wissen, wieso sie das Kind entführt haben, dann müsste man herausfinden, wo sie bleiben, wieso sie es ihm schon so lange dagelassen haben.

Das Telefon läutet. Das ist eigenartig, weil sein Telefon nämlich so gut wie gar nie klingelt. Tagelang stand es stumm da, und jetzt schreckt es ihn auf. Er läuft los, um das Klingeln endlich zum Schweigen zu bringen.

»Hallo?«

»Ich bin's.« Es ist seine Mutter. »Ich muss dir etwas sagen.«

»Sag mir.«

»Nein, das muss ich dir persönlich sagen. Ich ruf dich nur an, damit du weißt, dass mich die Nachbarin mitnimmt und dass ich komme.«

»Wann?«

»Jetzt gleich …«

»Jetzt kann ich aber nicht.«

»… weswegen du, falls jemand bei dir ist, zusehen musst, dass du ihn wegschickst; ich muss dich nämlich ganz alleine sprechen.«

»Ich komme zu dir, bemüh dich nicht. …«

»Nein, das ist etwas, das muss ich dir bei dir zu Hause sagen. Wir sehen uns gleich.«

Sie legt auf und lässt ihn voller Panik zurück. Zuallererst muss er mit dem Kind sprechen. Cosimo geht in sein Zimmer.

»Meine Mutter kommt gleich. Was hast du vor?«

»Was soll das heißen?«

»Lass uns Klartext reden: Wenn du um Hilfe rufst oder zu schreien anfängst, bring ich dich um. Wenn du dafür sorgst, dass du entdeckt wirst, bring ich dich um. Ich bring dich höchstpersönlich um, dann müssen die anderen dich nicht mehr umbringen.«

»Nein. Ich tu nichts, ich bin still.«

»Ich muss dich verstecken.«

»Wo?«

»Ich weiß es nicht. Außerhalb des Hauses, auf jeden Fall. Hier drin kann ich dich nicht lassen. Wenn du mir versprichst, brav zu bleiben, tu ich dir nichts.«

Cosimo geht, um ein Seil zu holen, stellt dabei aber fest, dass er kein Seil im Haus hat. Außerdem ist es ziemlich unvorsichtig, das Kind nach draußen bringen zu wollen; es sieht den Ort, an dem es sich befindet, und könnte ihn später wiedererkennen. Er glaubt, schon die Tatortbegehung zu sehen, die Carabinieri, die das Kind begleiten, das auf das Haus zeigt. Und trotzdem hat Cosimo keine Wahl: Von einer auf die andere Sekunde wird seine Mutter hier einfallen und darf dann nichts Ungewöhnliches vorfinden. Sie argwöhnt etwas, immerhin hat sie etwas angedeutet von einem Fremden, der im Haus sein soll. Sie ist sich vielleicht nicht sicher, und wenn sie sich nicht sicher ist, zählt das nicht, Cosimo wird so lange leugnen, bis er sich den Tatsachen geschlagen geben muss. Vor allem aber muss das Kind so schnell wie möglich aus dem Haus geschafft werden. Es sollte eigentlich schon nicht mehr hier sein.

Statt des Seiles findet er endlich einen Gummizug, mit dem er ihm die Hände hinter dem Rücken fesselt. Für die Augen verwendet er ein Geschirrtuch. Während er es festbindet, lässt er sich versprechen, dass es nicht versuchen wird, trotzdem hinaus zu linsen; falls doch, umso schlimmer. Das Kind schwört und lässt ihn machen. Verglichen zu damals, vor ein paar Tagen, als sie ihren Nahkampf hatten, scheint es jetzt sehr viel fügsamer und zudem schwächer zu sein. Diese Fügsamkeit freut Cosimo, sie ist ein Zeichen dafür, dass seine Autorität endlich anerkannt wird. Auch wenn er sich in seiner jetzigen Aufregung besonders ungeschickt vorkommt, das Kind scheint es nicht zu bemerken.

Er hat Zeit dabei verloren, es zu fesseln und zu binden, es ist spät. So schiebt er es aus dem Haus. Auf dem Gartenweg zieht er es mit sich, das Kind weiß nicht, wohin es gehen soll und bewegt sich dabei zu langsam. Es tut das nicht absichtlich, man kann erkennen, dass es mitarbeiten möchte. Cosimo bedauert, dass er es traktieren muss, aber es bleibt ihm nichts anderes übrig.

Als sie endlich am Tor angekommen sind, taucht vorn auf der Straße das Auto der Nachbarin auf. Cosimo bleibt einen Augenblick lang stehen, hält das Kind am Hals und versucht zu entscheiden, was zu tun ist. Es bleibt keine Zeit mehr: Er muss umkehren. Das Auto ist noch ziemlich weit entfernt, aber es besteht die Gefahr, dass seine Mutter ihn bemerkt und das Kind gesehen hat. Damit wird er sich später befassen: Er wird alles leugnen, wird irgendetwas erfinden. Er wird ihr vorwerfen, schlecht zu sehen, was übrigens auch den Tatsachen entspricht.

Er kehrt ins Haus zurück, bringt das Kind wieder in sein Zimmer und zwingt es, sich unter dem Bett zu verstecken. Wenn das Kind jetzt Widerstand leisten würde, wäre das unter Umständen sogar besser, er würde sich ärgern, seine Wut an ihm auslassen und sich austoben. Aber das Kind lässt sich wie eine Marionette manövrieren; falls Cosimo auffliegt, ist das ganz allein seine eigene Schuld. Er hätte sich schon zu Zeiten einen Notfallplan zurechtlegen müssen, irgendeinen Trick, der es ihm ermöglicht hätte, in einem Fall wie diesem ungeschoren davonzukommen. Jetzt aber ist es zu spät: Er darf keine wertvollen Sekunden mit Wehklagen und Selbstmitleid verlieren. Er verlässt das Zimmer, schließt die Tür und setzt sich an den Küchentisch. Er versucht einige Sekunden lang, eine angemessene Haltung zu finden, dann überlegt er es sich anders und geht der Mutter entgegen.

Die ist schon im Garten, das Auto der Nachbarin, die sie vorbeigebracht hat, entfernt sich bereits wieder. Cosimo kann sich nicht entscheiden, ob das ein gutes oder ein schlechtes Zeichen sein soll. Es ist ein gutes Zeichen, weil es einfacher ist, es nur mit seiner Mutter unter vier Augen zu tun zu haben, ohne die Nachbarin, die sie womöglich antreibt. Es ist ein schlechtes Zeichen, weil seine Mutter nämlich, wenn sie die Nachbarin wegschickt, vorhat, länger zu bleiben, um den Rätseln dieses Hauses auf die Spur zu kommen. Er beschließt, ihr zuvorzukommen.

»Was ist dir passiert?«, fragt Cosimo.

»Mir, nichts. Und dir?«

»Was soll mir denn passiert sein?«

»Nichts?«

»Nichts.«

»Zum Glück. Kann ich reinkommen?«

Und ist schon ins Haus getreten, während sie noch sprach. Sie wartet erst gar nicht auf ihn, geht direkt zum Gästezimmer, ist sich ganz sicher. Und ist beinahe enttäuscht, als sie niemanden sieht.

»Ist sie gegangen?«

Jetzt begreift Cosimo. Seine Mutter weiß nichts von dem Kind, sie hat es nicht entdeckt, als sie ankam; vor allem aber ist sie überzeugt, dass der Grund für seine Widerborstigkeit in diesen Tagen eine Frau ist, ob Verliebte oder Geliebte. Cosimo ergreift sofort die Chance, sie so weit wie möglich auf dieser falschen Fährte zu begleiten.

»Wer: sie …?«

»Es ist nicht nötig, dass du mir gegenüber den Dummkopf spielst. Wenn du schon deine Schweinereien treibst, dann musst du dich nicht auch noch verstecken. Mich stört nur, dass ich auf den Arm genommen werde.«

»Wie, auf den Arm nehmen? Wovon redest du?«

»Du weißt es. Lassen wir die Kindereien, du bist schließlich inzwischen vierzig Jahre alt.«

»Ich weiß es nicht …«

»Und vor allem gab es gar keinen Grund, so in der Versenkung zu verschwinden und deine Mutter dermaßen zu erschrecken. Und hier im Haus, dann …«

»Aber es ist niemand da …«

»Jetzt, jetzt ist niemand da. Das wär ja noch schöner: Du würdest doch nicht auch noch dafür sorgen, dass ich sie hier antreffe, oder?«

Cosimo möchte darauf eigentlich sagen, dass das hier jetzt sein Haus ist, dass er da wohnt; aber er will die Situation nicht noch schwieriger machen. Vielleicht ist es viel eher angebracht, irgendetwas zuzugeben, um den Verdacht vollends in die falsche Richtung zu lenken.

»Und wenn …?«

»Ah, endlich …«

»Endlich ganz und gar nicht. Ich sage ja nur: Und wenn eine Frau da gewesen wäre? Darf ich keine Freundin haben?«

»Du kannst tun und lassen, was du willst, aber du darfst mich nicht auf den Arm nehmen. Oder du darfst dich nicht erwischen lassen dabei. Dann ist es egal. Aber wenn du dich erwischen lässt, dann nein.«

»Wie: nein?«

»Nein und Schluss, aus.«

Die Mutter sitzt inzwischen am Tisch. Eigentlich gibt es einen sehr bequemen Sessel, aber den verschmäht sie. Vom Stuhl steht es sich leichter wieder auf, um in der Küche ein paar Dinge zu erledigen. Das gilt bei ihr zu Hause, das gilt in den Häusern der anderen. Inzwischen hat sie aufgehört, sich dauernd umzusehen, vielleicht hat sie ja akzeptiert, dass in dem Haus niemand ist außer ihnen beiden.

»Gibst du mir ein Glas Wasser?«, sagt sie.

Cosimo holt die Wasserflasche aus dem Kühlschrank. Sie wartet, bis er das Glas gefüllt hat, bevor sie etwas sagt.

»Das ist eiskalt. Wenn es eiskalt ist, schadet es mir.«

»Willst du lieber eines vom Hahn?«

»Das aus dem Wasserhahn ist ekelhaft. Hast du keines mit Zimmertemperatur?«

Er holt eine neue Wasserflasche, öffnet sie und schenkt ihr ein zweites Glas ein. Das kalte Wasser trinkt er selbst, um es nicht wegschmeißen zu müssen.

Die Mutter wartet, bis er das beschlagene Glas zum Mund gehoben hat.

»Das tut auch dir schlecht, davon bekommst du einen Blutstau. Hast du bei uns zu Hause jemals Wasser im Kühlschrank gesehen?«

Cosimo hört zu trinken auf.

»Einmal hat ein Freund deines Vaters, der völlig erhitzt war, einen Liter eiskaltes Wasser getrunken, bekam einen Blutstau und starb.«

»Tatsächlich!«

»Tja.«

In der darauffolgenden Pause kann Cosimo kurz darüber nachdenken, worüber man als Nächstes reden könnte, da kommt ein Geräusch aus dem Gästezimmer. Er hat es gehört, und das beinahe nicht wahrnehmbare Erstarren seiner Mutter sagt ihm, dass auch sie es gehört hat. Keiner der beiden sagt etwas: Sie versuchen zu hören, ob das Geräusch sich wiederholt. Seine Mutter hat gute Gründe, weiter hinzuhören, er aber eigentlich nicht. Cosimo müsste sofort laut weitersprechen, so viel Lärm wie möglich machen, um jedes andere Geräusch zu übertönen. Er bringt aber keinen einzigen Laut heraus, er ist beinahe wie hypnotisiert. Auch er will wissen, ob sich das Geräusch noch einmal wiederholt, auch wenn er weiß, was es ist und die Folgen kennt, die sich daraus ergeben könnten. Er könnte natürlich einen allerletzten Versuch unternehmen, das alles zu verhindern, wenigstens die Tür wieder schließen, die er dummerweise nach Mutters flüchtigem Inspektionsgang offen gelassen hat. Aber er fühlt sich plötzlich völlig kraftlos und schwindelerregend angezogen von seinem bevorstehenden Untergang. Der Großteil seiner Kräfte hat den Kampf aufgegeben, der Rest wird gerade zur Aufgabe gezwungen. Irgendetwas geschieht in dem Zimmer in seinem Rücken, und Cosimo hat keine Möglichkeit mehr, es zu verhindern.

Der Blick seiner Mutter leuchtet kurz auf. Sie starrt auf etwas, das vom Türstock des Gästezimmers eingerahmt wird, und er ahnt, was das ist.

Sechs

»Und wer ist das?«

Cosimo dreht sich um. Das da ist ein immer noch gefesseltes Kind mit verbundenen Augen, das aus seinem Versteck gekommen ist, in dem es besser weiter geblieben wäre, zum Wohle aller. Und der Anschein ist schlimmer als die Wirklichkeit. So, wie es da steht, sieht es erbärmlich aus. Noch vor Kurzem hatte er gedacht, er würde in jedem Fall bis zu allerletzt alles abstreiten, aber diese Erscheinung da übertrifft alles. Es gibt nichts mehr zu sagen. Cosimo unterwirft sich der Gnade seiner Mutter.

»Was macht das Kind denn da? Und wieso ist es gefesselt?«

Cosimo antwortet ihr nicht. Also wendet sie sich direkt an das Kind.

»Wer bist du denn? Was machst du hier?«

Sie fragt nicht, wer es gefesselt hat, vielleicht aus Angst, zu viele Antworten auf einmal zu bekommen, vielleicht aber auch, weil sie die Antwort schon kennt. Wer sonst kann das schon gewesen sein?

Und nachdem auch das Kind nicht auf ihre Fragen antwortet, steht die Mutter auf und geht zu ihm hin, beugt sich hinunter und nimmt ihm die Binde ab. Sie könnte ihm jetzt auch die Fesseln abnehmen, aber sie tut es nicht. Nachdem es die Binde los ist, kneift das Kind die Augen zusammen und schaut sich um. Vor allem schaut es sich die Mutter an, das einzig wirkliche Neue im Haus. Es weiß nicht, ob es ihr trauen kann, es hat nur wenige Sekunden, um zu verstehen, auf welcher Seite sie steht. Cosimo ist ihr Sohn, aber das Kind ist gefangen und wehrlos. Es setzt auf sein erbärmliches Aussehen, außerdem hat es nichts mehr zu verlieren, also lässt es zu, dass sie es streichelt, versteckt sich sogar beinahe hinter ihr.

»Wohin willst du? Wo versteckst du dich?«

Womit sie ihm sagen will, dass keine Gefahr herrscht, dass der, vor dem es sich verstecken will, Cosimo, ihr Sohn ist, der ihm sicher nie wehtun würde. Cosimo und das Kind aber sehen sich an, und das Kind weiß, dass es sein Vertrauen enttäuscht hat. Cosimo bedeutet ihm stillschweigend, dass es früher oder später bestraft werden wird für das, was es getan hat. Auch deswegen hat das Kind nicht die Absicht, wieder nach vorne zu kommen. Die Mutter versucht es nicht einmal.

»Komm her, lass dich ansehen …«

Weil sich das Kind aber weiter hinter ihrem Rücken versteckt, wird sie ernst und wendet sich an ihren Sohn.

»Kannst du mir erklären, was das mit dem Kind hier bedeuten soll?«

Sogar Cosimo weiß, dass er es diesmal zu weit getrieben hat, und antwortet nicht. Sie geht und holt das Wasserglas, das sie auf dem Tisch gelassen hat, und trinkt es in zwei Schlucken aus. Das Kind steht regungslos da. Es weiß nicht, ob es ihr folgen soll, aber dabei würde es sich Cosimo zu sehr nähern, also bleibt es an seinem Platz auf der Türschwelle. Während die Mutter trinkt, vermeidet sie jeden Blickkontakt sowohl mit dem Kind als auch mit dem Sohn. Cosimo steht auf und schließt die Tür, nachdem er das Kind möglichst vorsichtig ins Zimmer geschoben hat. Er schließt ab und ist dann mit seiner Mutter allein.

»Wie lange hast du es schon?«

»Eine Woche.«

»Sicher?«

»Acht Tage, seit letztem Montag.«

»Und was tust du damit?«

»Nichts, nichts tu ich. Sie haben es mir nur gegeben, damit ich es hierbehalte.«

»Wer hat es dir gegeben?«

»Sie haben es mir gegeben …«

»Und wer das ist, darf man nicht erfahren?«

Die Mutter insistiert aber nicht weiter. Sie schenkt sich Wasser nach und trinkt.

»Wie lange musst du es behalten?«, sagt sie dann.

»Ich weiß es nicht. Die haben gesagt, sie holen es wieder ab, aber sie sind nicht gekommen.«

»Und du kannst es ihnen nicht hinbringen?«

»Nein.«

»Kannst du sie nicht suchen? Hast du eine Telefonnummer?«

»Nein.«

»Kannst du nicht hingehen und mit ihnen reden?«

»Ich habe es versucht, aber ich hab sie nicht gefunden.«

»Na, dann geht's uns ja gut …«

»Eh …«

»Und der Brociolone war also für das Kind?«

»Ja.«

»Hat er ihm geschmeckt?«

»Ja. Aber danach hat es nichts mehr gegessen.«

»Hast du gekocht?«

Cosimo würde gerne auf Komplikationen verzichten, gerade jetzt, also lügt er.

»Ja.«

»Was denn?«

»Pasta al sugo.«

»Und das Kind?«

»Hat nichts gegessen.«

»Wie hast du die Nudeln denn gekocht?«

»Normal. Mit Sugo.«

»Und, hast du Zwiebel verwendet?«

»Nein.«

Die Mutter steht auf, es ist, als ob sie endlich den Punkt gefunden hätte, an dem alles im Leben ihres Sohnes schiefzugehen begann, so als ob sie aber wüsste, wie man das Problem beheben könne. Aus dem Speiseschrank holt sie Olivenöl, aus dem Kühlschrank eine Zwiebel, die aber wer weiß wie alt ist.

»Eine schönere hast du nicht?«

»Hab ich vergessen, als wir einkaufen waren.«

»Keine Sorge. Basilikum hast du?«

»Ich glaube nicht. Warte mal …«

Cosimo tut so, als ob er auf dem Küchenbord suchen würde, er öffnet den Kühlschrank, dabei weiß er genau, dass er kein Basilikum hat. Als er die Suche aufgibt, zieht seine Mutter ein Gesicht, halb Vorwurf, halb Dann-muss-es-eben-ohne-gehen. Sie macht den Herd an und stellt einen niedrigen Topf mit etwas Olivenöl aufs Feuer. Dann schneidet sie die Zwiebel schnell in große Stücke.

»Knoblauch hast du?«

Cosimo bewahrt ihn in einer Dose auf, er nimmt eine ganze Knolle. Normalerweise klappen die Dinge besser, wenn seine Mutter kocht.

»Weißt du, was wir tun? Wir geben den Knoblauch als Ganzen dazu, und falls er dem Kind nicht schmeckt, können wir ihn einfach herausnehmen.«

Es tröstet Cosimo etwas, dass es so aussieht, als ob seine Mutter die Sache in Angriff genommen hätte. So wie sie in der Küche steht, könnten die Dinge wieder in Ordnung kommen, angefangen bei der Tatsache, dass das Kind nicht essen will, vor allem aber, was den ganzen Rest betrifft. Er muss nichts anderes tun, als ihr die Initiative zu überlassen. Es sind erst wenige Minuten vergangen, und schon erinnert er sich beinahe nicht mehr daran, welche Sorge ihm die Vorstellung, die Mutter könne sein Geheimnis entdecken, gemacht hat. Im Gegenteil, es war dumm von ihm, sie nicht von vornherein in die Sache mit einzubeziehen. Sie hätte alle Probleme gelöst, auf jeden Fall aber hätte sie ihn entsprechend beraten. So ist es gewesen, seit er klein war, und es gibt keinen Grund, wieso es nun anders laufen sollte, vor allem jetzt, wo er in der Patsche steckt. Er hat sich eigentlich viel zu dumm aufgeführt, als dass er noch groß reden könnte, aber er will ihr auch irgendwie zeigen, dass er jetzt verstanden hat. Er sieht sich in der Pflicht, ihr die wiedergewonnene Rolle als Familienoberhaupt auch formal zu übertragen. Und halb hoffnungslos, halb erleichtert entschlüpft ihm die Frage: »Was soll ich tun?«

»Eh, was sollen wir schon tun …«

Cosimo entgeht die Mehrzahl nicht. Es bedeutet, dass sie sich inzwischen zur Gänze mit den Problemen des Sohnes identifiziert. Und tatsächlich hat sie auch sofort einen Plan zur Hand.

»Zuallererst müssen wir dem armen Kind etwas zu essen geben, es kommt mir sehr dürr vor.«

»Es hat abgenommen in diesen Tagen.«

»Ja natürlich, du hast ihm ja nichts gekocht …«

Eigentlich hatte er ihr ja erzählt, Pasta al sugo gekocht zu haben. Das ist zwar nicht wahr, aber sie sollte ihm glauben, angesichts des neu erstandenen Klimas gegenseitigen Vertrauens. Aber Cosimo hat zugegeben, keine Zwiebeln angedünstet zu haben für den Sugo, und das ist in ihren Augen so, als hätte er gar nicht gekocht. Es ist trotzdem gut so: Auch wenn sie nicht glaubt, dass er in der Lage ist, Pasta al Sugo zu kochen, Cosimo ist alles recht. Und während sie weiter kocht, schweigt er. Ein paar Mal scheint es, als ob seine Mutter drauf und dran wäre, etwas zu sagen, Cosimo kann sich vorstellen, wie viele Fragen sie ihm stellen möchte. Schlussendlich aber zieht auch sie es vor, nichts zu sagen.

Als die Pasta fertig ist, riecht es gut, auch ohne Basilikum und mit alter Zwiebel.

»Ich habe zwar auch für uns gekocht, aber zuerst geben wir dem Kind zu essen, dann sind wir die Sorge schon einmal los.«

Dass er jemand anderem den Vortritt lassen soll beim Essen, erscheint Cosimo wie eine kleine Strafe für die große Schuld, die er eingestanden hat. Er steht auf, um ihr irgendwie zu helfen, öffnet die Tür zum Zimmer des Kindes, aber die Mutter bedeutet ihm, draußen zu bleiben.

»Ich gehe besser allein hinein, vor dir erschreckt es sich bloß.«

Cosimo muss wieder einmal zugeben, dass sie recht hat, auch wenn er es bedauert, dass die Mutter ihn ausschließt, jetzt, wo er eigentlich dachte, eine gewisse Komplizenschaft zurückgewonnen zu haben. Er bleibt in der Küche zurück, wartet in Türnähe, allerdings wird ihm bald klar, dass die Geschichte sich hinziehen wird, also setzt er sich. Auf dem Tisch steht der Topf mit der Pasta. Er hat Hunger bekommen, aber er wagt es nicht, auch nur eine Gabel voll zu kosten. Er wartet, und wieder erscheint es ihm wie eine kleine Strafe, die er abzusitzen hat.

Seine Mutter kommt nach zehn Minuten zurück, der Nudelteller ist kaum angerührt. Sie scheint etwas verwirrt zu sein.

»Er hat's nicht gemocht.«

»Ich habe es dir gesagt.«

»Es ist eigenartig, das Kind.«

»Tja …«

»Zwei Gabeln hat es gegessen, das war's auch schon. Könnte sein, dass es keinen Knoblauch mag. Obwohl ich ihn ja rausgenommen habe … Ich koch eventuell noch einmal, ohne Knoblauch, und dann werden wir sehen.«

»Zuerst aber essen wir beide …«

»Jaja.«

Sie essen. Reden nicht. Cosimo sieht die Mutter an, aber sie antwortet nicht auf seine Blicke. Sie denkt nach.

»Wenn die nicht kommen, um es zu holen, ist das ein Problem«, sagt sie dann.

»Das weiß ich, und wie ...«

»Was kochen wir ihm denn?«

»Pasta mit Sugo ohne Knoblauch?«

»Und wenn er die Pasta nicht isst? Er erinnert mich an dich, als du Kind warst, du wolltest nie etwas essen. Ich habe dir richtig gute Sachen gekocht, und du wolltest immer nur Brot mit Olivenöl. Den ganzen Tag lang Brot mit Olivenöl. Erinnerst du dich noch?«

»Aber ja.«

»Was sollte ich denn tun? Ich habe dir das Brot warm gemacht, mit ein kleinwenig Öl, Salz und Origano. Weißt du, was ich manchmal noch draufgetan habe? Ein ganzkleinwenig Zitrone, es war ein Versuch, dich an andere Geschmäcker zu gewöhnen. Aber nichts da: Du wolltest nur Brot mit Olivenöl. Die Zitrone mochtest du nicht. Da habe ich gesagt: Magst du vielleicht ein kleinwenig Kartoffelkuchen?«

»Und, was habe ich gesagt?«

»Du hast zu mir gesagt: Brot mit Öl. Immer nur Brot mit Öl. Und das Kind da ist wie du, als du klein warst, habe ich den Eindruck.«

»Und dann? Wie ist es ausgegangen?«

»Es endete damit, dass ich dir ständig gute Sachen gekocht und du dich schließlich ans Essen gewöhnt hast.«

»Und was sollen wir mit dem Kind machen?«

»Wir müssen zuerst einmal etwas finden, was ihm schmeckt.«

»So was wie Brot mit Öl?«

»Ja. Als erstes aber koche ich ihm eine andere Pasta, dann wollen wir sehen, ob sie ihm schmeckt.«

Die Mutter macht sich daran, eine einfache Pasta zu kochen, mit Thunfisch, aber ohne Knoblauch. Als sie fertig ist und es Zeit wird, sie dem Kind zu bringen, meldet sich Cosimo.

»Soll ich auch mitkommen?«

»Na, dann komm schon …«

Sie betreten beide das Zimmer. Das Kind zeigt etwas Angst, als es ihn sieht, die Mutter aber beruhigt es und beginnt, es loszubinden.

»Wir haben eine andere Pasta gekocht, Cosimo und ich, ohne Knoblauch. Schmeckt's dir so?«

Die erste Gabelladung ist nur ein kleiner Bissen, lediglich eine Kostprobe, aber das Kind will schon nicht mehr. Cosimo verliert sofort die Geduld: »Iss jetzt!«

Die Mutter bringt ihn zum Schweigen.

»Psst! Er isst gleich, er isst schon. Stimmt doch, dass du die Pasta isst? Oder? Komm, jetzt zeigen wir dem Cosimo, wie du sie isst … Aaahm … Wovor hast du Angst? Glaubst du, das ist giftig? Schau, die Gabel voll ess jetzt ich … Mmh, sehr gut. Cosimo, möchtest du auch ein bisschen?«

Cosimo beugt sich vor, ohne lang nachzudenken, aber seine Mutter zieht die Gabel, die sie ihm eben hingehalten hat, sofort wieder zurück.

»Nein nein: Die Gabel ist nicht für dich. Die ist für … Weißt du eigentlich, dass ich nicht einmal weiß, wie du heißt? Wie heißt du? Hä? Eh? Wie heißt es?«

»Ich weiß es nicht«, sagt Cosimo.

»Nicht einmal das haben sie dir gesagt?«

»Nein.«

»Was haben sie dir denn gesagt?«

»Nichts.«

»Die haben gesagt: Nimm das Kind, und das war's?«

»Ja.«

Seine Mutter schüttelt den Kopf und fuchtelt mit der Gabel, sodass sie riskiert, die drei darauf aufgespießten Fusilli zu verlieren.

»Komm schon, wenn du mir nicht sagen willst, wie du heißt, dann iss wenigstens ein ganzkleinwenig von der Pasta, ich hab sie doch eigens für dich gekocht. Mit Thunfisch! Die ist sehrsehr gut. Und pass auf: Wenn du sie nicht isst, dann lass ich sie komplett den Cosimo aufessen. Cosimo, magst du sie, die Pasta?«

Cosimo macht ein interessiertes Gesicht, aber er ist wenig überzeugt von der Sache. Seine Mutter ist zu weichherzig mit dem Kind, und ihre Taktik ist zu kindisch, völlig ungeeignet für einen in diesem Alter. Er will sich aber nicht einmischen und lässt sie machen.

»Siehst du? Wenn du sie nicht isst, isst er sie auf, und zwar alle.«

Das Kind hält weiterhin den Mund geschlossen und sie verliert zum ersten Mal die Geduld. Versucht, mit der Gabel den Mund des Kindes aufzuzwingen; das Kind öffnet kurz den Mund und schließt ihn sofort wieder. Von den drei Fusilli bleiben zwei drinnen, einer landet auf dem T-Shirt, der Sugo hinterlässt Spuren. Außerdem kaut es nicht und scheint knapp davor zu sein, die Pasta wieder auszuspucken. Die Mutter wird immer nervöser und beginnt zu drohen.

»Jetzt reicht es! Ich hab genug! Wenn du nicht wenigstens die Hälfte dieses Tellers isst, werde ich gehen, und Cosimo wird sich darum kümmern, dass du isst, im Guten oder im Schlechten.«

Das Kind kaut auf den zwei Fusilli herum, traut sich nicht, sie auszuspucken. Dann schluckt es sie mit großer Mühe. Das dauert zwar fast eine Minute, aber es ist schon einmal etwas.

»Und, wie sind sie? Schmecken sie dir? Ist sie gut, die Pasta col tonno? Komm schon … Weiter.«

Sie spießt wieder vier Fusilli mit der Gabel auf und versucht, es dazu zu bringen, sie zu schlucken.

Das Kind biegt sich nach hinten zurück. »Ich fühl mich nicht …«

»Schmecken sie nicht?«

»Ich mag keine.«

»Wie, du magst keine? Ich koch dir Pasta col sugo, und du magst sie nicht, weil Knoblauch drin ist. Ich koch dir Pasta col tonno, und die magst du dann auch nicht. Was hat diese Pasta jetzt, dass sie dir nicht schmeckt?«

»Der Thunfisch.«

»Thunfisch magst du auch keinen? Aber was soll ich dir denn kochen, mein Kind? Was schmeckt dir denn? Hä? Wenn du es mir sagst, koch ich es dir, dann hast du wenigstens etwas im Magen. Eh? Sagst du mir, was ich dir kochen soll?«

Cosimo hat die Formulierung registriert; aber es ist nur eine Redensart.

»Nichts«, sagt das Kind.

»Nichts? Wie nichts? Nimmst du mich auf den Arm? Cosimo, halt ihn fest.«

Erst zögert Cosimo kurz, dann gehorcht er. Das Kind tritt um sich. Die Mutter stellt den Teller auf dem Nachttisch ab, hält dem Kind mit der freien Hand die Nase zu und zwingt es damit, den Mund zu öffnen. Bei der erstbesten Gelegenheit schiebt sie ihm die Gabel in den Mund und lässt die Nase los. Das Kind spuckt den Großteil wieder aus, auf das T-Shirt, auf das Bettlaken, auf die Kleidung der Mutter. Die schreit auf.

»Schau, was du da getan hast! Hast mich ganz mit Sugo verdreckt. Du bist ein Flegel! Ein Hätschelkind! Du isst nicht! Wie haben die dich denn erzogen, zu Hause?«

Die Mutter macht eine Handbewegung, die allergrößte Unduldsamkeit bedeuten soll, schweigt einige Sekunden lang und versucht, wieder die Ruhe zu finden, die sie braucht, um weiterzumachen. Das gelingt ihr nur teilweise, ihre Stimme klingt nicht mehr so beruhigend wie vorher. Streng ist sie jetzt, und kurz angebunden.

»Tu, was du willst. Ich lass dir den Teller da …«

Cosimo mischt sich ein.

»Soll ich es versuchen?«

Die Mutter gibt ihm ein Zeichen, dass sie die Sache zu Ende bringen will.

»Wenn du was möchtest, hier steht es. Heute gibt es nichts anderes mehr. Das da, oder nichts. Gehen wir.«

Sie verlässt den Raum, ohne das Kind noch eines Blickes zu würdigen. Cosimo aber schaut es sehr ernst an.

»Siehst du, was du angestellt hast?«, sagt er, sehr leise.

Kaum sind sie wieder unter sich, beginnt Cosimo zu reden.

»Das hab ich schon versucht: Das Essen stehen zu lassen und zu gehen. Es isst auch dann nicht.«

Das ist der Mutter, die inzwischen anscheinend wieder zu ihrer Ruhe gefunden hat, egal. »Das Ärmste …«

»Wie, das Ärmste? Siehst du nicht, wie es sich aufführt? Seit ich es hier habe, ist es so und will nicht essen.«

»Es ist ein Kind. Mit dir war das ganz genau so. Es gab einfach keine Möglichkeit, dich zur Vernunft zu bringen.«

»Naja, Brot mit Olivenöl hab ich ja gegessen …«

»Jeder hat so seine eigenen Marotten.«

»Das da scheint mir aber alle gleichzeitig zu haben. Was hätten wir denn noch alles machen sollen außer dem, was wir getan haben? Stattdessen gibt es jetzt ein zusätzliches Problem …«

Die Mutter setzt sich vor den Fernseher und sieht sich eine Nachrichtensendung an, ohne Ton.

»Welches Problem?«

»Du hast ihm meinen Namen gesagt. Es hat also nicht nur uns beiden ins Gesicht gesehen, es weiß jetzt auch noch, wie ich heiße. Fehlt nur noch, dass wir ihm die Adresse und die Telefonnummer geben.«

»Bah, was redest du da?«

»Wie, was redest du da …? Du verstehst nichts von diesen Dingen. Du weißt, dass das zuerst drankommt, wenn sie …?«

»Dann hättest du aber besser von allem Anfang an etwas übers Gesicht getan, dann hätte es dich auch nicht wiedererkennen können. Jetzt ist es, wie es ist, jetzt kannst du dich auch gleich richtig trauen. Und schlussendlich, was haben wir denn schon getan, wir beide?«

Vielleicht melden die Nachrichten ja etwas über das Kind. Cosimo vermutet das, weil sie gerade spielende Kinder zeigen. Er sucht die Fernbedienung, um den Ton lauter zu machen, aber als er sie endlich gefunden hat, erinnert er sich, dass sie schlecht funktioniert, er muss eine Zeit lang daran herumfummeln. Noch bevor es aber klappt mit der Fernbedienung wird eine Statistik eingeblendet mit Zahlen über Kinderarbeit, die ihn überhaupt nicht interessiert.

»Hast du es denn entführt?«, redet die Mutter weiter. »Nein. Ich auch nicht. Wir hier, wir tun nichts anderes, als es eine Zeit lang zu verwahren. Im Gegenteil: Es muss froh sein, dass es an uns geraten ist, es hätte auch schlimmer kommen können. Wenn, nur als Beispiel, wenn die da es behalten hätten? Von wegen Brociolone und Pasta col tonno!«

Die Nachrichten berichten vom Fußball. Zeigen einige Tore des Vortages, Cosimo wird dadurch etwas abgelenkt, er hat sie noch nicht gesehen. Die Mutter macht mit ihren Überlegungen weiter.

»Aber das Ärmste versteht diese Dinge eben nicht. Es ist ein Kind, was soll es da verstehen? Also lass uns lieber von ernsthaften Dingen reden … Was tun wir also …?«

Cosimo war mit den Toren beschäftigt und hat nicht ganz zugehört.

»Wie, was tun wir, in welchem Sinne …?«

»Was willst du mit dem Kind tun, in diesem Sinn.«

»Das weiß ich nicht.«

»Willst du, dass ich hier bleibe?«

»Ich weiß es nicht …«

»Wenn du willst, kann ich hier bleiben und dir helfen.«

»Ich will nicht, dass du dir Mühe machst …«

»Welche Mühe? Du bist mein Sohn, oder nicht?«

»Naja, dann …«

Der letzte Teil des Gesprächs zwischen Mutter und Sohn hat stattgefunden, ohne dass einer der beiden sich bewegt hätte, oder seine Haltung geändert, die Beine übereinandergeschlagen oder eine Haarsträhne zurechtgerückt hätte. Beide haben begriffen, dass sie in einer wichtigen Übergangsphase stecken. Sie haben sich geeinigt, es geht jetzt nur noch darum, die Details festzulegen. Cosimo will sogar so weit gehen, ihr alle Hausrechte abzutreten.

»Du kannst das Schlafzimmer haben, ich schlaf auch auf dem Sessel sehr gut.«

»Aber du musst mich nach Hause bringen, ich muss ein paar Sachen holen für mich. Kann ja schlecht so bleiben …«

»Wenn du willst, auch gleich.«

Die Mutter ist ohne lange Diskussion einverstanden. Obwohl dieser Augenblick von einer gewissen Feierlichkeit ist, begnügen sich beide damit, die Küche aufzuräumen und loszufahren. Die Anwesenheit seiner Mutter, bis vor Kurzem noch eine fürchterliche Vorstellung, scheint Cosimo jetzt die beste aller möglichen Lösungen zu sein.

Wieso hatte er nicht früher daran gedacht? Was weiß er denn schon von Kindern? Wenn er ein Kind gehabt hätte, hätte er Schritt für Schritt seine Erfahrungen sammeln können; so unmittelbar aber mit einem zehnjährigen Kind anzufangen, das war eine verheerende Erfahrung, die ihn sehr viel Mühe gekostet hat, und ein Stück Ohr dazu. Und auf eben diese Verletzung kommt seine Mutter zu sprechen, während sie im Auto sitzen.

»War das das Kind?«

Cosimo weiß, dass er sie belogen hat, vorher; wichtig aber ist nur, sie jetzt nicht zu belügen.

»Ja.«

»Ärmster …«

Einen Augenblick lang fragt Cosimo sich, ob sie ihn oder das Kind meint. Nur einen Augenblick lang. Es besteht kein Zweifel daran, dass im Augenblick er der zu Bemitleidende ist.

Seine Mutter hat beschlossen, unter anderem mit drei Koffern voller Kleider in das Haus des Sohnes umzuziehen, vor allem Sommerkleider, aber auch eine Auswahl an Winterkleidern, darunter ein Mantel. Der Wintermantel wird Cosimo zum Gegenstand des Versuchs einer kurzen ironischen Unterhandlung.

»Was nimmst du denn da mit, den Wintermantel?«

Die Mutter bleibt streng. »Du verstehst nichts.«

Cosimo begreift, dass er sich noch viel zu verzeihen lassen hat, also steckt er den Seitenhieb ohne Murren ein, er ist längst überzeugt davon, dass der Umzug seiner Mutter eine positive Wende in dem Desaster ist, als das sich sein Leben in letzter Zeit herausgestellt hat. Cosimo hilft ihr beim Kofferpacken, so weit es ihm erlaubt ist jedenfalls. Er darf die Koffer schließen, zum Beispiel. Oder Dinge aus dem Schrank holen, die weiter oben verstaut sind.

»Hol du den Föhn, bitte, du bist größer.«

»Ich habe einen Föhn zu Hause.«

»Deiner ist klein, der ist nur für kurze Haare gut. Ich hab lange und brauche diesen da.«

Cosimo schluckt auch diese Rechthaberei, nimmt den Föhn und wird prompt belohnt. »Siehst du, wie groß du bist …«

Tatsächlich aber hätte die Mutter den Föhn leicht selbst nehmen können, er lag auf einem der mittleren Regalbretter. Und es ist auch nicht besonders schwierig, ihr die bereits gefalteten Kleider zu reichen. Die Mutter aber warnt ihn. »Ohne sie zu zerknittern!«

Langsam hätte er Lust, ihr zu beweisen, dass er durchaus auch schwierigere Aufträge erledigen kann; er hat das Gefühl, sich irgendwie demonstrieren zu müssen.

Die vierte Tasche ist nur für die Schuhe da. Seine Mutter ist der Meinung, dass man Schuhe nicht zusammen mit Kleidern einpacken kann, weil das nicht hygienisch ist. Zudem ist die Tasche allein durch die Schuhe bereits brechend voll. Cosimo ist sehr verwundert darüber, wie viele Schuhe seine Mutter mitnimmt. Als er ihr bei der Auswahl zusieht, wird ihm klar, dass es sehr oberflächlich wäre zu behaupten, seine Mutter ziehe mit Sack und Pack um. Sie nimmt nämlich nicht einfach alle Schuhe mit, sondern entscheidet mit Umsicht und Fall für Fall, und manchmal begründet sie ihre Entscheidung auch halblaut. »Die da für das schwarze Kleid … Die fürs Haus …«

So verlassen die Schuhe ihre Garderobe: Nicht alle auf einmal, sondern einzeln, Paar für Paar.

Die Mutter ist so beschäftigt, dass sie gar nicht mitbekommt, wie sehr Cosimo sich zurückhält. Und weil die Operation Koffer nun schon einige Stunden andauert, wird ihm jede weitere Bitte zu einer umso größeren Demütigung.

»Könntest du mir ein Glas Wasser holen, bitte?«

Seine Mutter trinkt viel. Sie sagt, sie hätte es in einer Zeitschrift gelesen: Man soll häufig trinken, vor allem morgens, weil das gesund ist.

»Es reinigt den Organismus«, sagt sie, nachdem sie ausgetrunken hat.

Cosimo aber hat in der *Settimana Enigmistica* gelesen, dass häufiges Trinken, dass übermäßiger Durst ein Symptom für Diabetes ist. Irgendwann einmal haben sie das auch in einer medizinischen Fernsehsendung gesagt: zu viel Zucker im Blut. Die Mutter sträubt sich gegen diese Interpretation und behauptet, sie würde aus freien Stücken trinken; sie könnte auch aufhören damit, aber sie entscheidet sich bewusst dafür, reichlich zu trinken, weil sie überzeugt ist, dass ihr das gut tut. Cosimo wollte sie überzeugen, zu einem Doktor zu gehen, aber sie hat eine gepflegte Abneigung gegen die Ärzte, seit damals.

»Seit sie damals meinen Mann umgebracht haben.«

Und es ist sein Vater, an den Cosimo denkt, während er auf dem Diwan sitzt, weil es für ihn nichts zu tun gibt. In dem Zimmer ist sein Vater gestorben, als er zwölf Jahre alt war. Was genau geschah, weiß Cosimo nicht, und es ist auch nur eine Annahme, dass er wirklich im Schlafzimmer gestorben sein soll. Er vermutet, dass sie ihn in seinen letzten Stunden nach Hause gebracht haben, damit er in seinem Bett sterben konnte, wie es eben üblich ist, um den Angehörigen den beschämenden Krankenhaustod zu ersparen. Es ist nur eine Vermutung, die Mutter hat ihn über so gut wie alles im Unklaren gelassen, sie hat wohl gedacht, er sei zu klein für einen solchen Schock.

Cosimo weiß vage Bescheid, er erinnert sich, dass es einen Tag gab, an dem alles begann: Der Tag, an dem er aus der Schule zurückkam, sein Vater nicht zu Hause war und seine Mutter weinte.

»Wieso weinst du?«, fragte er die Mutter.

Sie umarmte ihn, drückte ihn an sich und begann, noch ungestümer zu weinen. Daraufhin begriff Cosimo, dass seinem Vater etwas Schlimmes zugestoßen sein musste, vielleicht sogar der Tod, von dem, seit er klein war, alle immer wieder redeten. Also fing er auch an zu weinen, weil er den Vater verloren hatte und aus Solidarität mit der Mutter. Nur dass, während sie beide im Gleichklang weinten, jemand die Haustür aufmachte und eintrat: sein Vater.

Alles in allem schien es Cosimo näherliegender zu sein, nicht all das, was er von der Unumkehrbarkeit des Todes zu wissen dachte, in Frage zu stellen, sondern lieber daran zu glauben, Mutters Weinen falsch interpretiert zu haben, dieses war ihm allerdings dermaßen gramerfüllt erschienen, dass es eigentlich nichts anderes als den Tod des Ehemannes meinen hatte können. Und trotzdem stand da sein Vater. Er sah nicht besonders gesund aus, aber er stand da. Auch das lange, schmale Gesicht war nicht länger und schmaler als üblich. Es ging ihm schon seit einiger Zeit nicht gut und in den Tagen damals, wann, das wusste Cosimo nicht, sollte er die Ergebnisse einiger Untersuchungen bekommen, die man gemacht hatte.

Was ihn betraf, der erst den Vater tot geglaubt und dann entdeckt hatte, dass er noch lebte, schien ihm jede andere Hypothese, die den Weinkrampf seiner Mutter erklären würde, weit weniger schmerzlich. Außerdem waren die nächsten Verwandten zwei Onkel, die schon vor langer Zeit nach Palermo gezogen waren und die er so gut wie nie sah. Der wahrscheinlichste Kandidat war also Zio Saro, ein Onkel, der schon sehr alt war; nichts, was sich mit dem Tod seines Vaters hätte vergleichen lassen. Cosimo stellte seiner Mutter einige Fragen, die aber versuchte gerade, sich wieder zu fassen, wich seinen Fragen aus und ging in die Küche, um das Mittagessen zu kochen.

In den folgenden Tagen, den folgenden Wochen, drei Monate lang, schien es seinem Vater immer schlechter zu gehen. Vor allem magerte er ab, und er verreiste. Er ging immer wieder auf Reise, ohne Vorankündigung, oder nur mit sehr knapper Vorankündigung. Cosimo hatte sich längst daran gewöhnt, dass er aus der Schule kam und dass ihm gesagt wurde: Er ist weggefahren, wegen der Arbeit.

Er begriff nicht, welche Reisen die Arbeit in einer Werkstatt für Fahrradreifen mit sich bringen sollte, aber mit zwölf Jahren kann man nicht alles verstehen. Es war sogar so, dass es diese häufigen und mysteriösen Reisen waren, die Cosimo dazu brachten, den Beruf eines Fahrradreifenflickers langsam aber sicher faszinierend zu finden.

Die Reisen seines Vaters wurden mit jedem Mal länger, und mit jeder Rückkehr stieg der Optimismus der gesamten Familie sprunghaft an. Aber er hielt sich nicht lange, der Optimismus, und wurde schnell durch weitere, neue, lange und magere Gesichter ersetzt. Bis eines Tages Onkel Saro in die Schule kam, um ihn abzuholen. Bei der Gelegenheit stellte sich heraus, dass es dem Zio Saro sehr gut ging. Zio Saro sagte, er nehme ihn mit nach Palermo, damit er ein paar Tage bei ihm bleibe. Er hatte eine Tasche mit Cosimos wichtigsten Sachen bei sich, außerdem Kleidung und Unterwäsche zum Wechseln. Er sagte ihm, er solle einen Augenblick warten, und sprach mit der Lehrerin, die ihn dabei von der Tür her ansah und kurz winkte. Dann kam Zio Saro zu ihm zurück und sie fuhren mit dem Auto nach Palermo.

Dort bleib er drei Tage, in denen er den Zio Saro so gut wie nie sah, die Tanten kümmerten sich um ihn. Als man ihn wieder zurück nach Hause brachte, schien es ihm, als sei seine Mutter etwas ruhiger, verglichen mit der letzten Zeit, auch wenn man sehen konnte, dass sie viel geweint hatte. Sie empfing ihn in der Tür und umarmte ihn. Der Zio Saro fragte, ob sie möchte, dass er noch dableibe, sie antwortete, das sei nicht nötig. Als sie allein waren, sprach sie mit ihm, am Ende musste er weinen, und trotzdem hatte er den Eindruck, das alles schon einmal gehört zu haben. Die drei Monate, die seit dem letzten Mal vergangen waren, als er sie in Tränen aufgelöst vorgefunden hatte, waren so etwas wie das Intermezzo eines Traumes gewesen, ein Lebenszuschlag für die gesamte Familie. Ein immer wieder unterbrochener Lebenszuschlag, wenn man die Reisen seines Vaters bedenkt, der jetzt aber aufgebraucht war. Man fing wieder da an, wo man vor drei Monaten gewesen war.

Die folgende Zeit war schwierig. Cosimo sah sich in die Rolle des einzigen männlichen Familienmitgliedes gebracht, die sich im Widerspruch befand mit einer Rückentwicklung seines Charakters, die ihn immer kindlicher handeln ließ. Er wechselte regelmäßig von Zuständen großer Reife zu unerklärlichen Rückfällen ins Kindische.

Die Werkstatt seines Vaters hatte man einem Bekannten namens Picone zur Führung übertragen, unter der Voraussetzung, dass es eine Sache auf Zeit sei, für sechs oder sieben Jahre, so lange, bis Cosimo, nach einer Einarbeitungszeit in der Werkstatt, den Beruf gelernt haben würde und den Betrieb in Eigenregie übernehmen konnte.

Picone stellte sich bald, angesichts der Tatsachen, als Trottel heraus. Die Geschäfte liefen zunehmend schlechter, aber vielleicht war Picone ja weniger ein Trottel, sondern einfach diebischer als vorhersehbar. Cosimos Mutter vermutete, dass er einen Teil der Einnahmen unterschlug und weit mehr einsteckte, als vereinbart worden war als sein Anteil. Und seither stand der Namen Picone in Familiengesprächen für Unehrlichkeit, war zum Euphemismus für Dieb geworden.

Wer ist der denn? Picone? Schlimmer als Picone ist er …

Im Lichte seiner späteren Erfahrungen als Betreiber der Werkstatt neigt Cosimo dazu, es auszuschließen, dass Picone ein Dieb war. Und was seine Trotteligkeit betrifft, hat er auch seine Vorbehalte: nachdem die Geschäfte auch nach Picones Hinauswurf weiterhin schlecht liefen, hätte er diese Bezichtigung auch auf sich selbst ausweiten müssen.

Nach dem Tod des Vaters hatte sich ihr Leben stark verändert, das Verhältnis zwischen Mutter und Sohn aber kaum. Jedes Mal, wenn Cosimo versucht hatte, die Familienzügel in die Hand zu nehmen, hatte die Mutter bewiesen, dass sie noch im Vollbesitz ihrer Fähigkeiten war. Mehr als einmal hatte er ihr erklärt, dass sie nichts anderes konnte, als sich um den Haushalt zu kümmern; wenn man sie gezwungen hätte, sich mit etwas anderem zu befassen, oder, weit schlimmer noch, nichts zu tun, sie wäre daran gestorben.

»Du willst, dass ich sterbe?« Auf diese Frage lief es immer hinaus.

»Nein«, antwortete Cosimo jedes Mal.

Und damit war das Thema erledigt.

Die Sache sah anders aus, sobald man außerhalb der eigenen vier Wände war. Was zum Beispiel die Werkstatt betraf, hatte sich die Mutter kaum jemals eingemischt. Sie hatte ihm dabei seinen eigenen Willen gelassen. Wann immer er ihr eine Idee zur Begutachtung vortrug, wischte sie seine Mutter durch Stimmenthaltung vom Tisch.

»Mein Sohn, was versteh ich denn schon von diesen Dingen? Was soll ich dir sagen? Mach du, du machst das schon richtig.«

Eine Tages ging es darum, die Aufschrift der Werkstatt zu ändern. Von *Biciclettista* zu *Vulkaniseur*.

»Und was soll das heißen, dieser *Vulkaniseur*?«, sagte seine Mutter.

Cosimo erklärte ihr, dass das *Gommista* bedeutete, und zur Folge haben würde, den Geschäftsbereich von den Fahrrädern auf den Rest der zwei- und vierrädrigen Welt auszuweiten. Womit auch gemeint war, dass diese Veränderung eine gewisse Investition in Gerätschaften nach sich ziehen würde. Trotzdem hatte seine Mutter dazu keine Meinung.

»Mach du, du machst das schon richtig.«

Die Aufschrift blieb schließlich so, wie sie gewesen war. Cosimo hatte es nicht über sich gebracht, allein die Verantwortung zu übernehmen.

Cosimo weiß zurzeit nicht, welche Entwicklung ihre Beziehung nehmen wird, nachdem die Mutter das Kind entdeckt hat. Er weiß nicht einmal, ob seine Erklärungen zu Entführung und Unterbringung ihr ehrlich schienen. Der Zweifel kommt vor allem wegen eines Satzes in ihm auf, den sie sagt, während sie so tut, als schaffe sie es nicht, eine Reisetasche zuzumachen. Es ist die fünfte.

»Magst du Kinder?«

»Magst du, was heißt das?«

»Das heißt: Magst du?«

»Na ja: Ich mag sie, und ich mag sie nicht. Ich mag sie, weil sie nett sind, aber allgemein: nein. Ich mag sie nicht.«

Die Mutter schaut ihn an, als ob sie seine Antwort nur bis zu einem gewissen Punkt verstehen könnte. »Also: Du magst sie nicht …«

»Sag ich ja.«

Sie ist noch nicht überzeugt. Man kann es sehen, dass sie nicht überzeugt ist.

Das sechste Gepäckstück ist das mit den Küchengerätschaften. Cosimo versucht eine schüchterne Gegenwehr, er besteht darauf, dass es bei ihm zu Hause durchaus genügend Töpfe und Pfannen gibt. Die Mutter fertigt ihn ab, indem sie ihm erklärt, dass seine Töpfe zu klein sind für drei Personen, und außerdem haben seine Antihaftpfannen seit einiger Zeit schon keine Antihaftung mehr, weil er sie nämlich immer mit metallenen Löffeln und ähnlichen ungeeigneten Utensilien zerkratzt.

»Wobei mir einfällt, dass ich die Löffel vergessen habe.«

Angesichts der Tatsache, dass seine Verhinderungsversuche nur zur Folge haben, dass das Gepäck immer mehr wird, schweigt Cosimo und ahnt zugleich, dass das Arsenal, das seine Mutter da ansammelt, nur das Vorspiel zu einer kulinarischen Offensive ist, die sie auf das Kind loslassen will. Er schweigt also nicht nur, er stimmt auch zu.

Am Ende sind es sechs Gepäckstücke. Nummer sieben schließlich ist das mit den Hand- und den Betttüchern; schließlich sind die im Haus ihres Sohnes entweder schon alt oder aus Kunstfaser. Vollkommen ausgeschlossen, dass man sich damit abtrocknen oder darauf schlafen kann. Bevor sie die Wohnung abschließt, steht sie kurz da, sieht sich um und denkt nach.

»Was vergesse ich gerade?«

Dann fährt sie sich an den Mund und macht den Fernseher aus.

Ein letzter Blick noch.

»Falls ich etwas vergessen habe, können wir ja noch einmal zurückkommen«, sagt sie.

Kaum sind sie in Cosimos Haus angekommen, herrscht Eile. Zuallererst müssen die Koffer ausgepackt werden. »Sonst ist alles so zusammengequetscht.«

Sie macht sich an die Arbeit, lehnt schon wieder die Hilfe des Sohnes ab. Sie hat nur den einen Wunsch. »Schalten wir den Fernseher ein?«

Cosimo macht ihn an. Auf dem ersten Kanal gibt es eine Art Quiz, aber der Ton des Fernsehers ist zu laut, die Mutter kneift die Augen zusammen. »Leiser, leiser, um Gottes willen!«

Cosimo drückt auf der Fernbedienung herum, dann versucht er, den Ton direkt am Fernseher leiser zu stellen. Endlich ist kaum mehr etwas zu hören, aber der Mutter reicht das noch nicht. »Noch, noch …«

Cosimo macht den Ton ganz aus. »In Ordnung so?«

Er glaubt eigentlich, einen Scherz zu machen, aber die Mutter ist zufrieden und macht sich wieder daran, die Koffer auszupacken. Inzwischen glaubt Cosimo, endlich den Generalplan der mütterlichen Koffergeografie begriffen zu haben: Von den drei Koffern mit Kleidern enthält nur einer Winterkleider, und der wird in eine Ecke des Schlafzimmers gestellt, falls schlechteres Wetter kommen sollte. In den Schubladen werden nur die leichten Sommerkleider untergebracht, nachdem Cosimos Gewand neu geordnet und beiseite geräumt wurde.

Dann ist da der vierte Koffer. »Das ist der mit dem übrigen Zeug.«

Sie hat den Koffer nach und nach gefüllt, parallel zu den anderen, mit den Dingen, die nicht in die Kategorien der übrigen Koffer passten. Schwimmsachen, Zeitschriften, Fotoalben, Nähzeug, Medikamente und so weiter. In diesen Koffer sollte eigentlich auch, nach dieser Logik, das einzige Buch, das die Mutter mitgenommen hat: *Il Buongustaio*, der Feinschmecker, das aber, kleiner Beweis ihrer Zuneigung, bei den Küchengerätschaften gelandet ist.

Als sie sich umsieht auf der Suche nach irgendetwas, das noch aufzuräumen ist, und nichts mehr findet, weiß Cosimo, dass ihr gemeinsames Leben jetzt tatsächlich begonnen hat. Es dauert allerdings nicht allzu lange, bis die Mutter die Ordnung, die sie selbst festgelegt hat, wieder in Zweifel zieht; es dauert gerade mal eben bis zu dem Zeitpunkt, an dem sie beschließt, etwas zu kochen. Es ist dies das erste Mal im neuen gemeinsamen Haushalt, deswegen muss Cosimo ihr jetzt helfen.

»Wo hast du die Messer, die richtig schneiden?«

Er hat die Messer, Brotmesser, Fleischmesser und so weiter, vom restlichen Besteck getrennt in der Tischschublade verstaut. Die Mutter ist damit nicht einverstanden. »Mmah. Naja.«

Die Mutter hat einen Hang dazu, vieles von dem, was früher in diesem Haushalt gang und gäbe war, nicht zu billigen. Vor allem in der Küche. Das Messer zum Beispiel, mit dem sie den Knoblauch geschält hat, legt sie, nachdem sie es geputzt hat, heute ausnahmsweise auf das Regalbrett, wohl in der Absicht, später einen endgültigen Ablageort zu finden. Das fällt deswegen besonders auf, weil eine der Eigenheiten der Art und Weise, wie sie in der Küche arbeitet, die ist, niemals dreckiges Geschirr herumliegen zu lassen. Sie benützt eine Kelle und eine Pfanne, und sobald sie die nicht mehr benötigt, werden sie zur Seite gelegt. Cosimo lässt die Gabel, mit der er ein in Öl eingelegtes Artischockenherz aufgespießt hat, als Vorspeise sozusagen, auf dem Spülbecken liegen.

Die Mutter hat seine Bewegungen mitverfolgt und ist gar nicht einverstanden. »So ruinierst du dir deinen Appetit.«

Außerdem ist da noch die Gabel.

»Was für ein Durcheinander …«

Sie spült die Gabel ab. Dann kocht sie weiter.

»Was kochst du?«, fragt Cosimo, und kaut dabei noch an dem Carciofino.

»Pasta coll'acciuga. Und, was meinst du, schmeckt uns das?«

»Mir, mir schmeckt's mit Sardellen.«

»Und ihm?«

»Ihm schmeckt gar nichts, glaub ich.«

Da hört die Mutter plötzlich mit dem Rühren auf und kommt zur Sache. »Kannst du mir eines sagen? Was bitte hat das Kind denn angestellt?«

»Ich weiß es nicht.«

»Wieso haben sie es entführt?«

»Ich weiß es nicht.«

»Sie haben es dir nicht gesagt?«

»Nein.«

»Und was haben sie dir gesagt?«

»Nichts: dass ich es dabehalten soll, und aus.«

»Gibt es denn so was? Irgendeinen Grund werden sie dir wohl gesagt haben? Man gibt ja nicht einfach ein Kind so her …«

»Das sind aber keine Leute, die Erklärungen abgeben. Er hat gesagt, dass sie mich bezahlen, deswegen …«

»In den Zeitungen stand nichts von entführten Kindern oder Ähnliches?«

»Nichts.«

»Es ist absurd.«

»Mir kommt es ja auch verrückt vor. Verstehst du jetzt, in welcher Situation ich mich plötzlich wiederfinde?«

Seine Mutter antwortet nicht; während die Brotbrösel weiter rösten, muss sie die Nudeln abgießen. Sie bereitet drei Teller vor, die angerösteten Brotbrösel gibt sie zuallerletzt darauf, auf jede Portion. Die für das Kind ist die kleinste, sie tragen den Teller sofort in das Zimmer und lassen ihn auf dem Tisch; es ist jetzt seine Sache, ob es isst oder nicht isst. Mutter und Sohn setzen sich wieder in die Küche und führen ihre Unterhaltung weiter.

»Hast du denn danach gefragt?«

»Wen?«

»Das Kind.«

»Schien mir nicht angebracht zu sein.«

»Irgendetwas werden wir erfragen müssen, angesichts der Tatsache, dass die es nicht mehr abholen kommen …«

»Ich weiß, aber wie denn?«

»Du gehst da rein und fragst: Was ist mit dir geschehen? Haben sie dich entführt? Und wieso haben sie dich entführt? Wenn sie es entführt haben, wird es schon einen Grund geben dafür. Irgendetwas wird es getan haben, das Kind, oder sein Vater, oder irgendeiner seiner Verwandten.«

»Vielleicht ist es reich …«

»Und wieso steht dann nichts davon in der Zeitung?«

»Ich weiß es nicht.«

»Normalerweise tauchen solche Sachen immer in der Zeitung auf.«

»Ich habe sagen gehört, dass sie es manchmal verhindern, dass etwas in der Zeitung erscheint, damit es keine Probleme wegen des Lösegeldes oder der Bezahlung des Lösegeldes gibt.«

»Aber wenigstens die Entführung sollte doch auftauchen, oder …«

»Was soll ich dir sagen? Wie man sieht, haben sie sogar das verhindert.«

»Bist du dir sicher, dass sie es wegen des Geldes entführt haben?«

»Nein.«

»Und also?«

»Ich weiß es nicht.«

Es folgt eine lange Pause.

»Wie hat dir die Pasta coll'acciuga geschmeckt?«, fragt die Mutter, kurz, bevor sie zu Ende gegessen haben.

»Gut. Gut.«

»Wollen wir's hoffen.«

Sie räumen den Tisch gemeinsam ab, die Teller wäscht sie allein. Cosimo setzt sich wieder an den Tisch. Im Fernsehen zeigen sie einen historischen Dokumentarfilm, der die Aufmerksamkeit nicht lohnt. Stattdessen schaut er auf die Uhr.

»Es ist zehn vor neun.«

»Schau nach, ob etwas Interessantes im Fernsehen läuft.«

Cosimo will schon den Kanal wechseln, aber noch bevor er die Fernbedienung in die Hand nehmen kann, hält ihn die Stimme der Mutter davon ab. »Schau nach, ob das Kind gegessen hat.«

Cosimo gehorcht. Der Teller steht auf dem Tisch, unberührt. Das Kind liegt immer noch auf dem Bett, in der Position, die ihm anscheinend am liebsten ist: auf dem Bauch, das Gesicht zur Wand gedreht. Es hält die Augen geschlossen, aber Cosimo hat im Verlauf der Tage gelernt, auch noch die geringste Bewegung der Schultern zu erkennen, Beleg dafür, dass es noch atmet. Er kehrt in die Küche zurück. Seine Mutter hat eben die Teller abgespült und wartet auf seinen Bericht.

»Nichts.«

»Überhaupt nichts?«

»Nichts.«

»Ich versteh das nicht. Nicht einmal die Pasta coll'acciuga! Kannst du dich erinnern, wie gut sie dir geschmeckt hat, als du klein warst? Du hast mich immer gefragt: Wieso sieht man die Sardelle dann nicht? Und was hab ich dir geantwortet?«

»Ich kann mich nicht erinnern.«

»Da wird die Sardelle wohl ins Meer geflohen sein. Erinnerst du dich, dass du mich jedes Mal danach gefragt hast?«

»Jetzt erinnere ich mich.«

»Und diesem Kind hier, was schmeckt dem? Mmah, keine Ahnung … Lass uns fernsehen, das lenkt uns etwas ab.«

Cosimo folgt ihr. Sie setzt sich in den Sessel, er auf einen Stuhl. Auf dem ersten Kanal senden sie einen alten Film, auf dem fünften eine Sketchshow. Mit der Fernbedienung wechseln sie vom einen Programm zum anderen. Cosimo wagt einen Ausflug zu anderen Kanälen, zwei, drei, vier, sechs, aber die Mutter mag solche Abschweifungen nicht. »Was soll das mit diesen Kanälen?«

Cosimo insistiert nicht weiter, er übergibt ihr die Fernbedienung, soll sie sich ihre Lieblingssendung aussuchen. Nach einigem Hin und Her entscheidet sie sich für die Sketchshow, und beide lachen. Lachend und scherzend wird es Mitternacht.

»Ich leg mich jetzt hin«, sagt die Mutter schließlich.

»Gut, ich tu's dann auch. Ich schau mir nur die Sendung zu Ende an. Gute Nacht.«

Die Mutter seufzt. »Es ist spät. Wieso legst du dich nicht auch hin?«

»Ein paar Minuten …«

Die Mutter wartet auf ihn. Cosimo möchte noch sitzen bleiben, aber die Mutter wartet auf ihn. Es folgt ein Werbeblock. Sie hat recht, es ist spät. Cosimo gähnt und gibt nach, macht den Fernseher aus. Die Mutter ist zufrieden.

»Schön, so ist dieser Tag jetzt auch zu Ende.«

Sieben

»Was tun? Soll ich in die Werkstatt gehen?«

Ein Vorteil daran, die Mutter im Haus zu haben, ist der: Gewisse Entscheidungen kann man ihr überlassen.

»Welcher Tag ist heute?«

»Dienstag.«

»Wieso solltest du dann nicht gehen?«

Allerdings sieht seine Mutter die Dinge manchmal viel zu einfach. Cosimo sagt nichts, auch wenn er gerne etwas sagen würde. Er zieht sich an, frühstückt bei Kaffee und einem der knackharten Kekse, die seine Mutter von zu Hause mitgebracht hat und die ihm überhaupt nicht schmecken, weil sie viel zu trocken sind. Sie müsste das eigentlich wissen, aber sie erinnert sich nie daran.

»Magst du die nicht?«

Cosimo schluckt den Rest des Kekses hinunter und verzichtet auf eine Antwort, er weiß ja, dass es das nächste Mal dasselbe sein wird: derselbe Keks, dieselbe Frage. Er zieht sich zu Ende an und macht sich auf. Bevor er das Haus verlässt, fragt er nach: »Und das Kind?«

»Um das Kind kümmere ich mich. Vielleicht mache ich die Polpette al sugo. Bist du zum Mittagessen da?«

»Nein.«

»Wieso denn nicht? Polpette al sugo …«

»In Ordnung, schon gut. Und wenn die kommen und das Kind abholen wollen?«

»Um die mach dir mal keine Sorgen, da kümmere ich mich drum.«

»Dann finden sie aber dich hier? Sie hatten darauf bestanden: Sag niemanden etwas.«

»Wer bin ich denn? Niemand? Und wieso sind die die ganze Zeit verschwunden? Hä?«

»Richtig.«

Cosimos kommt mit seinem Auto an der Werkstatt an, mit einer halben Stunde Verspätung auf die offiziellen Öffnungszeiten. Egal, es ist keiner da, der auf ihn wartet, also kann er sich noch ein paar Minuten des Nachdenkens gönnen. Er bleibt im Auto sitzen, offene Tür, das eine Bein schon auf der Straße. Die Wahrheit ist, dass er keine Lust hat, die Werkstatt aufmachen. Er hat überhaupt keine Lust, auf Arbeit zu warten, und dabei ist das der Hauptbestandteil seiner Arbeit.

Die Wahrheit ist, dass er endlich mit der Zeit gehen müsste und seinen Sachverstand auch auf schlauchlose Reifen ausdehnen sollte. Irgendwann einmal hatte ein Audi vor seiner Werkstatt angehalten, der einen Platten hatte. Der Besitzer hatte ihn gefragt, ob er auch Autoreifen repariere. Und Cosimo dachte, dass er bei einem unbekannten Kunden den Versuch ruhig wagen konnte.

»Ja«, hatte er gesagt, hatte den Reifen abmontiert und entdeckt, dass er keinen Schlauch hatte. Es war das erste Mal gewesen, dass er ein solches Rad sah. Cosimo hatte versucht, Haltung zu bewahren, so als ob das alles nichts Neues wäre für ihn.

»Der hat keinen Luftschlauch«, hatte er nur gesagt, eine einfache Feststellung.

Die Sache war ihm nachgegangen. Es war eine historische Wende: Bald würden wohl auch die Mopeds und die Fahrräder solche schlauchlosen Reifen haben und seine Arbeit würde ganz anders aussehen; vielleicht wäre er sogar gezwungen, sich überhaupt eine andere Arbeit zu suchen. Auch der Kunde war enttäuscht, er hatte bei der Sache bereits zwanzig Minuten verloren. Als er gesehen hatte, dass Cosimo den Kopf schüttelte und den Reifen so, wie er gewesen war, wieder anmontierte, hatte er nur ein Wort gesagt: »Wieso?«

»Mir fehlt das Gerät dazu«, hatte Cosimo geantwortet.

In Wirklichkeit wusste er nicht einmal, ob es eine Frage der Ausrüstung war. Er wusste ganz einfach nicht, wo anfangen. Er war jetzt vierzig Jahre alt und es war zu spät, um Neues zu lernen.

Der Kunde hatte ihn gefragt, ob es im Dorf noch eine andere Reifenwerkstatt gäbe: eine spezialisierte. Cosimo war sich erst nicht sicher, ob er die Konkurrenz boykottieren sollte, dann hatte er beschlossen, dass es egal war, und auf die grüne Werbetafel gezeigt, die man von Weitem sehen konnte. Außerdem handelte es sich hier um einen Zufallskunden; die Sache wäre anders gewesen, wenn es sich um einen auch nur potenziellen Stammkunden gehandelt hätte.

Bei Cosimo machen fast ausschließlich Zufallskunden Halt, solche, die auf Durchreise sind. Da hat sich jemand auf der Schnellstraße Richtung Agrigento einen Platten eingefahren und die erstmögliche Ausfahrt genommen. Seine Werkstatt liegt direkt am Ortseingang, wer also von außerhalb kommt, stößt sofort auf sie und wird deshalb wahrscheinlich hier anhalten. Es kommt nicht häufig vor, aber ab und zu doch.

Allerdings hat Cosimo seit der Geschichte mit dem Audi niemanden mehr unnütz Zeit verlieren lassen; er hat sich informiert, die Autoreifen haben heutzutage nie einen Schlauch. Wenn jemand anhält, winkt er mit dem Kopf ab und schließt die Augen, um zu sagen: Ich kann da nichts machen. Und wenn der Kunde nicht versteht, wird er deutlicher: »Da bin ich nicht zuständig.«

Dann fragt der Kunde, an wen er sich wenden soll, und Cosimo winkt wieder schweigend mit dem Kopf. Ein Wink, der *weiter vorne* bedeutet. Schließlich kann man die grüne Werbetafel ja sofort sehen, da müssen nicht auch noch Worte verschwendet werden, um der Konkurrenz einen Gefallen zu tun.

Cosimo sitzt immer noch im Auto, unentschieden, was er tun soll, ob aussteigen oder nicht. Er will nicht. Er ist so lustlos, seit das Kind in seinem Leben aufgetaucht ist. Die ersten Tage war es zwar noch anders, da war er eifrig bei der Sache Er wollte sich das Geld auch wirklich verdienen, das er bekommen sollte für diese Nebenbeschäftigung, als man noch davon ausgehen konnte, dass sie das Kind wieder abholen würden. Aber nach diesen neun Tagen sind zusammen mit allen Gewissheiten auch alle Ausflüchte hinfällig geworden. Es gibt keine Disziplin mehr, die einzuhalten wäre, nicht einmal am Arbeitsplatz.

Um seine Entschlussfreudigkeit in Gang zu bringen, setzt Cosimo auch den zweiten Fuß auf die Straße, bleibt aber hinter dem Lenkrad sitzen. Es ist heiß. Vollkommen normal, es ist beinahe Juli. Aber auch das ist keine Entschuldigung. Im Gegenteil, im Sommer benützen vor allem die Kinder ihr Fahrrad, und das sollte eigentlich heißen, dass es mehr Arbeit gibt für ihn. Sollte.

Während er so dasitzt, halb im Auto, halb draußen, tritt der Besitzer des Ladens auf der anderen Straßenseite an die Tür, Signor Barone. Sie haben kaum Kontakt zueinander, normalerweise. Guten Morgen und guten Abend.

»Guten Morgen«, sagt Signor Barone tatsächlich.

»Guten Morgen.«

Der Signor Barone stützt sich ungeniert am metallischen Türgriff auf. Wie er Cosimo so dasitzen sieht, macht er sich zwar Sorgen, lässt aber den Türgriff nicht los.

»Alles in Ordnung?«

»Alles gut. Gut.«

»Ich habe geglaubt, dass dir schlecht ist.«

Jetzt wäre der Augenblick gekommen, aufzustehen und die Werkstatt aufzuschließen, aber Cosimo reagiert instinktiv und entscheidet sich dagegen. Er hat keine Lust dazu, und basta. Er grüßt und startet den Motor. Es ist ihm vollkommen egal, was sich Signor Barone denken wird.

Es gibt einen Ort, den Cosimo aufsucht, wenn er nicht in die Werkstatt, zu sich nach Hause oder zur Wohnung seiner Mutter geht. Er besucht dann Angela, die jeder im Dorf unter dem Namen Trimmutùra kennt. Die Trimmutùra wohnt am anderen Ende des Dorfes, etwas außerhalb. Sie wohnt im Erdgeschoss eines Hauses, im Stock darüber wohnt niemand; die Hausbesitzer versuchen seit geraumer Zeit, diese Wohnung zu vermieten, es scheint sich allerdings niemand dafür zu interessieren.

Immer wenn die Trimmutùra außer Haus ist, bereits arbeitet oder ihre eigenen Dinge zu tun hat, ist das Licht über der Haustür ausgeschaltet. Seit ein paar Jahren, je mehr ihr das Alter zusetzt und anzusehen ist, ist das Licht fast immer an. Als Cosimo ankommt, zum Beispiel. Man kann es kaum sehen, schließlich ist es heller Tag, aber das Licht brennt.

Er klopft an die Tür. Die Trimmutùra öffnet und begrüßt ihn überschwänglich, aber auch sie hält sich an der metallischen Türklinke fest, ähnlich wie der Signor Barone.

»Du hast dich aber lang nicht mehr sehen lassen!«

»Naja …«

»Komm rein, komm rein …«

Bei sich nennt er sie Trimmutùra, er sagt allerdings nur Angela zu ihr. Er weiß nicht, ob die anderen sie auch so nennen, ob sie Trimmutùra zu ihr sagen, oder sie erst gar nicht mit Namen ansprechen. Er nennt sie Angela, weil das freundlicher ist. Sie ist die zweite Person im Dorf, zu der er eine echte Beziehung hat, wenn man seine Mutter mitrechnet und die Signora Pina nicht mitzählt, die erst vor Kurzem von der Liste gestrichen wurde. Er ist jedes Mal wieder froh, wenn er zur Trimmutùra geht, die ersten Augenblicke aber sind immer etwas peinlich. Cosimo fühlt sich noch wie ein Fremder, der zu Besuch ist, er ist sich nicht sicher, ob die Intimität des letzten Males sich automatisch wieder herstellen wird; umso mehr heute, nachdem seit dem letzten Mal beinahe ein Monat vergangen ist.

Die Trimmutùra versteht diese Dinge und besteht nicht auf Eile. Sie geht Cosimos Besuch an, als ob er nichts als ein Höflichkeitsbesuch wäre. Sie bietet ihm eine Sitzgelegenheit an, kocht ihm einen Kaffee, stellt ihm ein paar Fragen zu seinem Leben. Cosimo setzt sich, nimmt den Kaffee an, aber was sein Leben betrifft, so bleibt er sehr allgemein.

Die Trimmutùra hat keine Eile. Sie und Cosimo haben etwas gemeinsam: Beide verbringen den Großteil ihrer Arbeitszeit damit, auf Kunden zu warten, die nie kommen. Sie kann es sich leisten, mit den Männern, die sie besuchen, zu plaudern, so wie er es sich leisten kann, eine Reifenreparatur über einen ganzen Tag hinzuziehen, falls er das möchte und falls das einen Sinn hätte.

Tatsächlich ist Cosimo am Geplaudere nur bis zu einem gewissen Punkt interessiert. Er weiß, dass die Trimmutùra im Verlauf ihrer Karriere genug solche gesehen hat, die vor allen Dingen reden wollen, und er möchte nicht für einer von diesen gehalten werden. Das fehlte noch. Dennoch kann er nicht leugnen, dass reden hilft, auch wenn es so zögerlich abläuft wie der Wortwechsel, in dem er und die Trimmutùra sich eben befinden.

»Und, alles in Ordnung?«

»Ja, alles.«

Dann werden die Themen knapp und der Kaffee ist ausgetrunken.

»Gehen wir nach nebenan?«, schlägt sie ihm vor.

Er antwortet nicht, aber er steht auf und lässt die Trimmutùra vorausgehen.

Cosimo hatte einige Frauen in seinem Leben. Nicht viele, aber auch nicht wenige; eine genau richtige, durchschnittliche, vernünftige

Anzahl. Seine Beziehungen zu diesen Frauen hatten einen Anfang, einen Mittelteil und ein Ende. In diesen Beziehungen war er normalerweise in der Anfangsphase sehr glücklich, in der Mitte soso lala, und am Ende überhaupt nicht. Am Ende hat er sich jedes Mal aufs Neue geschworen, dass er nicht mehr darauf hereinfallen würde. Beim letzten Mal dann, vor drei Jahren, hat er dieses Versprechen auch gehalten. Es ist genug, er hat abgeschlossen damit.

An den Beziehungen mit den Freundinnen gefiel ihm nicht, dass sie anfänglich zwar sehr zufrieden schienen mit ihm, dann aber nach und nach irgendeinen Aspekt seines Charakters ändern wollten. Früher oder später hatte er immer wieder dasselbe sagen müssen: Wenn ich dir nicht recht bin, so wie ich bin, wieso hast du dich dann mit mir zusammengetan?

Oder Ähnliches. Seine Freundinnen beklagten sich über Diverses, vor allem aber darüber, dass er seine Gefühle nie ausdrücken würde. Anfänglich ja, sagten sie, dann aber immer weniger und am Ende gar nicht mehr. Cosimos Einwand lautete grob gesagt, dass er am Anfang die Notwendigkeit verspüre, das zu sagen, was er fühlte, weil sie, die Freundinnen, das ja noch nicht wissen konnten. Wenn man es aber erst einmal gesagt hatte, bestand keine Notwendigkeit, das immer wieder zu wiederholen. Er sagte das leicht im Scherz, im Grunde aber war er überzeugt, dass es richtig war, und wahr.

Es gab noch weitere Gemeinsamkeiten bei seinen Liebesgeschichten. Punkt Nummer eins: Immer war er es, der verlassen wurde. Häufig war er drauf und dran gewesen, die Beziehung zu beenden, aber er hatte nie die Initiative ergriffen. Allenfalls hatte er die Beziehung dahindümpeln lassen und dabei arglistig diejenigen Aspekte seinen Charakters, an denen seine Verlobten verzweifelten, verstärkt betont. Er ließ so eine Trennung immer passiv über sich ergehen; im entscheidenden Augenblick hörte er sich die Ausführungen der Verlobten an, ohne irgendwie zu widersprechen, mit niedergeschlagenen

Augen, so, als ob er einerseits leiden würde, gleichzeitig aber durchaus einverstanden sein könnte. Es gefiel ihm, dass die Freundinnen in dieser Unsicherheit verblieben, ohne zu wissen, ob sie ihm weh getan hatten oder nicht, ohne zu wissen, was er wirklich dachte.

Der zweite gemeinsame Punkt ist der, dass alle diese Verlobten aus einem Nachbardorf kamen, nie aus Calcara. Eine war sogar aus Palermo. Auf die, die übrigens die letzte war, war Cosimo besonders stolz, auch noch nachdem sie sich bereits getrennt hatten, weil Frauen aus der Stadt sich nur äußerst selten mit Dörflern zusammentun. Er prahlt zwar nicht mit dieser Eroberung, wüsste auch nicht, wem gegenüber, aber er ist zutiefst geschmeichelt. Sie war nicht besonders schön oder klug, im Gegenteil; aber mit ihr erreichte Cosimo den Gipfel seiner Liebeslaufbahn, und auf diesem Gipfel hat er die Entschlusskraft gefunden, sich zurückzuziehen.

Was Cosimo aber nicht versteht, ist, wieso er nie für eines der Mädchen aus Calcara in Betracht kam. Höchstwahrscheinlich hat das etwas mit dem Blödsinn zu tun, der im Dorf über ihn in Umlauf ist. Andererseits war die Tatsache, dass er nur Freundinnen von außerhalb hatte, auch die Folge seiner eigenen Entscheidung. Eine unbewusste Entscheidung, wenigstens bis zu einem gewissen Punkt, aber immerhin eine Entscheidung.

Wenn seine Verlobten aus Calcara gewesen wären, wäre es nicht möglich gewesen, und das ist der dritte Punkt, den Cosimos Geliebte gemeinsam hatten, sie vor seiner Mutter geheim zu halten. Sicher hat sie häufig etwas geargwöhnt, genauso häufig übrigens auch zu Unrecht, aber Cosimo ist sich sicher, dass seine Mutter in keinem einzigen Falle eine seiner Verlobten ermitteln konnte; nicht einmal im Nachhinein, wenn sie sozusagen nicht mehr im Amt waren. Trotz ihrer Intuition hätte sie die Verlobten niemals identifizieren können, weil er es strikt vermied, sie ins Dorf mitzubringen. Die Treffen fanden immer in der Wohngegend der Freundinnen statt, oder auf neutralem Gebiet. Er hatte mit ihnen, beispielsweise, nachmittags die Dörfer der Umgebung besucht, auch die weniger interessanten, auch die, die er bereits kannte.

Cosimo ist sich klar darüber, dass er mit seinem Benehmen in einem Dorf wie Calcara durchaus Anlass zu Gerede gegeben hat. Das geschieht immer, wenn man bei jemanden nichts weiß von weiblichen Bekanntschaften; auch solch einen Ruf erwirbt man sich sehr viel schneller, als man ihn wieder los wird. Aber unabhängig von der Tatsache, dass Cosimo auf die Gerüchte über ihn pfeift, und zwar auf alle, hat er in all den Jahren keine bessere Methode gefunden, um seine Beziehungen zu organisieren. Beziehungen, das war ihm schon klar, die gänzlich unzufriedenstellend waren, nicht nur für die Bedürfnisse seiner Freundinnen; auch er war diese Auswärtsspiele irgendwann leid geworden, vor allem sobald einem die Dörfer, die man an einem Nachmittag anfahren konnte, ausgingen, und die Runde von Neuem begann; das führte zu zwei Besuchen desselben Dorfes, auch zu dreien im Falle länger andauernder Verlobungen. So waren ihm seine Verlobten lästig geworden, eine nach der anderen und alle zusammen. Die letzte war nicht schlimmer als die anderen, sie war nur mehr die eine zu viel gewesen, und nach ihr hatte Cosimo es immer für übertrieben anstrengend gehalten, zuerst diese Hofmacherei und dann die Aufrechterhaltung der geforderten Leidenschaft.

Auch das mit dem Alleinsein ist seine Entscheidung, eine Entscheidung, von der er überzeugt ist. Zur Trimmutùra zu gehen, wann immer er Lust hat, ist für ihn weit weniger anstrengend, sei es vom mentalen wie vom rein ökonomischen Aspekt her. Er hat es auch einmal nachgerechnet. Geschenke, Benzin und was sonst noch, und auch wenn man die Arbeitszeit nicht rechnet, die verloren geht, weil sinnlos zu diskutieren oder zu streiten ist: Die Beträge, die er für eine Verlobte ausgegeben hat, und die, die für die Trimmutùra fällig waren, sind mehr oder weniger dieselben.

Der Verzicht auf Liebe fiel ihm nur in den ersten Monaten schwer, später ging es besser. Es gab eine Phase der Stagnation, dann aber ging die Kurve jäh nach unten. Keine Schmerzen und keine Versuchungen. Es funktioniert folgendermaßen, wenigstens für ihn: Es reicht, mit dem Suchen aufzuhören, und schon findet man nicht mehr. Und je öfter man nichts findet, desto weniger kommt einen die Lust an zu suchen. Die jungen Frauen sind jetzt nur mehr eine Erinnerung für ihn, nichts, dem er nachtrauert. Wenn er eine besonders schöne oder anziehende sieht, spürt er einen kleinen, nicht näher beschreibbaren Stich, so einen, wie ihn die Amputierten empfinden sollen, wenn sie glauben, einen Schmerz in einem Bein oder einem Arm zu verspüren, den sie gar nicht mehr haben. Nur dass Cosimo sehr genau weiß, dass er keine Extremität mehr hat, die für die echte Liebe zuständig ist, und es fällt ihm nicht schwer, sich damit abzufinden: mit diesem Mangel und mit dem imaginären Stich.

Bei der Trimmutùra hat Cosimo nicht nur die Möglichkeit, die gröbsten Dringlichkeiten zu regeln, er hat darüber hinaus auch noch die Illusion, ein gutes Werk zu tun. Sie hatte bessere Zeiten, inzwischen ist sie in die Jahre gekommen, in denen die Männer immer spärlicher werden und die finanziellen Mittel entsprechend auch. Cosimo betrachtet deswegen seine Besuche nicht direkt als Almosen, aber immerhin als eine Art von Schenkung, die man von den Steuern absetzen kann. Wobei die Steuern hier das Geld sind, das er auf jeden Fall ausgeben hätte müssen mit den anderen Frauen.

Natürlich ist, verglichen mit den anderen, bei der Trimmutùra alles anders. Wenn es vorbei ist, verspürt er das Bedürfnis, möglichst schnell wieder zu gehen und die Gelegenheit zu nützen, allein mit sich selbst zu bleiben, und dabei niemanden zu kränken; ein Luxus, den er sich mit den Verlobten nie leisten konnte, aber sehr gewünscht hatte.

Natürlich gibt es auch genug, was dagegen spricht. Vor allem ein Gefühl von Schmutz, das ihn hinterher überkommt. Nie vorher:

Nachher, weil vorher die Konversation die Gewissensbisse weichgespült hat. Vorher, da weiß Cosimo, dass er sich jederzeit zurückziehen könnte. Er gibt sich der Illusion einer Tugendhaftigkeit hin, die allerdings erst noch bewiesen werden müsste. Tatsächlich bricht sie bei der ersten Versuchung zusammen, bei Trimmutùras Nachfrage nämlich: »Gehen wir nach nebenan?«

Cosimo ist, als sage sie das mit einer Unschuld, der man unmöglich widerstehen kann, abgesehen davon, dass er, auch wenn er bereits nach nebenan gegangen ist, es sich immer noch anders überlegen kann. Tatsächlich aber ist es noch nie vorgekommen, dass er umgekehrt ist, nachdem er einmal das Schlafzimmer betreten hat. Und das aus vielen Gründen: Zum einen, weil sie ihm jedes Mal älter vorkommt. Sympathisch und effizient, aber alt; er hingegen fühlt sich noch jung, weiß aber nicht, wie lange noch. Cosimo denkt, er sollte sich eigentlich eine bessere Frau besorgen, solang er noch nicht zu spät dran ist. Ideal wäre es, wenn sich eine niederlassen würde in Calcara, oder eben aus Calcara selbst kommen würde, eine wie die Trimmutùra, nur jünger. Aber was das Niederlassen betrifft, ist es undenkbar, dass die Leute im Dorf einen derartigen Fremdkörper akzeptieren würden. Die Trimmutùra ist ein historisches Überbleibsel, dessen Herkunft niemand kennt, das aber inzwischen geduldet wird, quasi als Teil der Naturlandschaft. Was das Werden einer neuen Trimmutùra aus den jungen Frauen des Ortes betrifft, so ist diese Hypothese noch sehr viel unwahrscheinlicher, wird doch der Beruf der Trimmutùra traditionell weitab des Geburtsortes ausgeübt.

Die Alternative besteht für Cosimo darin, nach Palermo zu fahren und dort so viele zu finden, wie er nur möchte. Damit allerdings würde der Vorteil wegfallen, der ihn dazu gebracht hat, die Trimmutùra stabileren Verhältnissen vorzuziehen: Es ist keine Fahrerei notwendig. Deshalb bleibt sie die Lösung, die am wenigsten schlimm ist, und deswegen neigt er trotz alledem dazu, immer wieder zurückzukommen.

Auch diesmal ist Cosimo bald wieder weg, er täuscht eine Verabredung vor. Und als er aus dem Haus der Trimmutùra tritt, sich umdreht und zusieht, wie das Licht über der Tür angeht, beschließt er wieder einmal, dass er nicht mehr herkommen wird, und er weiß, dass es nicht so sein wird.

Er schaut auf die Uhr. Es ist erst zwölf. Das Schlimme daran, wenn es ihm glückt, Zeit einzusparen, ist, dass er dann nicht weiß, was er mit der eingesparten Zeit anfangen soll. Zurück zur Werkstatt, nein. Zum Essen also. Dazu ist es eigentlich noch zu früh, aber irgendwie wird es halbeins werden, und eins. Also kann er gleich nach Hause fahren. Der Mutter wird er irgendwas erzählen. Oder er sagt die Wahrheit. Im Zuge ihres neuen gemeinsamen Lebens scheint ihm die Variante, ehrlich zu sein, die beste.

Wie er zu Hause ankommt, tut er etwas, was zuallererst ihn überrascht: Er klopft an.

»Wer ist da?«

»Ich.«

Die Mutter öffnet ihm. »Du bist schon da? Wie spät ist es?«

»Zwölf und noch ein paar. Ich wollte nachsehen, wie es dir mit dem Kind geht.«

»Was soll ich dir sagen? Gut. Ich habe mit dir als kleinem Kind zu tun gehabt, da werde ich mich vor dem da auch nicht fürchten.«

»Besser so. Hast du mit ihm geredet?«

»Ja.«

Cosimo wartet darauf, dass seine Mutter ihm sagt, was das Kind ihr gesagt hat, aber die Mutter schweigt.

»Was hat es gesagt?«

»Es weiß von nichts.«

»Wovon?«

»Davon, wieso sie es entführt haben. Und nicht einmal etwas darüber, wer die sind, die es entführt haben.«

»Was weiß es dann?«

»Nichts, wie es scheint.«

»Aha.«

»Es wollte die Antworten von mir bekommen, stell dir vor.«

»Und damit sind wir wieder da, wo wir bereits waren.«

Der Fernseher zeigt stumm Büstenhalterwerbung. Auf dem Herd kochen die Polpette. Cosimo kann keine andere Pfanne, kein Teller, keine Gabel entdecken, nichts was schmutzig ist oder nicht in Gebrauch. Es ist, als ob die Polpette eine ganz spontane Ansammlung von gehacktem Fleisch wären, die sich aus eigenem Antrieb heraus und ohne irgendetwas zu verdecken in die Tomatensoße geworfen hat. Auch die Spritzer des Sugos, die derart lästig sind beim Putzen und die, wenn er selbst kocht, Höhen und Entfernungen erreichen, die vollkommen unvorhersehbar sind, diese Sugospritzer halten sich unter den wachsamen Augen der Mutter an den Rand der Pfanne. Das Geheimnis liegt vielleicht in ihrem Blick, der nie von den Polpette ablässt, nicht einmal wenn sie redet.

»Ich habe noch über etwas anderes nachgedacht.«

»Über was?«

»Dass sie es vielleicht aus einem anderen Grund entführt haben.«

Cosimo möchte nachfragen, was denn der erste Grund sei, bevor er vom zweiten erfährt, aber die Mutter hat noch nicht ausgeredet: »Es könnte so eine Transplantationssache sein.«

»Was bitte?«

»Dass sie es nicht wegen des Lösegeldes entführt haben, und auch nicht wegen irgendetwas, was es selbst oder irgendeiner seiner Verwandten getan hat. Es kann sein, dass sie ihm irgendein Organ entnehmen wollen, um es zu verkaufen. Eine Niere, zum Beispiel.«

»Kann sein.«

»Oder sie wollen ihm gleich alle Organe entnehmen.«

»Und wie lebt es weiter ohne alle diese Organe?«

Cosimo bereut es sofort, diese Frage gestellt zu haben, er hat sie bereits in dem Augenblick, als er sie ausgesprochen hatte, für idiotisch gehalten. Zum Glück hat seine Mutter die Frage entweder nicht gehört oder sie hat beschlossen, sie zu ignorieren, denn sie fährt unbeirrt weiter in ihren Überlegungen.

»Es geht aber immer ums Geld. Weißt du, wie viel dieses Kind wert ist, falls es so ist?«

Cosimo weiß es nicht.

»Einen schönen Batzen Geld. Außer …«

»Außer …«

»Außer man kann ihm, weil es nicht isst, die Organe nicht mehr herausnehmen. Wenn es krank wird, oder wenn es stirbt, auf Wiedersehen Organe und addio schönes Geld.«

»Und dann?«

»Dann Erbarmen mit uns, weil du die Schuld hast. Wem haben sie es anvertraut? Du trägst die Verantwortung.«

»Fehlt nur noch, dass sie es dann mit mir haben …«

»Sicher haben sie es dann mit dir. Man muss das Kind dazu bringen zu essen, sonst endet das hier damit, dass sie sich die Organe bei dir holen.«

Diese Möglichkeit erschreckt Cosimo, aber die Mutter hat sie mit einer ganz eigenen Überzeugung formuliert, so als ob sie bereits einen Plan hätte, um die Bedrohung abzuwehren. Er kann, während er darauf wartet, von dem Plan zu erfahren, nur eine Art historischen Beitrag liefern.

»Seit es hier ist, hat es nur sehr wenig gegessen, ein paar Stückchen und ein paar Bissen.«

»Ist es abgemagert?«

»Ja, sehr.«

»War es so steif und stumm, vorher?«

»Nicht so ganz. Am Anfang lag es zwar auch immer im Bett, aber es reagierte. Das da war das Kind.«

Cosimo berührt sein Ohr in der Hoffnung auf das Mitleid seiner Mutter, aber sie ist weiter ganz auf die Polpette konzentriert.

»Wir müssen es dazu bringen zu essen.«

»Und wenn es nicht isst?«

»Müssen wir es zum Essen zwingen.«

Die Mutter kostet den Sugo, aber nicht die Polpette. Trotzdem ist sie sich sicher: »Sie sind fertig.«

Und richtet höchstpersönlich den Teller für das Kind her.

»Es dürfen nicht viele sein, und es dürfen nicht wenige sein«, erklärt sie dabei.

Es stellt sich heraus, dass drei Polpette die richtige Menge zu sein scheinen, das Verhältnis des Sugo dazu großzügig bemessen.

»Und falls es noch mehr davon möchte, bin ich ja da …«, sagt sie, nachdem sie noch einmal letzte Hand angelegt hat.

Das Kind aber mag nicht einmal Polpette al sugo. Sie präsentieren sie ihm mit aller in diesem Fall gebotenen Umsicht und Liebenswürdigkeit, aber es will sie nicht. Sie setzen es an den Tisch, tragen es fast. Das Kind schaut den Teller an, als ob es nicht begreifen würde, worum es sich dabei handelt. Die Mutter spießt einen ersten Happen auf, hält ihn dem Kind hin, legt ihn ab, formt einen anderen Happen, mit mehr Sugo und weniger Fleisch, legt ihn wieder ab, baut wieder einen Happen, diesmal mit mehr Fleisch und weniger Sugo, bietet ihn dem Kind an, schließlich isst sie ihn selbst, um ein gutes Beispiel zu geben.

»Mmh, der ist aber gut! Cosimo, du kannst dir gar nicht vorstellen, wie gut diese Polpette sind! Gottseidank habe ich genug davon gekocht, dann sind auch noch für uns welche da!«

»Na Gottseidank!«, antwortet Cosimo.

Das Kind will nichts wissen von den Polpette. Es schaut zwischen dem Teller und ihrem Gesicht hin und her, ohne etwas zu begreifen, oder es tut nur so, als würde es nicht verstehen, was sie sagt und was sie von ihm will. Cosimo ist überrascht, dass seine Mutter diesmal nicht die Geduld verliert. Es ist aber auch so, dass das Kind noch passiver ist als die anderen Male. Es wehrt sich nicht, es hält sogar den Mund offen und nimmt das Essen an. Aber es kaut nicht.

»Kau schon! Los jetzt! Kau!«, fordert die Mutter es auf.

Das Kind aber schließt bloß den Mund, und basta. Es kaut nicht. Dann öffnet es wieder den Mund und hält ihn offen, während ihm weitere Polpette-Happen angeboten werden.

»Schmecken sie dir nicht, die Polpette? Die sind doch gut …«

Cosimo und seine Mutter fangen an, miteinander zu reden, als ob das Kind gar nicht da wäre.

»Es kommt mir irgendwie verblödet vor, heute.«

»Seh ich auch so.«

Der Versuch, es zum Essen zu bewegen, dauert eine halbe Stunde. Schließlich gehen sie und lassen es vor dem Teller zurück. Sie zwingen es nur, die Gabel in der Hand zu halten, es lässt sie machen, aber die Gabel liegt in einem sehr unnatürlichen Winkel in seiner Hand, als ob es nicht einmal mehr die Kraft hätte, sie richtig zu halten. Sein Mund ist immer noch voll von dem einen Stück, das sie ihm in den Mund schieben konnte, ein dünner Faden aus Speichel und Sugo rinnt langsam aus einem Mundwinkel.

In der Küche essen auch Cosimo und seine Mutter, mit weniger Appetit als erwartet.

»Wie viel hat es denn insgesamt gegessen, seid du es hier hast?«

»Den Brociolone am ersten Tag, danach nichts mehr.«

Cosimo verschweigt die Merendine. Es hat genau genommen nicht viele gegessen, aber seine Mutter würde das trotzdem nicht gutheißen.

»Weißt du, was ich mache? Ich koche ihm wieder einen Brociolone. Wenn es ihn gegessen hat, bedeutet das, dass er ihm schmeckt.«

»Hoffentlich …«

Zufrieden mit der neuen Idee, essen die beiden die Polpette auf. Dann stellt die Mutter sich hin und spült ab, Cosimo macht den Fernseher an und sieht sich eine Quizshow an.

»Mach's bitte leiser«, sagt sie. »Das ist ja ein Durcheinander hier.«

Cosimo gehorcht, und sie wirkt gleich viel unbeschwerter. Sie versucht, ihn und sich abzulenken. »Waren Kunden da, heute Vormittag?«

Cosimo denkt sich was aus. »Zwei.«

»Nur zwei?«

»Nur? Das ist viel, normalerweise lassen sich weniger blicken.«

»Diese Werkstatt … Wenn du mich fragst, ist es besser, wir verkaufen sie, und Ende und aus.«

»Wenn das Geld kommt, das mir die da versprochen haben, können wir sie verkaufen und schauen, was sich sonst finden lässt.«

Die Mutter lässt das Thema bleiben, sie dreht sich, um den Topf zu den anderen ins Regal zu stellen. Und weil sie gerade da ist, schaut sie einen Augenblick auf den Fernseher. Cosimo hat ihn noch immer auf stumm geschaltet.

»Wenn du willst, kannst du ihn auch lauter stellen«, sagt sie.

Aber Cosimo will etwas anderes wissen. »Was glaubst du, was ist aus denen geworden?«

Er will seine Frage etwas erläutern, weil er denkt, er habe sie nicht klar formuliert, aber seine Mutter hat verstanden.

»Hast du schon darüber nachgedacht?«

»Hab ich, aber ich habe keine Vorstellung.«

»Weißt du, was ich mir gedacht habe?«, sagt seine Mutter. »Sie sind verhaftet worden. Sie haben sie verhaftet, und dir ist das Kind geblieben.«

»Aber wenn sie die wirklich verhaftet haben, hätten die Bullen längst schon hier auftauchen müssen …«

»Das sind keine Leute, die reden, einfach so … Nehmen wir einmal an, dass sie wegen einer anderen Sache verhaftet wurden, und das Kind damit gar nichts zu tun hat. Also hoffen sie, dass sie schnell wieder rauskommen, und dass sie dann das Kind abholen.«

»Sicher, es ist schon seltsam …«, sagt Cosimo. »Wieso steht in den Zeitungen nichts von diesem Kind? Wo kommt es her? Als du mit dem Kind geredet hast, hast du es denn danach gefragt?«

»Ich habe es gefragt, wie es heißt.«

»Und wie heißt es?«

»Das wollte es mir nicht sagen.«

»Und wieso nicht?«

»Wieso, wieso: Weil es mir das nicht sagen wollte.«

»Es wird schon der Sohn eines hohen Tieres sein.«

»Hohes Tier wovon?«

»Ich weiß es nicht.«

»Was können wir also tun?«

»Fürs Erste kochen wir den Brociolone, dann reden wir noch einmal darüber.«

Der Brociolone ist wunderbar gelungen. Cosimo hat gekostet und bestätigt das.

»Sicher?«, fragt die Mutter.

Sie könnte ja selbst probieren, aber das tut sie nur sehr selten. Wenn sie kocht, vergeht ihr der Appetit, sagt sie. »Es schließt sich mir der Magen.«

Aber wenn sie, wie jetzt, fertig ist mit dem Kochen, braucht sie ein Publikum, das ihr das gute Gelingen ihrer Arbeit bestätigt. Der Sohn ist ein annehmbares Publikum. Aber sie ist noch nicht ganz überzeugt. Cosimo hat den Eindruck, dass sich seine Mutter in dieser

Phase keine Komplimente erwartet. Komplimente sind gut, wenn das Essen bereits aufgetragen ist und man nichts mehr daran machen kann. Jetzt aber hätte sie wohl lieber eine Anmerkung oder sogar eine Kritik. Eine konstruktive Kritik, natürlich. Sie weiß, dass sie gut ist, aber sie weiß auch, dass jedes Gericht noch verbessert werden kann, und dass genau dies jetzt der Augenblick ist, um es zu verbessern. Sobald man den Topf vom Feuer nimmt, ist das die allerletzte Gelegenheit, noch etwas hinzuzufügen oder zu korrigieren, dann ist es vorbei damit. Cosimo fällt allerdings keine konstruktive Kritik ein. Der Brociolone ist gut, da ist nichts mehr zu sagen. Vorsichtshalber aber formuliert er um.

»Scheint mir gut gelungen zu sein.«

Die Mutter hält sich den Kochlöffel unter die Nase und riecht. Es sieht so aus, als ob sie ihrem Geruchssinn mehr vertraut als dem Geschmack des Sohnes. Sie beschließt, dass noch etwas nachzusalzen ist, und salzt nach. Cosimo bewundert ihre Fähigkeit, nur am Geruch zu erkennen, ob noch Salz fehlt oder nicht.

Der Brociolone jedenfalls ist fertig. Cosimo nimmt das Messer und will ihn aufschneiden.

Die Mutter stoppt ihn. »Was machst du da?«

»Ich bereite schon einmal die Portion für das Kind vor.«

»Aber doch nicht jetzt. Der Brociolone muss doch unbedingt ruhen. Den kann man nicht sofort essen.«

»Und wie lange müssen wir ihn stehen lassen?«

»Zwei Stunden, mindestens.«

»Deswegen also wird der noch besser, wenn man ihn am nächsten Tag isst …«

Die Mutter, die gerade die Auflaufform mit dem Brociolone zur Seite stellen will, bleibt stehen.

»Wieso? Und jetzt? Ist er jetzt nicht gut?«

»Nein, ich bitte dich, ausgezeichnet …«

»Was hat dir daran nicht geschmeckt hat? Waren die Kartoffeln noch zu hart?«

»Nein, natürlich nicht.«

»Wieso hast du dann gesagt, dass er dir nicht geschmeckt hat?«

»Was hab ich gesagt?«

»Dass er dir nicht geschmeckt hat. Grad eben hast du das gesagt.«

Die Mutter stellt die Auflaufform auf den Tisch, ein Zeichen dafür, dass sie die Diskussion jetzt gründlich führen will und mit freien Händen.

»Was ist, willst du mich als dumm hinstellen? Gerade eben hast du das gesagt.«

»Ich habe gesagt, dass er mir, wenn man ihn am Tag darauf isst, noch besser vorkommt.«

»Deswegen ist er heute …«

»Was hat das damit zu tun. Ich hab's ganz allgemein gesagt. Der von heute wird morgen noch besser sein, aber er ist heut schon gut.«

»Aber du hast doch noch gar nichts davon gewusst, dass so ein Brociolone noch besser wird, wenn man ihn am nächsten Tag aufwärmt, also ist dir, während du zu mir gesagt hast, dass er gut ist, aufgefallen, dass er gar nicht so gut war wie sonst. Du brauchst mich nicht auf den Arm zu nehmen …«

Cosimo ist dabei, sich zu verhaspeln. Es stimmt: Jetzt, wo er darüber nachdenkt, muss er zugeben, dass er, vielleicht unbewusst in dem Augenblick, gedacht hat, dass der Brociolone nicht so gut war wie die anderen Male. Es schien ihm nicht von Bedeutung, es war wichtiger, dass er endlich fertig, als dass er wirklich gut war. Wichtig ist, dass das Kind ihn isst, auch wenn er nicht perfekt geworden sein sollte. Vorausgesetzt, dass der Brociolone wirklich das Lieblingsessen des Kindes ist, das Einzige, das seine Appetitlosigkeit besiegen kann.

Cosimos Schweigen bestätigt die Behauptung seiner Mutter.

Und sie beendet das Gespräch. »Lassen wir das. Komm, wir sehen etwas fern, solange er abkühlt.«

Im Fernsehen läuft eine Sendung, in der Ehemann und Ehefrau streiten. Es ist ein taubstummer, kaltwütiger Streit. Weil die Lautstärke heruntergedreht ist, kann man nicht verstehen, wieso sie streiten, es ist aber sicher, dass sie streiten, sie sehen sich beide nicht an, reden in eine andere Richtung, zur Moderatorin oder ins Publikum. Auch Cosimo und seine Mutter sehen sich nicht an. Sie streiten zwar nicht, aber während sie miteinander reden, schauen sie beide auf den Fernseher. Die Mutter kommt auf ihr Thema zurück, als ob sie es nur einen Augenblick lang unterbrochen hätte.

»… oder es ist so eine pädophile Sache …«

Der Bezug ist klar, und Cosimo ist überrascht davon, dass die Mutter die genaue Bezeichnung kennt, »Pädophile«. Er benötigt eine Zehntelsekunde, um zu begreifen, wovon die Rede ist. Das reicht seiner Mutter für eine Erklärung.

»… Leute, die Kinder mögen.«

Und da dreht sie sich, um zu sehen, was für ein Gesicht ihr Sohn macht.

Cosimo schaut unbefangen, und überrascht. »Das wäre seltsam: Die scheinen mir nicht unbedingt Schwuchteln zu sein.«

Das Wort da, Schwuchtel, aus seinem Munde und in Anwesenheit seiner Mutter, klingt unangebracht. Er hat es aber gesagt, weil es notwendig war, einen Ton der Verachtung zu platzieren. Nur um klarzumachen, auf welcher Seite er steht.

»Was weißt du denn davon? Ich kenne Verheiratete, denen junge Männer auch gefallen.«

»Aber die, die es entführt haben, die doch nicht. Das scheint mir unwahrscheinlich. Kann ich mir bei denen nicht vorstellen …«

»Naja. Grad die, die am meisten soso sind, sind am meisten lala … Und dann muss es ja nicht unbedingt sein, dass sie es entführt haben, um ihre eigenen Schweinereien damit anzustellen: Vielleicht gibt es ja einen Handel bei solchen Dingen. Die besorgen das Kind, und dann waschen sie sich die Hände in Unschuld.«

»Das sind aber nicht die Typen dazu, ich sag's dir. Ich habe einmal gehört, wenn sie einen Pädophilen verhaften, wird der von den anderen Gefangenen halb tot geschlagen, weil sie es für das Ekelhafteste halten, was nur möglich und vorstellbar ist.«

Cosimo denkt, damit der Mutter klar genug gemacht zu haben, dass er mit so was überhaupt nichts zu tun hat. Sie aber folgt einem anderen Gedankengang.

»Aber die Dinge ändern sich. Heute ekelt dich was, und morgen vielleicht brauchst du's. Und dann tust du's.«

»Ja, gut ...«

»Deswegen: Es kann sehr gut sein, dass sie nur darauf warten, dieses Kind, das Ärmste, an irgendein Schwein loszuwerden, das nur darauf wartet.«

Diese Möglichkeit scheint sie mehr als jede andere zu empören. Sie dreht sich wieder vom Fernseher zu Cosimo.

»Wenn es also so ist, müssen wir dem Kind helfen. So was können wir wirklich nicht zulassen ...«

»Sicher. Aber wenn sie es umbringen wollen, stattdessen?«

Die Mutter ist genervt. Vielleicht scheint ihr ja auch die Frage nicht angebracht.

»Was hat das damit zu tun? Wieso sollten sie es umbringen? Wenn es um eine Erpressung geht, lassen sie es frei, sobald sein Vater bezahlt hat.«

»Und wir?«

»Was haben wir denn damit zu tun?«

»Wir haben damit zu tun, weil es uns gesehen hat.«

»Jaja, es hat uns gesehen. Aber kennst du es? Hast du es vorher gekannt?«

»Nein. Ich weiß ja nicht einmal jetzt, wer es ist …«

»Eben deswegen: Wer soll es denn hierher bringen, um uns wiederzuerkennen? Sie werden es irgendwo anders entführt haben, vielleicht in Palermo, oder gar in Agrigento.«

»Und wenn es uns dann beschreibt, wie wir aussehen?«

»Wie denn? Und wann denn?«

Sein Mutter macht es sich zu einfach, Cosimo möchte sie darauf aufmerksam machen, aber sie hat gerade wieder Interesse an der Fernsehsendung gefunden. Es gibt da etwas, das sie interessiert, deswegen dreht sie den Ton ein wenig lauter. Nur ein wenig. Dann stellt sie wieder auf leise, weil das, wovon die da reden, doch weniger interessant ist als gedacht.

»Zweitens: Falls sie uns verhaften, müssen die anderen doch wissen, dass wir sie mit hineinziehen, jeden Einzelnen von ihnen, oder?«

»Naja …«

Cosimo möchte eigentlich sagen, dass er damit nicht einverstanden ist, aber die Mutter ist weitaus entschiedener als er.

»Und wie wir sie mit hineinziehen, und wie. Ich, ich zieh sie sofort hinein. Sie haben dir das Kind dagelassen und sind verschwunden, ja? Haben sie dir gesagt, du sollst es nicht zulassen, dass es dein Gesicht sieht?«

»Nein.«

»Also gibt es da nichts zu befürchten, und falls es doch etwas zu befürchten geben sollte, umso schlimmer für die da.«

»Falls es nichts zu befürchten gibt, heißt das ja, dass sie das Kind umbringen wollen.«

Die Mutter braucht einen Augenblick, um eine Antwort zu finden. »Überhaupt nicht …«

»Deiner Meinung nach wollen sie es nicht umbringen?«

»Wieso haben sie es dir denn sonst gebracht, damit du drauf schaust? Da hätten sie es ja gleich umbringen können, und basta.«

Cosimo merkt, dass nicht einmal seine Mutter von diesem Gedankengang überzeugt ist, und hakt nach.

»Kann ja sein, dass sie irgendeinen Verwandten erpressen und es deshalb am Leben lassen müssen. Dann aber, und das haben sie bereits beschlossen, bringen sie es um. Und was tun wir, wenn sie es wirklich umbringen? Wenn sie es umbringen, ist das Mord.«

»Wieso, die werden es ja nicht direkt vor unseren Augen umbringen, oder? Wenn sie es irgendwo bei sich umbringen, was sollen wir dann davon wissen? Nichts. Wir haben es nur hier gehabt, für drei Tage nur. Und also?«

»Abgesehen davon, dass es inzwischen nicht mehr drei, sondern zehn Tage sind … Versuch doch, der Polizei zu erklären, dass wir von nichts wussten.«

»In Ordnung, das erklär ich ihnen.«

Immer wenn seine Mutter sich in die Enge gedrängt fühlt, hat sie die Gewohnheit, die Diskussionen mit den absurdesten Mitteln zu beenden. Deswegen weiß Cosimo jetzt nicht, was er mit ihren Überlegungen anfangen soll, inzwischen schweigt sie, konzentriert sich ganz auf den Fernseher, auch wenn sie nichts hören kann. Er steht auf und versucht allein weiter zu machen.

»Wenn sie es umbringen, ist es auch für uns aus und vorbei, auch wenn wir nichts damit zu tun haben. Aber bevor wir uns darüber Sorgen machen, ob sie es umbringen wollen oder ob sie es nicht umbringen wollen, möchte ich wissen, was aus ihnen geworden ist. Wieso haben sie es hier bei mir abgegeben? Und wer ist es überhaupt, dieses Kind? Wieso schreiben die Zeitungen nicht davon? Da verschwindet ein Kind, und man hört nichts darüber? Und die Verwandten? Haben sie immer noch nicht bemerkt, dass ihr Sohn verschwunden ist? Was sind denn das bitte für Verwandte, die so was nicht bemerken?«

Cosimo schaut zu seiner Mutter hinüber und hofft, dass sie wenigstens auf irgendeine seiner Fragen antworten wird, sie aber schaut weiter stur auf den Fernseher. Erst nach ein paar Sekunden, als Cosimo schon längst nicht mehr darauf hofft, geht sie auf seine letzte Frage ein.

»Also wirklich, was sind das für Leute, denen man ein Kind entführt und die dann nichts tun? Ich, wenn sie mir mein Kind entführt hätten, schon gar, als du noch klein warst, ich hätte mich wie eine Verrückte aufgeführt. Man sieht, dass diese Leute … Weißt du, was ich dir sage? Das bedeutet, dass sie es sich verdient haben. Entschuldige bitte: Wie auch immer es sein wird, auch wenn sie keine Schuld haben, sie sind reich; richtig oder nicht? Die anderen wollen das Lösegeld. Und wenn du reich bist, hast du dir solche Dinge eben zu erwarten. Solche wie uns, zum Beispiel, die wir nicht einmal die Augen haben, um zu weinen, solche wie uns entführen sie sicher nicht. Hör zu, was ich dir sage, mein Sohn: Es ist besser, man ist arm und hat keine Sorgen.«

»Tja …«

Cosimo mag zwar arm sein, aber die eine oder andere Sorge hat auch er. Allerdings ist es jetzt kaum angebracht, eine weitere Streiterei anzufangen. Also Themenwechsel.

»Wenn wir ihn anschneiden, würde der Brociolone dann nicht schneller kalt werden?«

»Der lässt sich jetzt nicht schneiden. Wenn du das jetzt versuchst, bricht er vollkommen auseinander. Wir werden warten müssen.«

Cosimo schaut auf die Uhr. Es ist sieben. Er will sie eigentlich fragen, wie spät man ihrer Meinung nach den Brociolone wenigstens anschneiden kann, aber er fürchtet, er wird lästig, wenn er weiter darauf insistiert. Aber es gibt noch etwas, was er wissen möchte in Zusammenhang mit dem Brociolone.

»Weißt du, dass man mir einmal gesagt hat, dass man den Brociolone auch mit ganzen Fleischstücken machen kann, ohne das Fleisch zu hacken?«

»Wer hat dir das gesagt?«

»Ich kann mich nicht erinnern. Irgendwann einmal, irgendwer.«

»Wann denn?«

»Irgendwann einmal, vor Jahren. Ich glaube, sie haben gesagt, dass man statt des Gehackten das ganze Fleisch nimmt und die Füllung darin einwickelt.«

»Den Brociolone macht man mit Gehacktem. Seit wann nimmt man denn ganze Fleischstücke? Die sind ja blöd, die machen den mit ganzem Fleisch. Wie man sieht, hat dir das irgendeiner deiner idiotischen Freunde erzählt.«

»Was haben denn meine Freunde damit zu tun?«

Cosimo hat keine Freunde. Seine Mutter bezieht sich auf die Freunde aus der Zeit, als er noch klein war. Das tut sie manchmal.

»Deine Freunde da …«, sagt sie dann.

Womit sie sagen will, dass er nur verblödete und übel beleumundete Freunde hat. Hatte, besser gesagt. Für seine Mutter sind Cosimos Freunde aber immer noch die Freunde, die er als Kind hatte, weil er seither keine mehr kennengelernt hat. Vielleicht glaubt sie ja auch, dass er die neueren Freunde vor ihr versteckt hat, dass er sie ihr nicht vorstellen wollte, so wie er ihr die Freundinnen nicht vorgestellt hat. Vielleicht also will sie mit dem Ton, in dem sie über die Freunde seiner Kindheit spricht, sich eigentlich dafür rächen, dass sie im Ungewissen gelassen wird über den Umgang, den er heutzutage hat.

Cosimo weiß nicht, wie er es ihr erklären soll, aber diesmal ist er wirklich ehrlich. Es wäre wenig glaubhaft, wenn er ganz einfach nur sagen würde, dass er niemanden kennt, den er als Freund bezeichnen könnte. Die Mutter würde das nicht verstehen. Aber andererseits ist es beleidigend, dass sie ihm dieselben Freunde unterstellt, die er noch zu Kinderzeiten hatte. Das waren idiotische Freunde, er weiß. Vielleicht waren es nichts als normale Kinder, die mit dem Älterwerden zu normalen Erwachsenen geworden sind. Trotzdem ist er überzeugt, dass es Idioten waren; seine Mutter hat es ihm oft genug gesagt.

»Deine Freunde da …«

Seine Mutter sagt das in verächtlichem Ton, als ob sie davon überzeugt sei, dass er auch heute noch, als Erwachsener, nicht nur immer noch mit denselben, inzwischen älter gewordenen Leuten zusammen sei, sondern gar mit denselben Kindern von damals. Als ob er selbst Kind geblieben wäre und sich nur in Gesellschaft von Kindern wohlfühlen würde. Manchmal kann man mit seiner Mutter wirklich nicht diskutieren. Und außerdem langweilt er sich vor dem Fernseher.

»Na gut«, sagt er, »ich geh kurz raus.«

Die Mutter sieht ihn an, als ob sie es nicht glauben könnte, dass er wirklich aus dem Haus gehen will.

»Wir essen aber in einer Stunde …«

»Dann sehen wir uns in einer Stunde.«

Und er verlässt tatsächlich das Haus, gefolgt von einem halblauten Kommentar der Mutter: »Erst sitzt er den ganzen Nachmittag hier drin, und jetzt geht er …«

Cosimo weiß in Wirklichkeit gar nicht, wohin er gehen soll. Er könnte das Auto nehmen und eine Runde im Dorf drehen, aber er hat gesagt, dass er zum Abendessen zurück ist, und eine Stunde reicht nicht aus. Also beschließt er, erst einmal einen Spaziergang im Garten zu machen, um seine Gereiztheit verrauchen zu lassen.

Der Garten an Cosimos Haus ist ein ganz normaler Garten, wenn man mit einrechnet, dass er sich nicht um ihn kümmert; und wenn er sich nicht darum kümmert, tut das auch kein anderer. Auch jetzt, wo seine Mutter da ist, ist es sinnlos, darauf zu setzen, dass sie sich um den Garten kümmert: Es interessiert sie schlicht und einfach nicht. »Das ist nichts für mich«, sagt sie.

Alles, was außerhalb der Hausmauern geschieht, interessiert sie nicht im Geringsten, angefangen beim Garten, und umso mehr, was den Rest der Welt betrifft. Cosimo ist da fast genauso wie sie, er tut nichts, um den Zustand des Gartens zu verbessern, trotzdem kann er es nicht lassen, das etwas zu bedauern und einige Details zu beobachten. Es gibt da besonders widerstandsfähige Pflanzen, die nie Wasser bekommen und trotzdem überleben; und es gibt Disteln und Unkraut, die von allein wachsen und im Sommer gelb werden. Cosimo kennt keine der Pflanzen beim Namen. Weil er zurzeit aber nicht so recht weiß, was er tun soll, und weil er außerdem für den Fall, dass seine Mutter ihn aus dem Haus heraus nachspioniert, ein möglichst unauffälliges Tun an den Tag legen will, deswegen nimmt er jetzt den Wasserschlauch und gießt. Außerdem ist es die richtige Uhrzeit. Er hat einmal in der *Settimana Enigmistica* gelesen, man solle nur bei Sonnenaufgang und bei Sonnenuntergang gießen, ansonsten leiden die Pflanzen. Mehr weiß er nicht. Er weiß zum Beispiel nicht, wie viel Wasser er den einzelnen Pflanzen geben soll oder den beiden Olivenbäumen, die seit jeher unbrauchbare, rachitische schwarze Früchte tragen. Er gießt nach Augenmaß und sieht zu, dass das Unkraut kein Wasser abbekommt. Dann will er so ein Unkraut ausreißen, aber die Pflanze widersteht seinen Anstrengungen. Als er es endlich schafft, sie herauszureißen, bezahlt er dafür mit einem kleinen Kratzer am Daumen. Nichts Schlimmes, aber das Ganze war so anstrengend, dass Cosimo beschließt, den Rest des Unkrautes stehen zu lassen. Er wird sich ein anderes Mal darum kümmern.

Während er sich den Blutstropfen an seiner Hand ansieht, erinnert er sich an den Verband am Ohr, der inzwischen schon alt ist und sich langsam abzulösen scheint. Es braucht nicht viel, um ihn abzunehmen. Die Gaze zwischen seinen Fingern sieht dreckig aus, braun beinahe. Er ekelt sich etwas bei dem Gedanken, dass sie bis vor Kurzem an ihm klebte. Eigentlich sollte er sie in den Mülleimer werfen, aber er hat, nach dem theatralischen Abgang von eben, keine Lust darauf, jetzt schon wieder ins Haus zurückzukehren. Er dreht die Gaze minutenlang zwischen seinen Fingern, dann aber ekelt es ihn auch, sie in der Hand zu halten. Der Garten ist zwar ziemlich heruntergekommen, aber er gehört immerhin ihm, also ist es kaum angebracht, den Verband ausgerechnet hier zu Boden fallen zu lassen. Er versucht, die Gaze über die Gartenmauer zu werfen. Aber der Wurf gelingt nicht recht, vielleicht war auch die Gaze zu leicht, auf jeden Fall landet das, was einmal der Verband an seinem Ohr gewesen ist, erst an der Mauerkante und dann in seinem Garten. Cosimo könnte sich gedemütigt fühlen, aber er pfeift drauf: Soll sie eben in seinem Garten liegen.

Er setzt sich auf eine der Stufen an der Haustür. Eigentlich möchte er nachsehen, in welchem Zustand sein Ohr ist. Es schmerzt nicht, aber er hat es schon einige Zeit nicht mehr kontrolliert. Er muss der Versuchung widerstehen, an den nächstbesten Spiegel zu rennen, um zu sehen, wie sein Ohr die nächsten Jahre über aussehen wird, den Rest seines Lebens lang. Die Versuchung ist stark, aber Cosimo widersteht.

Er widersteht fünf Minuten lang, dann gibt es nichts mehr, womit er sich ablenken könnte, und er steht auf und geht ins Haus. Seine Mutter sitzt immer noch vor dem Fernseher, er wirft ihr nicht einmal einen kurzen Blick zu, geht hinter ihr vorbei und tut, als ob er es aus irgendeinem Grund eilig hätte, derselbe Grund hat ihn auch dazu gezwungen, ganz gegen seinen Willen wieder ins Haus zurückzukehren. Er geht direkt ins Bad und sieht sich im Spiegel an.

Das Ohr sieht noch schlimm aus. Am Rand der Verletzung hat sich eine dunkle Kruste gebildet, es gibt aber Aussicht darauf, dass der Schaden, sobald einmal die Kruste abgegangen ist, nicht allzu groß sein wird. Falls es einer nicht wirklich darauf anlegt, sollte die Asymmetrie kaum zu entdecken sein.

Seit er nachgesehen hat, fühlt Cosimo sich unbeschwerter, allerdings weiß er nicht, was er tun soll, um nicht in die Küche und zur

Mutter zurück zu müssen. Er will ihr die Genugtuung nicht gönnen, also setzt er sich auf die Toilette, auch wenn ihm das nicht sonderlich angenehm ist. So bleibt er ein paar Minuten lang, schließlich macht er sich zurecht und verlässt das Bad. Er durchquert eilig die Küche, nimmt sich nur die Zeit, um zu erklären, wieso er gezwungen ist, sich sehen zu lassen.

»Ich seh einmal nach, was das Kind macht.«

Seine Mutter antwortet nicht. Besser so.

Das Kind sitzt immer noch am Tisch, so, wie sie es zurückgelassen haben. Die Augen sind geöffnet und schauen auf einen unbestimmten, weit entfernten Punkt. Im Vergleich zu vorher hat es nur die Gabel abgelegt. Oder sie ist ihm aus der Hand gefallen. Cosimo rechnet nach, dass mindestens fünf Stunden vergangen sein müssen, seit es in dieser Haltung dasitzt.

»Mamma!«, ruft er, »komm eine Minute!«

Seine Stimme sollte nicht alarmierend klingen, aber die Mutter kommt trotzdem sofort und schaut sich wie er das Bild an, um dessen Inhalt zu begreifen.

»Es hat sich nicht bewegt«, sagt Cosimo.

»Das Kind hat irgendetwas.«

»Für mich sieht es aus, als ob es krank wäre.«

»Irgendwas hat es. Holst du mir das Thermometer?«

Cosimo geht und kommt mit dem Thermometer wieder. Es ist ein altes Modell. Die Mutter schüttelt es, bis die Quecksilbersäule sich zurückgezogen hat, um es dann dem Kind unter die Achsel zu stecken. Aber weil es sitzt, ist das nicht einfach, es drückt den Arm nicht an den Körper, das Thermometer könnte jederzeit herunterfallen. Also hilft sie dem Kind beim Aufstehen und begleitet es ans Bett. Cosimo hilft mit, aber sie tun sich schwer, das Kind ist vollkommen passiv. Wie einen Kartoffelsack legen sie es auf das Bett, endlich kann sie das Thermometer richtig einsetzen. Die Mutter ordnet sich die Haare.

»Es stinkt, dieses Kind«, sagt sie.

»Tja.«

»Wie lang wäscht es sich schon nicht?«

»Ich kann mich nicht erinnern. Ich weiß es nicht.«

»Seit du es im Haus hast, hat es sich da gewaschen?«

»Nein.«

»Gar nie nicht?«

Cosimo antwortet nicht, die Mutter schüttelt nur den Kopf.

»Sobald wir die Temperatur gemessen haben, hilfst du mir, es nach drüben zu bringen, da spülen wir es dann wenigstens einmal kurz ab, das Ärmste ist ja in einem erbärmlichen Zustand.«

Dann vergehen einige Minuten, während denen nur die Mutter einmal kurz zu hören ist. »Tsss …«

»Können wir es rausnehmen?«, fragt Cosimo schließlich.

»Noch nicht. Warte.«

Sie warten noch zehn Sekunden, schließlich nickt die Mutter. »Los.«

Cosimo holt das Thermometer aus der Achselhöhle des Kindes und liest es ab.

»Sechsunddreißigzwei. Wie ist das?«

»Schlecht.«

»Schlecht?«

»Aber sicher. Man merkt ja, dass es ihm schlecht geht.«

»Das sieht mir aber nicht nach Fieber aus.«

»Fieber nicht, nein, aber normal ist das auch nicht. Im Gegenteil: Das ist schlimmer als schlimm.«

Cosimo weiß nicht, was er davon halten soll, also überlässt er es wieder einmal ihr.

»Und was tut man in Fällen wie diesem?«

»Wir müssen es aufwärmen. Hast du eine Decke?«

»Ich hol sie.«

Seine Mutter nimmt die Hand des Kindes. »Ärmstes …«

Cosimo kommt mit einer leichten Decke zurück. »Geht die gut?«

»Eine schwerere hast du nicht?«

Cosimo schaut auf die Decke und versucht zu begreifen, was falsch ist an ihr, aber seine Mutter will keine Zeit verlieren.

»Gib her.«

Sie legt die Decke auf die Matratze, dann packt sie das Kind so ein, dass es ringsum bedeckt ist und nur mehr der Kopf herausschaut. Es ist blass und ausgemergelt, hält die Augen geschlossen.

»Man sieht ihm an, dass es ihm nicht gut geht«, sagt Cosimo.

»Es braucht Frischluft. Zehn Tage in diesem Zimmer hier, ohne Luft …«

»Was sollte ich denn tun? Ich konnte es ja schlecht rausgehen lassen …«

»Aber du siehst schon, in welchem Zustand es ist, das Ärmste, oder?«

»Eh …«

»Komm, hilf mir, bringen wir es nach drüben.«

»Wohin?«

»Hilf mir.«

Sie heben es vom Bett hoch und stützen es auf seinem Weg ins andere Zimmer. Das Kind scheint begriffen zu haben, was sie vorhaben, es bewegt die Füße, wenn auch nur langsam und schwerfällig.

Die Decke, die ihm die Mutter ungehängt hat, geht bis zum Boden, bei jedem Schritt besteht die Gefahr, dass es stolpert. Sie bringen es ins Bad, Cosimo kümmert sich auf dem Weg dahin darum, sämtliche Hindernisse aus dem Weg zu räumen.

»Schaffst du es, in die Badewanne zu steigen?«, fragt die Mutter dann.

Aber das Kind scheint nicht zu hören, deswegen gibt sie Cosimo ein stummes Zeichen, der es daraufhin in den Arm nimmt und in die Badewanne legt. So war es aber nicht gedacht.

»Zuerst musst du es ausziehen.«

»Das hast du mir nicht gesagt.«

Cosimo zieht ihm die Kleider aus, die tatsächlich übel riechen. Sowie er fertig ist, öffnet die Mutter die Wasserhähne, versucht die richtige Wassertemperatur einzustellen, lässt das Wasser über den ganzen Körper des Kindes laufen, auch über die Haare.

»Seif es ein«, sagt sie zum Sohn.

»Die Haare auch?«

»Alles.«

Cosimo seift es an den Schultern und an der Brust ein, macht an den Beinen weiter. Er hat einige Stellen ausgelassen, und er hat gehofft, dass die Mutter ihn stoppt. Seine Mutter stoppt ihn.

»Lass, lass, ich mach das schon.«

Cosimo wird klar, dass sie den Verdacht auf Pädophilie ihm gegenüber noch nicht ganz fallengelassen hat. Das Beste, was er tun kann, ist, ihr zu gehorchen. Er gibt ihr den Schwamm, sie bringt die Arbeit zu Ende, bessert da und dort etwas nach, dann säubert sie das Kind mit der Brause vom Schaum.

»Handtuch«, sagt sie schließlich.

Er nimmt ein frisches und macht sich daran, das Kind abzutrocknen, aber das will die Mutter allein machen. Als sie damit fertig ist, wickelt sie das Kind in die Decke.

»Wollen wir hoffen, dass es nicht zu kalt bekommt«, sagt sie.

»Wohin bringen wir es?«

»In die Küche.«

Cosimo nimmt es in den Arm, die Mutter lenkt ihn zu dem Sessel, in dem normalerweise er schläft.

»Hier soll ich es hinlegen?«

»Fürs Erste. Danach sehen wir weiter.«

Sie legt die Decke so zurecht, dass der Großteil des Kindskörpers bedeckt ist, dann geht sie zum Tisch und bereitet eine Portion Brociolone vor.

»Hast du lieber Kartoffeln oder Erbsen?«, fragt sie. »Wie? Kartoffeln oder Erbsen? Weißt du, was wir tun? Ich geb dir Kartoffeln und Erbsen, dann isst du, was du essen willst. In Ordnung?«

Dann, zum Sohn gewandt, wird ihr Ton etwas technischer: »Ein Stuhl.«

Er soll ihn neben den Sessel stellen. Sie legt eine Serviette auf die Brust des Kindes.

»Schau her, was es gibt: den Brociolone! Der hat dir geschmeckt, das letzte Mal!«

Das Kind gibt nicht zu erkennen, ob es verstanden hat.

»Vielleicht erinnert es sich nicht daran«, sagt Cosimo.

Die Mutter hört ihm nicht zu. Sie versucht gerade, eine Gabel mit möglichst jeder Zutat zu beladen, den das Gericht zu bieten hat: Fleisch, Ei, Mortadella, Kartoffeln, Erbsen. Trotzdem ist es am Ende nur ein kleiner Happen, er soll einen Gesamteindruck geben und als Wegbereiter für andere, größere Gabelladungen dienen. Dann versucht sie, es zum Kosten zu überreden.

»Der hier ist noch besser als der vom letzten Mal. Den anderen habe ich für Cosimo gekocht. Ich wusste nicht, dass er Gäste hatte. Wenn ich es gewusst hätte, wäre ich mehr bei der Sache gewesen. Kost davon, und sag mir, ob der vom letzten Mal besser war, oder der hier. Los!«

Die Gabel sucht sich ihren Weg zwischen den Lippen des Kindes, die geben zwar nach, aber sie arbeiten nicht mit. Etwas Fleisch landet auf der Serviette. Die Gabel in der Schwebe haltend fragt die Mutter nach.

»Wie ist er?«

Weil das Kind nicht antwortet, legt sie eine neue Gabelladung auf, diesmal etwas mehr.

»Das Fleisch tut dir gut, weißt du das? Du bist ja wirklich spindeldürr. Wenn du diesen Teller aufisst, bin ich zufrieden mit dir, im Brociolone ist schließlich alles drin: Fleisch, Gemüse und Ei. Und morgen koche ich dir vielleicht einen Teller Nudeln, und schon geht's dir besser. Ja? Schmeckt es?«

Nachdem es ihn lange im Mund behalten hat, spuckt das Kind den ersten Bissen wieder aus. Die Mutter ist zuerst überrascht, dann verständnisvoll.

»Was war das, ein Knorpelstück? Gut, dass du es ausgespuckt hast. Kann sein, dass der Metzger etwas Fett daran gelassen hat, aber wenig, wirklich wenigwenig. Wenn du wieder auf so was stößt, spuck's aus. Dieser Happen aber, der ist perfekt. Ich hab aufgepasst. Schau mal, wie schön. Mmmh ...«

Das Kind sieht sie nicht an, das Kind sieht zur Seite, und doch öffnet es den Mund. Es kaut zwei Mal, sehr langsam, dann spuckt es auch den zweiten Happen aus.

»Du kannst aber nicht alles ausspucken! Komm, sei nicht bockig!«

So geht das eine halbe Stunde lang. Der Mutter gelingt es, jeden Zornesausbruch zu vermeiden, ihre Geduld wird dadurch belohnt, dass zwei, drei Happen ihr Ziel erreichen.

»Möchtest du sonst etwas?«, fragt sie dann nach. »Ein ganzkleinwenig Obst? Obst tut dir gut. Davon wirst du stark, wie Cosimo. Siehst du, wie stark Cosimo ist?«

Das Kind reagiert nicht und sie insistiert nicht weiter. Immerhin zeichnet sich ja vielleicht eine Wende ab, denkt sie.

»Wenigstens hat es ein kleinwenig gegessen.«

»Wenigstens ...«

Sie wendet sich wieder dem Kind zu.

»Möchtest du ein Glas Wasser? Schau her, auch das Wasser tut dir gut. Weißt du, wie viel ich trinke? Zwei Liter am Tag. Das ist gesund, das reinigt den Organismus.«

Das Kind nimmt das Wasserglas.

»Brav, brav. Siehst du, wenn du willst, kannst du dich auch benehmen. Weißt du, was wir zur Belohnung machen werden? Wir lassen dich hier auf dem Sessel schlafen. Bist du froh? Cosimo, was meinst du?«

»Naja, wenn es verspricht, brav zu sein …«

»Natürlich ist es brav …«

Als sie sich dann entfernen, fragt Cosimo nach: »Und wo soll ich schlafen?«

»Ich bezieh dir das Bett neu, da drüben, dann kannst du auch einmal ausgestreckt schlafen.«

»Es stinkt aber, da drüben.«

»Hast du das Kind da gehalten, in dem Gestank, die ganzen Tage über? Jetzt schläfst du da. Zuerst lassen wir auf jeden Fall einmal etwas Luft ins Zimmer.«

»Und wenn das Kind abhaut?«

»Es haut schon nicht ab. Siehst du nicht, in welcher Verfassung es ist? Das traut sich ja schon nicht mehr, auf seinen Beinen zu stehen.«

»Es hat aber ein wenig gegessen. Vielleicht kommt es später wieder zu Kräften …«

»Kannst dir vorstellen … Mach dir da mal keine Sorgen.«

»Wenn es abhaut, redest *du* mit denen, ja?«

»Mit welchen mit denen? Du denkst immer noch an die? Die kommen nicht mehr, das sag ich dir.«

Acht

Seine Mutter ist bereits wach und werkelt in der Küche. Cosimo kann das am Geräusch hören; es ist das Geräusch, das jemand verursacht, der versucht, keine Geräusche zu machen. Die Mutter wacht immer früh auf, er normalerweise auch. Heute aber hat Cosimo keine Lust aufzustehen. Inzwischen hat er das Gefühl, seine Probleme an die Mutter abgegeben zu haben, und ihm gefällt die Vorstellung, ihr wenigstens die alltäglichen Dinge überlassen zu können, wenn schon sonst nichts. Viel interessanter ist aber: Ob das Kind schon aufgewacht ist? Eigentlich wacht das Kind ja schon seit einiger Zeit nicht mehr auf. Seit ein paar Tagen ist es in einer Art permanentem Dämmerzustand und man kann nicht erkennen, wann es schläft und wann es wach ist. Cosimo macht sich Sorgen um seine Gesundheit, er fühlt sich verantwortlich. Er ist noch nicht überzeugt davon, dass die definitiv verschwunden sind, er hat Angst, dass er plötzlich Rechenschaft ablegen muss über seine Arbeit als Wärter.

Die Variante, die ihm immer noch als am wahrscheinlichsten erscheint, ist jene, dass es irgendeinen Grund gibt, warum sie sich nicht in Verbindung setzen mit ihm. Vielleicht ist die Polizei ihnen auf den Fersen und sie konnten sich keine falsche Bewegung erlauben. Ein Telefonat allerdings hätten sie trotzdem machen können. Vielleicht wissen sie, dass ihr Telefonanschluss überwacht wird. Oder sie sind wirklich verhaftet worden und halten dicht, um nicht zu verraten, wo das Kind ist? Aber wie lange werden sie dicht halten? Seine Mutter hat zwar gesagt, dass sie sofort geredet und alles ausgepackt hätte, aber die sind anders gebaut. Die sprechen nicht, können den Mund halten. Sie werden nicht ewig im Gefängnis sitzen, früher oder später muss man sie auf alle Fälle freilassen. Und falls die Richter eine Möglichkeit finden würden, sie im Gefängnis zu behalten, egal: Die können jahrelang schweigen. Auch wenn es so wäre, gibt es trotzdem noch ein Problem für Cosimo. Während die nämlich im Gefängnis standhalten – und sie tun gut daran standzuhalten – bleibt ihm das Kind.

Außerdem können die, falls sie schon verhaftet wurden, die polizeilichen Untersuchungen nicht mehr behindern, und so gesehen gäbe es eigentlich keinen Grund, eine Nachrichtensperre weiter aufrecht zu erhalten. Falls nicht die Polizei den Fall zuerst komplett aufklären will, indem sie auch das Kind findet. Vielleicht fehlt ja nicht mehr viel. Und wenn sie es finden werden, finden sie auch Cosimo.

Aus der Küche hört er Worte. Nur den Klang, in seinem Zimmer kann er nicht verstehen, was seine Mutter sagt. Er ist sich nicht sicher, ob sie mit dem Kind spricht, manchmal hat sie durchaus auch die Angewohnheit, mit sich selbst zu reden. Höchstwahrscheinlich befindet sich das Kind wieder in seinem üblichen Dämmerzustand, und sie redet mit ihm, als ob sie mit sich selbst reden würde. Das passiert ihr manchmal. Auch mit Cosimo ist das ab und zu nicht anders: Er macht irgendeine Hausarbeit, auf die er sich ganz konzentriert, und sie redet. Geredet wird über alles: Gemeinheiten unter Nachbarn, Unglücksfälle, die Bekannten zugestoßen sind, Heraufbeschwörung der Vergangenheit und Mutmaßungen über die Zukunft der Familie. Von Cosimo wird in solchen Fällen eine rein formale Aufmerksamkeit verlangt. Es ist nicht notwendig, dem Gedankengang zu folgen. Es reicht, den Frageton mitzubekommen, rechtzeitig, und dann zu antworten, indem man den Kopf bewegt oder das eine Wort sagt: »Tja.«

Auf diese Art und Weise ist die Mutter sicher, wenigstens teilweise Gehör gefunden zu haben, und das reicht ihr.

Jetzt wird es Zeit für Cosimo aufzustehen. Er zieht sich so gut es geht an, mit irgendwas, das er in einer Schublade findet, ein T-Shirt zu einer kurzen Hose, die er bis gestern nie im Leben angezogen hätte, lieber wäre er in Unterhosen herumgelaufen. Jetzt ist das etwas anderes, er weiß nicht, welches Maß an Vertraulichkeit er sich mit seiner Mutter erlauben soll. Wenige Jahre des Alleinlebens haben genügt, um das Ausmaß seines Schamgefühls ihr gegenüber vollkommen zu verändern. Was das betrifft, das muss er zugeben, fällt ihm die Rückkehr in das gemeinsame Leben schwer. Noch etwas macht er, und er hätte es nicht getan, wenn er noch allein leben würde: Er wendet seinen Pyjama auf die richtige Seite, faltet ihn und legt ihn unter das Kissen, und zwar noch bevor er sich wäscht und fertig anzieht. Bis gestern hat er den Pyjama den einen Tag richtig herum, den anderen falsch herum angezogen, zum Teil weil er zu faul war, ihn jeden Tag wieder umzudrehen, andererseits aber auch, weil auf diese Weise beide Seiten schmutzig werden und er ihn also doppelt so lange anziehen kann, bevor der Pyjama in die Wäsche muss. Cosimo legt sehr viel Wert auf eine gewisse, sozusagen öffentliche Sauberkeit, in seiner Privatsphäre aber gönnt er sich die eine oder andere Freiheit. Außerdem war, bis gestern zumindest, niemand daran interessiert, den Zustand seines Pyjamas zu kontrollieren.

Cosimo öffnet die Tür und ist sich dabei sicher, schon zu wissen, welches Bild ihn in der Küche erwarten wird. Er könnte es beschreiben: Das Kind im Halbschlaf auf dem Sessel und seine Mutter putzt irgendwas, etwas zu putzen gibt es immer. Er öffnet die Tür und das Bild, das sich ihm bietet, ist mehr oder minder wie vorgestellt, mit dem einzigen Unterschied, dass seine Mutter nicht am Putzen ist, sondern am Herd steht.

»Du kochst jetzt schon?«

»Ich mache Pasta colle sarde a mare.«

Die Mutter sagt das mit einem besonderen Ton, als ob der Name des Gerichtes erklären sollte, dass sie um diese Uhrzeit bereits kocht.

»Muss man die am frühen Morgen kochen?«

Die Mutter ist es inzwischen etwas leid, ihm immer alles erklären zu müssen.

»Das ist wie mit dem Brociolone. Man kocht das Gericht, dann lässt man es stehen, so wird es viel besser.«

Cosimo setzt sich schwerfällig an den Tisch, als ob allein der Weg vom Bett in die Küche ihn bereits erschöpft hätte.

»Hast du Kaffee gekocht?«

»Vor einer halben Stunde. Wenn du willst, wärme ich ihn dir auf.«

Cosimo mag aufgewärmten Kaffee nicht, aber das ist jetzt nicht der Augenblick, um den Heiklen zu spielen. Während die Mutter den Kaffee in einen kleinen Topf gibt und den Topf auf den Herd stellt, will er wissen, was es Neues vom Kind gibt.

»Wie geht es ihm?«

»Siehst du das nicht?«

Cosimo schaut es sich an. Es liegt immer noch so da, wie sie es am Abend verlassen haben.

»Und es hat nicht versucht abzuhauen?«

»Wie denn? Siehst du nicht, in welchem Zustand es ist, das Ärmste?«

»Ich weiß schon, in welchem Zustand, mir hat es beinahe das ganze Ohr abgerissen. Ich bin hier der Ärmste, nicht das da.«

»Hier, der Kaffee ist fertig.«

Cosimo kostet mit der Zungenspitze. Er ist sehr heiß und schmeckt nach nichts.

»Wie ist er?«, fragt die Mutter.

»Naja …«

»Soll ich dir einen anderen machen?«

»Ist nicht nötig.«

»Ich brauch nicht lang dafür, zwei Minuten brauch ich …«

Ohne seine Zustimmung abzuwarten, macht sich die Mutter daran, die Kaffeemaschine neu aufzusetzen.

»Und was machst du heute?«

»Ich hatte eigentlich vor, an der Piazza vorbeizuschauen, ob die nicht zufällig auftauchen.«

»Das ist gut. Gehst du auch in die Werkstatt?«

»Ich glaube nicht. Hab keine Zeit dazu.«

Cosimo merkt, dass die Mutter etwas dazu sagen möchte, aber dann sagt sie doch nichts. Recht hat sie: Die Arbeit, die Werkstatt, das ist allein Cosimos Sache. Da hat sie nichts verloren. In der Tat mischt sie sich auch diesmal nicht ein, selbst wenn man an der Art ihres Schweigens eine gewisse Missbilligung spüren kann. Weswegen sie das Thema auch nur scheinbar wechselt. »Wie sieht's denn mit dem Geld aus bei dir?«

»Gut.«

»Wir kommen ja nicht weit, nur mit meiner Rente.«

»Ich hab dir ja gesagt: gut. Mach dir keine Sorgen.«

»Außerdem sind wir jetzt zu dritt. Du musst das Kind auch mitzählen …«

»Mach ich.«

»Und zu dritt, das kostet schon.«

»Was kostet mich das Kind denn? Es isst nicht. Es schläft, und basta. Ist doch wahr, oder?«

Cosimo hat sich dem Kind zugewandt, aber das scheint ihn nicht zu hören.

»Und wenn ich einmal nicht mehr bin, was tust du dann?«, insistiert seine Mutter.

»Mamma …«

»Ich sag's ja nicht wegen mir, schließlich ändert sich nichts, ob ich da bin oder nicht: Ich weiß, dass das gleich ist. Ich sag's nur wegen der Rente. Was machst du ohne meine Rente?«

»Dieses Gerede gefällt mir nicht …«

Die Mutter schenkt den Kaffee ein, und während er trinkt, bringt sie ihre Überlegungen zu Ende.

»Es ist aber allemal besser, vorher darüber zu reden als nachher. Nachher, wenn ich nicht mehr bin, möchte ich sehen, wie du es anstellst, ohne die Rente …«

»Ach, irgendwie komme ich schon zurecht.«

Die Mutter sieht ihn an. Eine solche Antwort hat sie sich nicht erwartet, sie ist verwirrt und beleidigt. Wenn Cosimo sie nicht kennen würde, müsste er jetzt denken, dass sie seine Antwort als unglückbringendes Vorzeichen sieht, wie es die Idioten im Dorf tun. Aber sie ist seine Mutter, von ihr muss er sich ein solches Verhalten nicht erwarten. Es ist auch kaum wahrscheinlich, dass sie weiß, was gewisse Leute von ihm reden. Sie werden es ja kaum seiner Mutter direkt ins Gesicht sagen. In ihren Augen aber ist ein Unbehagen. Das Einzige, was sie sagen kann, leise, ist: »Das darfst du nicht sagen, solche Dinge …«

Cosimo versteht nicht. Er trinkt den Kaffee aus und steht auf.

»Ich mache mich fertig.«

Als er fertig ist, gewaschen und gekleidet, kommt er wieder in die Küche zurück. Er küsst die Mutter auf die Stirn. Sonst streichelt er ihr immer über die Wangen. Bevor er das Haus verlässt, bleibt er noch beim Kind stehen.

»Hast du seine Temperatur gemessen, heute Morgen?«

»Noch nicht.«

»Was für einen Eindruck hast du?«

»Na ja. Hoffen wir, dass ihm die Pasta schmeckt.«

Wie Cosimo auf die Piazza kommt, ist es mitten am Vormittag. Er hat im Auto eine Runde gedreht und dabei so viel Zeit wie möglich verplempert, es gab keinen Grund zur Eile, und er hatte keine Lust, sich unter Menschen aufzuhalten. Jetzt, auf dem Platz, wird er sich klar, dass der zweite Grund der ausschlaggebende war.

Ein paar Bekannte grüßen ihn und machen sich aus dem Staub. Einer von ihnen ist Seminerio, ein Gemeindeangestellter, der ihm einmal das Fahrrad seines Sohnes zur Reparatur vorbeibrachte, und danach nie mehr wieder. Solchen Kunden gegenüber hegt Cosimo einen größeren Groll als gegenüber den Kunden, die sich kein einziges Mal haben blicken lassen. Er ist sich sicher, dieses Fahrrad hat in der Folge noch die eine oder andere Reparatur nötig gehabt, aber Seminerio ist nicht mehr wiedergekommen. Er nicht, sein Sohn nicht, der inzwischen grob geschätzt ja auch alt genug sein müsste, um es selbst zur Reparatur zu bringen, das Fahrrad.

Cosimo ist nervös, heute Morgen. Er hat gute Lust, Seminerio abzufangen und ihn zu fragen, wieso er nicht mehr wiedergekommen ist; ob die Reparatur mangelhaft ausgeführt war, ob er unzufrieden gewesen ist. Er möchte es wissen, nicht um sich zu revanchieren, nur um zu verstehen. Wenn es einen Grund gibt, wieso die Leute nicht zu ihm kommen, hat Cosimo das Recht, ihn zu kennen, um sich entsprechend verhalten zu können; er könnte dann die Sache aus der Welt schaffen oder die Werkstatt schließen. Als sich seiner und Seminerios Weg kreuzen, ist da eine Unsicherheit in Cosimos Schritten, als ob er anhalten möchte. Und Seminerio erinnert sich genau im selben Augenblick unversehens an irgendetwas und dreht um. Er grüßt eilig und ändert seinen Weg.

Capizzi, der Tankwart, verhält sich genauso. Sie waren Schulkameraden in der Grundschule. Cosimo hätte eigentlich Zeit für einen kleinen Plausch mit ihm. Aber Capizzi macht, nachdem er ihn gegrüßt hat, einen brüsken Schlenker, als ob er es plötzlich eilig hätte, zurück an die Arbeit zu gehen; Cosimo verzichtet auch bei ihm darauf, ihn anzuhalten.

Em Ende des Platzes liegt die *Bar Centrale*, aber Cosimo hat derzeit keine Lust auf Kaffee. Vor allem möchte er nicht noch einmal in dieselbe Verlegenheit kommen wie beim letzten Mal. Also hält er sich fern, außerdem ist da, wo er steht, Schatten, und die Sonne schreckt ihn davor ab, den Platz zu überqueren. Zum Sitzen und um die vorübergehenden Leute zu beobachten, würde eine Bank reichen. Es gibt sieben davon, über den Platz verteilt, aber sie sind alle besetzt. Zwei liegen im Schatten, auf denen sitzen bis zu vier Personen, ein paar stehen daneben, die Ansammlung diskutiert.

Ab und zu dreht sich einer in seine Richtung und registriert mit einem kurzen Blick den Neuzugang. Cosimo könnte nicht sagen, ob das Grüppchen eine schon in Gang befindliche Diskussion weiterführt, oder ob sie eine neue begonnen hat, die sich ihm verdankt. Vielleicht ja, aber er ist sich nicht sicher.

Auf einigen Bänken, die in der Sonne stehen, sitzen sie zu zweit. Da wäre noch Platz, aber Cosimo traut sich nicht, um Erlaubnis zu fragen und sich dazuzusetzen, es wäre ihm zu aufdringlich. Und außerdem weiß er nicht, wie die Zwei auf seine Anwesenheit reagieren würden: Sie könnten sogar aufstehen, um sich anderswo hinzusetzen. Er traut sich nicht, dieses Risiko einzugehen, bleibt im Schatten stehen, allein, und beobachtet den Platz. Um ungezwungener zu wirken, steckt er die Hände in die Hosentaschen, aber auch so fühlt er sich überhaupt nicht wohl. Also nimmt er eine Hand wieder aus der Tasche. Auch in dieser Position wird es nicht besser, aber das ist egal. Er ist schließlich aus einem einzigen Grund hier: Er sucht die, die ihn in Schwierigkeiten gebracht haben. Er muss sie finden, der Rest ist unwichtig. Selbst für den Fall, dass die Blicke der Dorfbewohner, die er immer wieder auffängt, wirklich ihn meinen, und auch falls diese Blicke das zu bedeuten haben sollten, was er glaubt, dass sie bedeuten, selbst dann darf ihm das alles nichts ausmachen. Sie sind diejenigen, die eigentlich das Problem haben sollten, beschäftigt auszusehen, obwohl sie nur den ganzen Tag herumstehen und ihre Zeit vergeuden. Er nicht. Er hat zu tun. Er hat für seine Suche allerhöchstens ein paar Stunden vorgesehen. Außerdem ist das jetzt der Teil des Vormittages, an dem auf dem Platz am meisten Betrieb herrscht; wenn die kommen, dann kommen sie um diese Uhrzeit. Also hat er konzentriert zu sein.

Cosimo verlegt sein Körpergewicht von dem einen Bein auf das andere. Er stellt fest, dass er zu heiß hat, dass er nicht mehr stehen will; das ist eigenartig, schließlich hat er nichts Anstrengendes getan. Es muss eine Kopfsache sein. Er fühlt sich nicht wohl hier, das ist alles. Er zieht auch die zweite Hand aus der Hosentasche, dadurch aber hängen beide Arme in einer Art und Weise die Seiten hinunter, die er als absurd empfindet. Er legt das Gewicht wieder auf das eine Bein und verschränkt die Arme vor der Brust. So sieht er vielleicht ein wenig angriffslustiger aus. Das ist gut so, auch wenn eine solche Haltung unter Umständen kontraproduktiv sein kann. Falls sich jemand ihm nähern möchte, könnte er meinen, dass er, Cosimo, verärgert ist, und einen Bogen um ihn machen, weil er denkt, dass Cosimo allein bleiben will. Und die auch: Wenn sie kommen, sollen sie nicht denken müssen, dass er böse ist auf sie. Er ist überhaupt nicht böse auf sie. Um Himmelswillen. Sicher, die haben sich einen schönen Scherz erlaubt damit, das Kind die ganze Zeit über bei ihm abzustellen. Aber Cosimo ist bereit, ihnen sofort zu verzeihen, falls sie auftauchen, um es wieder mitzunehmen.

Er löst den Knoten vor der Brust und legt die Arme hinter den Rücken, die rechte Hand hält das linke Armgelenk. In der Folge steht er leicht vornübergebeugt, und das sollte er nicht. Seine Mutter hat es ihm immer wieder gesagt: »Stell dich gerade hin.«

Er kann es sehen, wenn er vor dem Spiegel steht: Er hat die Tendenz, den Kopf so weit nach vorne zu schieben, dass sich fast schon ein rechter Winkel zum Rest seines Körpers bildet. Seine Mutter sagt ihm nicht umsonst, dass er gerade stehen soll, nicht einmal ihm selbst gefällt die Haltung, die sein Körper einnimmt. Manchmal geschieht es ihm, dass er an einem Schaufenster vorbeikommt und sich darin unversehens sieht, ohne dass er sich wiedererkennt. Es dauert nur einen Sekundenbruchteil, und doch reicht das, um ihn denken zu lassen: Wer ist dieses Monster? Sofort darauf wird er sich bewusst, dass er selbst es war, und das kränkt ihn, schließlich schwebt das unangenehme Urteil, das so blitzschnell da war, weiter im Raum. Sehr wahrscheinlich ist es wohl dieses Bild und dieses Urteil, das sich die anderen von ihm machen. Das also sehen sie, wenn er die Straße entlangläuft, das denken sie. Es ist etwas Unheilvolles in seiner Gestalt, er muss es zugeben. Vielleicht sind daraus die Gerüchte entstanden, die über ihn im Umlauf sind. Zum Glück glauben nicht alle daran, aber vielleicht würde Cosimo, wenn er nicht höchstpersönlich betroffen wäre, es genauso sehen, vielleicht stünde er dann auch auf der anderen Seite.

Er richtet die Wirbelsäule auf und zieht den Kopf hoch, behält dabei aber weiter die Hände hinterm Rücken. Hinten ist ein guter Platz für die Hände, da sind sie unverkrampft und beruhigen ihn. Auch als in seiner Militärzeit Ruhestellung befohlen war, lagen die Hände auf dem Rücken und standen nicht im Weg. Das Problem ist, wenn schon, der Rest. Gerader Rücken, gerader Kopf, das wird im Lauf der Zeit eine unbequeme Körperhaltung. Es fühlt sich steif an. Es schmerzen ihn sogar gewisse Halsmuskeln, als ob sie geschrumpft wären aufgrund der Fehlhaltung, die er nun schon einen guten Teil des Tages einnimmt. Außerdem kommt er sich lächerlich vor, wie er so dasteht. Von allen Haltungen, die er ausprobiert, ist diese die absurdeste. Er sieht aus wie eine Statue, sieht aus wie ein Polizist, der den Verkehr regelt. Und Cosimo will nun wirklich nicht aussehen wie ein Polizist.

Er versucht, den steifen Rücken zu lockern, dabei aber weiterhin den Winkel des Kopfes im Verhältnis zur Wirbelsäule unter Kontrolle zu halten. Daraufhin geht es etwas besser, insgesamt gesehen, aber nicht sehr viel. Wenn er sich von außen sehen könnte, würde er jetzt höchstwahrscheinlich etwas weniger wie ein Polizist aussehen, verglichen mit vorher. Aber er muss diese Körperhaltung weiterhin überwachen. Sie stellt sich nicht spontan ein.

Insgesamt ist er es leid zu stehen, er würde sich gerne setzen. Die Bänke sind immer noch besetzt. Bei denen im Schatten gibt es eine Art natürlichen Austauschs zwischen Freunden, die sich gegenseitig den Platz überlassen. Wenn er näher dran stehen würde, könnte er versuchen, sich dazwischenzuschieben, andererseits ist Cosimo nicht der Typ, der sich in eine Gruppe einfügt, nicht einmal wenn er die Leute gut kennt; und keiner von denen, die zur Zeit auf dem Platz stehen, ist auch nur im entferntesten ein Freund. Es ist auch eine Frage des Alters: Es kommen vor allem die Rentner auf den Platz, Leute, die einer ganz anderen Generation angehören als der seinigen. In Calcara gibt es nur sehr wenige, die um die Vierzig sind. Viele von Cosimos Mitschülern sind wegen der Arbeit irgendwo hingezogen und mit den paar, die noch dageblieben sind, hat er nie Freundschaft geschlossen.

Auf den Bänken in der Sonne ist es dasselbe: nur alte Menschen, aber leiser. Cosimo hat es bis jetzt nicht gewagt, auf einer Bank Platz zu nehmen, auf der zwei Alte sitzen und reden, oder sitzen und schweigen, das ist dasselbe, und auf die noch dazu voll die Sonne scheint. Jetzt aber beschließt er, dass ihm das alles egal ist. Zwanzig Meter trennen ihn von der nächstliegenden Sitzbank. Zwanzig Meter, die er in Ruhe und mit Entschiedenheit zurücklegt, allerdings nicht unbedingt auf direktem Weg. Er tut so, als wolle er auf die andere Seite der Piazza, als er dann aber an der Sitzbank vorbeikommt, stoppt er. Er schaut die zwei Alten an, die nur einen Teil der Bank besetzen, und wischt sich demonstrativ ein paar Tropfen Schweiß von der Stirn. Er glaubt, die beiden zu kennen, aber er ist sich nicht sicher. Er grüßt sie also nicht, aber er lächelt.

»Ich setze mich eine Minute lang hin«, teilt er ihnen mit.

Und weil sie ihn exakt so ansehen, wie er es befürchtet hat, schiebt er eine Art Erklärung hinterher: »Es ist heiß.«

Die zwei Rentner, die eben noch ab und zu miteinander geredet haben, sind vollkommen verstummt, seit er sich neben sie gesetzt hat. Cosimo tut das leid, aber er kann da nichts machen. Die Sitzbänke sind für alle da. Wenn sie weiter über ihre Dinge reden wollen, können sie ruhig weitermachen. Er sitzt in der Ecke und hört ihnen nicht zu. Sie können aber auch weggehen und anderswo weiterreden. Sie sollen tun, was sie wollen, das geht ihn alles nichts an. Er hat seine eigenen Probleme, und die reichen ihm.

Die beiden Alten bleiben noch einige Sekunden lang sitzen, dann stehen sie auf, gehen und fangen im Gehen noch zu reden an. Cosimo ist das nur recht. Und umso besser, wenn niemand anderer kommt, um sich zu setzen. So ist es dann auch, obwohl es auf dem Platz noch genug Leute gibt, die stehen. Jetzt ist seine Bank die Einzige, auf der nur ein Mensch sitzt. Auf den anderen sind sie mindestens zu zweit, meist mehr.

Jedenfalls geht es im Sitzen besser. Auch wenn er glaubt, ab und zu einen flüchtigen Blick in seine Richtung zu kreuzen, hier fühlt er sich deutlich wohler. Er breitet die Arme aus, legt sie auf die Rückenlehne. Wenn sich jemand dazu setzen will, kann er sie immer noch herunternehmen, aber er weiß jetzt schon, dass keiner kommen wird. Und das geht in Ordnung so.

Es würde ihm noch besser gehen, wenn die Sonne nicht wäre. Cosimo schließt die Augen, um sie auf der Haut zu spüren, aber das Ergebnis gleicht in nichts der angenehmen Empfindung, die er eigentlich gesucht hat. Mittagssonne ist die Schlimmste. Das hat er irgendwann einmal in der *Settimana Enigmistica*, bei *Strano, ma vero!* gelesen: Es sind die ultravioletten Strahlen, die schädlich sind. Oder die infraroten. Auf jeden Fall: Sie erzeugen Hautkrebs. Man sollte ihnen besser aus dem Weg gehen, sagen die Ärzte.

Cosimo schaut auf die Uhr. Er ist jetzt seit einer halben Stunde auf der Piazza und noch hat sich keiner von denen, die er sucht, blicken lassen. Sicher gibt es da irgendetwas, das sie fernhält vom Dorf, und er sitzt derweil da und holt sich einen Hautkrebs. Er kann nicht länger in der Sonne bleiben. Abgesehen vom Krebs lässt sie ihn auch noch schwitzen. Das weiße Hemd, das er heute Morgen sauber angezogen hat, klebt inzwischen vollständig am Rücken.

Er beschließt, die Piazza zu verlassen. Eine halbe Stunde sollte eigentlich reichen. Er schaut noch einmal auf die Uhr: Genau genommen sind es erst fünfundzwanzig Minuten, aber das ist gleich. Es reicht, und basta. Eventuell kommt er am Nachmittag noch einmal her. Nachmittags werden andere Leute auf dem Platz sitzen, und es wird, vor allem später hinaus, auch nicht so heiß sein. Dann kann er lange bleiben. Nachmittags sollte er eigentlich arbeiten gehen, aber das ist nicht so wichtig. Das Wichtigste zurzeit ist, dass es gelingt, die da ausfindig zu machen, egal wo sie sind.

Er geht los.

Auf dem Weg durch den Garten seines Hauses weiß er bereits, dass es Neuigkeiten gibt: Das Kind ist draußen, sitzt auf der Treppe vor dem Eingang. Es macht immer noch einen mageren und abwesenden Eindruck. Um ins Haus zu kommen, muss er einen Bogen um das Kind machen, und er tut das, ohne dass das Kind ihn bemerkt und Anstalten macht, sich zu bewegen.

»Du hast es rausgelassen«, sagt er gleich zu seiner Mutter.

Das ist halb Frage, halb Beanstandung. Die Mutter glaubt, ihm eine Erklärung schuldig zu sein.

»Ich hab es etwas Luft schnappen lassen. Das Ärmste, die ganze Zeit immer im Haus …«

»Welche Luft? Es ist so heiß da draußen, dass man daran stirbt, und das Kind sitzt mitten in der Sonne.«

»Die Sonne tut ihm gut. Siehst du nicht, dass es ganz blass ist?«

»Das seh ich, dass es blass ist. Aber wenn jemand vorbeikommt?«

»Wer soll denn schon vorbeikommen?«

»Was weiß ich? Einer der vorbeikommt. Er sieht es, und aus.«

»Hier kommt doch nie jemand vorbei.«

»Nehmen wir einmal an, es kommt jemand vorbei.«

»Und auch wenn er vorbeikommt, er sieht ein Kind, das im Garten spielt, und basta.«

»Das Kind ist nicht meines, und deines ist es auch nicht. Was macht es also bei uns zu Haus? Abgesehen davon, dass es jederzeit anfangen kann, um Hilfe zu rufen …«

»Welche Hilfe denn, bitte? Hilfe? Das redet ja nicht einmal, das Kind, wie soll es da um Hilfe rufen?«

Cosimo scheint es, als wär da ein leiser Tadel in der Stimme seiner Mutter. Als ob er das Kind dazu erzogen hätte, nicht zu antworten. Als ob er dran schuld wäre, dass es so steif und stumm ist.

»Sag mir eins, stattdessen: Ist es immer so gewesen? Als sie es dir gebracht haben, war es da auch schon so schläfrig?«

»Nein, überhaupt nicht. Es hat mir beinah ein Ohr abgerissen.«

»Und wieso ist es dann jetzt so?«

Cosimo hat sich das schon gedacht: Jetzt ist er schuld.

»Was weiß ich …«, sagt er. »Entweder ist es etwas, das sie ihm gegeben haben, um es einzuschläfern, als sie es damals entführt haben, oder es kommt davon, dass es nicht isst.«

Die Mutter sieht aus, als ob sie über Cosimos Worte nachdenken würde, vor allem, was das Essen betrifft. Sie steht vom Stuhl auf und öffnet die Tür des Speiseschranks.

»Und was wäre das hier?«

Das hier wäre, ist, das hier sind die einzeln abgepackten Merendine, die Cosimo irgendwo tief hinter einer kleineren Tür des Speiseschrankes verstaut hat, aber nicht tief genug, und nicht klein genug, als dass die Mutter sie nicht doch entdeckt hätte. Die Mutter hat sie nicht angerührt, nachdem sie den Schrank geöffnet hat; sie lässt die Tür offen und macht einen Schritt nach hinten.

»Wonach sieht es deiner Meinung nach aus?«, antwortet Cosimo.

»Das hast du ihm zu essen gegeben, bevor ich gekommen bin?«

»Um die Wahrheit zu sagen: Es wollte sie nicht einmal.«

»Aber du hast sie ihm gegeben?«

»Ich hab's versucht, aber es hat sie nicht gegessen.«

»Isst du sie etwa? Was hab ich dir gesagt, als du klein warst?«

Cosimo weiß, worauf seine Mutter hinaus will, aber er hat nicht die Absicht, ihr die Aufgabe zu erleichtern. Er schweigt.

»Was hab ich dir gesagt? Was? Dass sie den Appetit verderben. Was sagst du jetzt? Hatte ich recht? Haben sie ihm den Appetit verdorben, dem Kind? Wozu koch ich denn Brociolone und Pasta col sugo? Inzwischen hat es sich, vor lauter Schweinkram, den Appetit verdorben.«

»Aber wenn es sie beinahe nicht einmal probiert hat.«

»Tsss …«

Cosimo erkennt, dass keine einzige Rechtfertigung ihn noch retten können wird. Er fühlt sich müde. Es ist eine psychologische Müdigkeit, die ihn dazu bringt, nicht mehr auf die Anklagen seiner Mutter zu reagieren, aber es ist auch eine physische Müdigkeit, verursacht von einer Mischung aus Hitze und Entmutigung.

Wenn seine Mutter denkt, etwas entdeckt zu haben, das ihrer Meinung nach nicht in Ordnung geht, beginnt sie sogleich mit dem Versuch, es wieder in Ordnung zu bringen. Und bevor es nicht wieder in Ordnung ist, lässt sie nicht locker. Heute fühlt Cosimo sich nicht danach, ihr Widerstand zu leisten, lieber nachgeben, und basta. Aber auch das Nachgeben macht ihn nervös. Seine Mutter macht ihn, ganz allgemein, nervös. Seit sie zu ihm gezogen ist, sind zwei Tage vergangen und das Problem mit dem Kind hat sich ganz und gar nicht lösen lassen. Die Mutter hilft ihm, sicher. Aber sie hat ihm keine endgültige Lösung vorschlagen können. Das Kind isst immer noch nicht und bleibt in seinem katatonischen Zustand. Vor allem aber waren er und sie nicht in der Lage, es loszuwerden.

»Was meinst du, holen wir es wieder herein, jetzt?«, fragt er.

»Aber ja, wird ja auch Zeit fürs Essen.«

»Schon Zeit? Ich habe überhaupt keinen Hunger.«

»Fang du jetzt nicht auch noch an, wo ich doch die Melanzane fritte gekocht habe, und die magst du.«

»Aber ich habe keinen Hunger.«

Die Mutter legt den Kochlöffel hin, um der Sache Nachdruck zu verleihen.

»Da haben wir ja noch eins! Das eine Kind, das vor lauter Merendine jetzt nichts mehr isst, reichte uns wohl noch nicht?«

»Was hat denn das damit zu tun? Ich habe keinen Hunger, weil ich keinen Hunger habe. Bei der Hitze sind mir die Melanzane fritte zu schwer.«

Das ist ein frontaler Angriff auf den Kochstil der Mutter. Das sollte nicht so sein, ist jetzt aber so. Cosimo hat gesagt, dass ihre Küche schwer verdaulich ist. Sie dreht die Flamme aus, die das Frittieröl heiß hielt.

»Ich habe verstanden.«

Cosimo hat es bereits ein wenig bereut, sie beleidigt zu haben, aber er will nicht um Entschuldigung bitten. Nicht sofort. Die Mutter legt alles weg, was sie bis jetzt gebraucht hat; Teller und Gabeln landen an ihrem Platz in den Schränken. Sobald sie damit fertig ist, setzt sie sich vor den Fernseher und dreht den Ton lauter, um die Debatte zwischen einer Frau mit einem roten Kleid, die sehr unsympathisch zu sein scheint, und einer in schwarzen Hosen, die einem hingegen auf den ersten Blick Vertrauen einflößt, zu verfolgen. Das dauert fast eine Minute lang. Weil Cosimo immer noch schweigt, dreht sie den Ton wieder leiser und redet weiter.

»Ich kann nicht mit euch beiden kämpfen! Inzwischen bist du vierzig Jahre alt, also tu, was du willst.«

Sie macht noch eine Pause, nur um zu sehen, ob es Einwände gibt. Es gibt keine.

»Es tut mir nur um das Kind leid, das nichts dafür kann.«

Cosimo wagt sich vor: »Ihm kannst du sie ja kochen.«

Und meint die Melanzane fritte. Aber das war ein Fehler, er hätte den Mund nicht aufmachen sollen. Sie hat auf so einen Zug von ihm nur gewartet.

»Was ist, glaubst du, ich bin deine Kellnerin? Die Köchin? Glaubst du, ich bin gekommen, um für das Kind zu kochen, wann du willst und magst? Falls du eine Kellnerin haben wolltest, wär es besser gewesen, du hättest die Signora Pina behalten. Besser noch ..., weißt du, was ich dir sage?«

Cosimo weiß es nicht.

»Ich geh jetzt in meine Wohnung zurück, da ging's mir richtig gut, und mit dem Kind siehst du dann selbst, wie du zurechtkommst.«

So formuliert, ist das eine beunruhigende Vorstellung. Aber nicht so beunruhigend, dass sie Cosimo dazu bewegen würde, um Entschuldigung zu bitten. Außerdem lässt ihm seine Mutter gar nicht die Zeit dazu.

»Wohin hast du die Koffer gestellt?«

Die Frage ist rein rhetorisch, sie weiß ganz genau, dass sie in ihrem Zimmer sind, immer noch in der einen Ecke, das Haus ist klein und es gibt keinen Ort, wo man sie sonst verstauen könnte.

»Drüben«, sagt Cosimo nur.

Das reicht aber schon, um sich einen neuen Tadel einzufangen.

»Ich hab dich doch gebeten, sie wegzuräumen.«

Die Mutter bewegt sich nicht, sie macht keine Anstalten, ihre Drohung in die Wirklichkeit umzusetzen.

Die Frau im Fernsehen, die mit dem roten Kleid, ist inzwischen sehr angriffslustig geworden, aber es sieht nicht danach aus, als würde sich seine Mutter damit beschäftigen, auch wenn sie demonstrativ auf den Bildschirm schaut.

Cosimo weiß nicht, woran sie denkt. Aber er weiß, dass es besser ist, nichts zu sagen, um ihr nicht den Vorwand zu einem neuerlichen Angriff zu liefern. Sie tut weiterhin so, als würde sie fernsehen, und er tut immer noch so, als würde er an anderes denken.

So vergeht ein schönes Stück Zeit, die Melanzane fritte und die panierten Melanzane werden kalt dabei. Dann entscheidet Cosimo sich schließlich nachzugeben.

»Was meinst du, wollen wir versuchen, ob das Kind etwas davon mag?«

»Ah, jetzt willst du doch essen?«

Cosimo hat nichts davon gesagt, dass er essen will.

»Ich hab ja nur gefragt …«

»Ich weiß es nicht. Hab noch nicht nachgedacht. Und was wünschen der Herr?«

»Schon gut, lass sein.«

Cosimo geht in den Garten, das Erste, was er sieht ist das Kind, das in der prallen Sonne des frühen Nachmittags schläft. Es springt ihn kurz eine Wut an, wobei er nicht einmal weiß, ist es eine Wut auf das Kind, auf seine Mutter, die ihn dahin gebracht hat, oder aber auf sich selbst, ganz generell, weil er sich in eine solche Situation manövriert hat. Er hebt den Körper des Kindes auf, ziemlich barsch, und bringt es ihn ins Haus zurück.

»Und, hat es jetzt genug Luft bekommen? Es lag in der Sonne und hat geschlafen. Bis jetzt habe ich es für dumm gehalten, wer weiß, was jetzt aus ihm wird.«

Das Kind ist schwer, und es tut nichts dazu, um weniger schwer zu sein. Cosimo möchte es irgendwo ablegen, aber auf dem Polstersessel sitzt seine Mutter, die immer noch fernsieht.

»Wo lege ich es hin?«

Die Mutter nimmt den Blick nicht vom Bildschirm.

»Bring es in das Zimmer da drüben.«

»Da liegt aber inzwischen mein ganzes Zeug.«

»Dann nimm es weg.«

»Wie denn, mit dem Kind im Arm?«

Die Mutter seufzt, findet sich ab, steht auf und geht voraus. In der Tat herrscht im Zimmer, vor allem aber auf dem Bett ein ziemliches Durcheinander. Pyjama, alte Hefte der *Settimana Enigmistica*, nicht zusammengehörende Socken. Seine Mutter sammelt alles ein und legt es zur Seite. Sie zeigt aufs Bett.

»Hier.«

»Danke.«

Cosimo legt das Kind ab, das die ganze Zeit weitergeschlafen hat, falls es wirklich Schlaf ist. Es atmet aber regelmäßig.

Cosimo ist genervt: »Ich hau mir gleich selber die Fäuste an den Kopf.«

Die Mutter öffnet endlich einen kleinen Spalt in ihrem Missmut.

»Es ist nicht notwendig, sich gleich so aufzuführen …«

»Wie soll ich mich denn aufführen? Ich war den ganzen Vormittag auf der Piazza, um zu sehen, ob ich die vielleicht treffen würde, und nichts da. Haben sie in den Fernsehnachrichten von Entführungen und Kindern gesprochen?«

»Nein.«

»Siehst du? Und da soll man sich nicht an den Kopf schlagen?«

»Aber was erreichst du damit, mit so was? Versuchen wir uns zu beruhigen.«

»Dieses Kind treibt mich noch in den Wahnsinn.«

»Denk jetzt nicht drüber nach, es ist selbst ja auch arm dran.«

»Immer du mit diesem *Das Ärmste!* Überhaupt nicht.«

»Lass es in Ruhe. Was sollte ich denn dann sagen, es isst schließlich nichts von dem, was ich koche.«

Die Mutter fährt ihm mit der Hand über die Wange und umarmt ihn. Cosimo lässt sich zu einem Lächeln hinreißen, aber es ist ein bitteres Lächeln.

»Nicht einmal mehr zur Arbeit gegangen bin ich.«

»Sobald sich das hier aufgelöst hat, wirst du. Mach dir keine Sorgen.«

Sie gehen zusammen in die Küche zurück, Seite an Seite, sich dabei irgendwie und recht und schlecht umarmend. Cosimo ist zu groß, es gelingt ihnen nicht, sich richtig zu drücken. In der Küche setzt er sich auf einen Stuhl, so hat er die richtige Höhe für eine echte Umarmung der Versöhnung. Cosimo ist beinahe gerührt.

»Wir sollten nicht streiten.«

»Tz, tz …«

So umarmt bleiben sie fast eine Minute lang, die Zeit, bis sich die Rührung in Verlegenheit verwandelt. Cosimos Kopf liegt auf der Brust der Mutter, er kann ihr Gesicht nicht sehen und er hat den Verdacht, dass sie weint, was ihn noch viel mehr in Verlegenheit bringen würde. Als sie sich endlich von ihm löst, sieht er sie an, aber er kann nicht ausmachen, ob sie wirklich geweint hat oder nicht. Sie schweigen noch eine Zeit lang.

»Glaubst du, es stirbt?«, fragt er schließlich.

»Ich weiß es nicht. Vielleicht schon.«

»Aber woran denn?«

»Wenn es nicht isst … Es stirbt an Hunger.«

»Aber man stirbt doch nur, wenn es nichts zu essen *gibt*. In diesem Falle aber ist es das Kind, das nicht essen *will*. Das scheint mir mehr ein Kopfproblem als ein Bauchproblem zu sein.«

»Kommt mir auch so vor. Aber ich weiß nicht mehr, was tun.«

»Ich auch nicht.«

Während beide nach etwas suchen, das sie sagen könnten, sind auf dem Bildschirm ein Bademeister und eine Bademeisterin zu sehen, die lachen und Scherze treiben und dabei beide in der einen Hand ein Mikrofon und in der anderen eine Wasserpistole halten. Ab und zu spritzen sie sich an oder präsentieren Musikclips. Die Lieder kann man nicht hören, der Lautstärkenregler steht auf Null.

»Schau, mach dir keine Sorgen«, sagt die Mutter dann, »du gehst heute Nachmittag zur Werkstatt und lenkst dich ein wenig ab, um das Kind kümmere schon ich mich.«

»Aber was kochst du uns?«

»Wenn ich doch gesagt habe, dass ich mich darum kümmere. Geh du zur Arbeit.«

Cosimo sieht sie an und weiß nicht, ob er darauf bestehen soll dazubleiben oder nicht. Er hat keine große Lust, in die Werkstatt zu gehen, wo man alles tun kann, nur nicht sich entspannen. Und außerdem spürt er eine neue Entschlossenheit in den Worten der Mutter, als ob sie endlich den notwendigen Schwung gefunden hätte, um das Problem mit dem Kind zu lösen. Cosimo möchte informiert werden über ihre geplanten Schachzüge. Vielleicht hat sie an ein neues Gericht gedacht, irgendein Rezept, das das Wunder vollbringt, auch dem Kind zu schmecken. Es könnte aber sogar, und Cosimo wagt gar nicht, darauf zu hoffen, ein Weg sein, um die da zu finden, das Kind zurückzugeben, es loszuwerden und die Sache ein für alle Mal zu einem Ende zu bringen. Er möchte sie nach Erklärungen fragen, aber dann zieht er vor, es nicht zu tun. Im Grunde ist es besser so: Wie damals, als er ein Kind war, wird sie es sein, die die Probleme löst. Er lächelt ihr zu. Die Mutter schiebt ihn sanft Richtung Tür, aber er hält dagegen.

»Ich muss noch die Brieftasche mitnehmen.«

Die Mutter genehmigt es. Er geht erst, nachdem er sich entschuldigt hat.

»Es tut mir leid, wegen der Diskussion von eben.«

»Mach dir keine Sorgen, geh.«

Neun

Als Cosimo in Sichtweite der Werkstatt kommt, schreckt er auf. Vor dem Eingang steht ein Mann mit einem Fahrrad. Es sieht so aus, als warte er darauf, dass die Werkstatt geöffnet wird. Während er sich nähert, kann Cosimo weitere Daten sammeln. Das Fahrrad hat zwei platte Reifen, ein Loch wahrscheinlich. Vor allem aber, auch bei näherer Betrachtung: Er kennt ihn nicht. Hat ihn noch nie gesehen. Zuerst kam es ihm so vor, als sei er einer von denen, die ihm das Kind anvertraut haben, genauer besehen aber wird ihm klar, dass er damit nur einer Hoffnung Form und Gestalt gegeben hat. Nein, es ist jemand, der nicht im Dorf wohnt.

Cosimo ist hin und her gerissen. Einerseits ist er froh, jemanden vor sich zu haben, der ganz so aussieht, als ob er ein Kunde sein könnte; er beeilt sich sogar mit dem Parken, um sicher zu sein, dass er ihm nicht entwischt. Andererseits traut er Neuigkeiten nicht. Es ist selten, dass jemand in Calcara vorbeikommt, an seiner Werkstatt schon gar.

»Warten Sie schon lange?«, fragt er, als er nah genug ist.

»Guten Tag. Ich bin schon heute Vormittag hier gewesen, aber es war geschlossen. Also bin ich noch einmal vorbei, um zu sehen, ob Sie nachmittags aufmachen. Ich campe hier in der Nähe und habe ein Problem mit meinem Fahrrad.«

Ein Camper. Vom Akzent her scheint er Sizilianer zu sein, aber insgesamt ist da etwas, das wenig überzeugend wirkt. Fühlte sich viel zu sehr verpflichtet, irgendwelche Erklärungen abzugeben, obwohl er ihn nicht danach gefragt hat. Sicher, Cosimo hätte sich schon erkundigt, später; der neue Kunde aber hat es vorgezogen, gleich einmal die simple Tatsache seiner Anwesenheit zu rechtfertigen. Ein verdächtiges Verhalten.

»Zelten, bei dieser Hitze?«

»Ja, wem sagen Sie das …«

Zu einfach, um damit durchzukommen. Die Geschichte mit dem Campingplatz wäre das Erste, was einem einfallen würde, wenn man etwas zu verstecken hat. Dann ist da das Fahrrad mit den beiden Platten. Das ist seltsam, es kommt so gut wie nie vor, dass beide Reifen zugleich ein Loch haben.

Die unerwartete Anwesenheit dieses Kunden könnte etwas mit der Kindergeschichte zu tun haben. Es könnte sein, dass die ihm den da geschickt haben, um nachzuprüfen, ob alles bestens läuft. Mit größter Wahrscheinlichkeit aber ist es ein Polizist. Vielleicht haben sie doch geredet, und jetzt weiß die Polizei auch von Cosimo. Falls sie geredet haben, haben sie nicht alles gesagt, sonst wäre die Polizei direkt zu ihm nach Hause gekommen, um ihn abzuholen, ohne jemanden als Vorhut vorauszuschicken. Nachdem er ihn genauer gemustert hat, sieht Cosimo seinen Verdacht bestätigt. Der Mann hat einen stattlichen Körperbau, kurze Haare und gebräunte Haut. Wie ein Polizist oder ein Carabiniere. Oder wie ein Camper. Cosimo ist sich unsicher, aber er hat ohnehin keine andere Wahl als das Spiel mitzuspielen.

»Das ist Ihr Rad?«

»Sicher.«

»Weil es manchmal so ist: Man weiß von nichts, repariert ein Rad; und dann ist es gestohlen.«

»Wieso sollte es gestohlen sein?«

»Ah, das kann ich nicht wissen …«

»Na dann …«

So. Mit diesen paar Sätzen hat er den Kunden gezwungen, in die Verteidigung zu gehen. Der scheint zwar getroffen zu sein von der unausgesprochenen Beschuldigung Cosimos, bleibt aber weiter stur.

»Können wir nachsehen, ob der Schlauch kaputt ist?«

»Ja, aber Sie müssen das Rad hier lassen.«

Eine der Feinheiten seines Berufes, die ihm noch sein Vater beigebracht hat, liegt ganz in dieser Antwort: Sie müssen es hier lassen. Das ist immer günstig. Der Kunde darf nicht wissen, wie viel Arbeit es ist, sein Rad zu reparieren, deswegen muss sie in seiner Abwesenheit getan werden. Sollte es Streit geben wegen des Preises, kann man immer noch umfangreiche und unvorhersehbare Arbeiten vorgaukeln, den Austausch von Luftschläuchen oder Ventilen, die man auf Nachfrage gerne auch vorweisen kann.

Cosimo hat in der Zwischenzeit den Rollladen der Werkstatt geöffnet, worauf auch einem Außenstehenden klar wird, dass es keine aufzuarbeitenden Aufträge gibt, die zuerst an die Reihe kommen müssen. Auch dieser Kunde bemerkt das.

»Aber, wenn doch sonst keiner da ist …«

»Das kommt Ihnen so vor, dass keiner da ist. Aber ich habe jede Menge Arbeit zu tun, bevor ich an Ihr Rad gehen kann.«

Es ist Cosimo, der die Regeln des Spiels bestimmt, jedenfalls solange sie sich noch in seiner Werkstatt befinden. Falls und wenn sie ihn in die Polizeikaserne bringen, werden sie kommandieren, aber nicht jetzt. Der Kunde, egal, ob er jetzt Polizist oder Carabiniere ist, begreift das endlich und wechselt den Tonfall.

»Entschuldigen Sie mich, aber es ist bereits das zweite Mal, dass ich hergekommen bin, zu Fuß und in dieser Hitze, da hatte ich gehofft, den Rückweg eventuell mit dem Fahrrad machen zu können. Könnten Sie mir nicht vielleicht einen Gefallen tun? Das Zelt steht ziemlich weit weg, fünf Kilometer von hier …«

Wieder die Geschichte mit dem Zelt, wieder Erklärungen, die keiner verlangt hat. Cosimo wird immer argwöhnischer.

»Nicht schlecht. Sie haben fünf Kilometer hin und fünf Kilometer zurück gemacht, heute Morgen, und noch einmal fünf heute Nachmittag …«

»Nein, ich bin hier im Dorf geblieben und habe eine Kleinigkeit gegessen.«

»Und Sie haben ihn nicht gesehen? Da drüben ist noch einer, der Reifen repariert.«

»Hab ich gesehen, aber der hat geschlossen.«

Antwortet prompt, der Freund. Cosimo weiß es nicht, ob die andere Werkstatt geschlossen ist, aber das wird sich leicht überprüfen lassen, und wahrscheinlich stimmt es auch. Sein Konkurrent hat keine Geldprobleme, er kann es sich leisten, Betriebsferien zu machen, wann immer es ihm gefällt.

»Der Glückliche«, sagt Cosimo.

Mehr sagt er nicht, weil ihm einfällt, dass ja auch seine Werkstatt nicht immer geöffnet war in den letzten Tagen. Und in der Tat sind ein paar Kleinigkeiten liegen geblieben, der Wasserstand in der Badewanne zum Beispiel ist etwas niedrig, da muss nachgefüllt werden. Cosimo öffnet den Wasserhahn, steht daneben und beobachtet den dünnen Strahl. Viel ist tatsächlich nicht zu tun, und er hat Angst, dass er arbeitslos wird, bevor der Kunde weg ist.

Der Kunde, oder was immer er auch ist, sagt nichts weiter. Cosimo schweigt ebenfalls und wartet ab und zwingt den anderen dadurch, nicht locker zu lassen. »Seien Sie so nett …«

»Ich habe Ihnen gesagt, dass es nicht möglich ist. Ich bitte Sie …«

Die Antwort ist etwas schroff ausgefallen, mehr, als er wollte. Aber der Kunde verdient es sich sogleich.

»Ist gut, dann warte ich.«

Cosimo hat, ohne es zu wollen, das Spiel seines Gegners gespielt. Es ist das Recht des Kunden dazubleiben, so lange er will, er kann es ihm nicht verwehren. Und in diesem speziellen Fall hat der Kunde die fünf Kilometer auf seiner Seite, die zu Fuß und unter der Sonne zurückzulegen wären, die sind ein guter Vorwand. Falls er wirklich ein Spion ist, hat er jetzt eine Ausrede und kann sogar den ganzen

Nachmittag bleiben, wenn er möchte. Mehr noch: Der Kunde hat den Stuhl gesehen.

»Kann ich mich hinsetzen, während Sie arbeiten?«, fragt er.

Cosimo hätte viele Antworten, sie wären aber alle wenig zielführend. Genau besehen aber lohnt es sich, ihm nachzugeben, deswegen wartet er einige Sekunden ab und antwortet dann: »Wie Sie wollen …«

Nachdem er auch noch die letzte Kleinigkeit in der Werkstatt in Ordnung gebracht hat, beginnt er damit, den ersten Reifen des Fahrrades abzumontieren. Er steht dabei mit dem Rücken zum Kunden, deswegen kann er sich nicht sicher sein, aber er ist sich beinahe gewiss, dass der Kunde sich gerade umsieht in der Werkstatt, auf der Suche nach Indizien. Er will ihn nicht im Rücken haben, also dreht er sich und stellt das Rad so hin, dass er ihn im Auge behalten kann, während er den Schlauch herauszieht.

»Gibt es eine Bar in der Nähe?«, fragt der Kunde.

Cosimo ist überrascht. Er zeigt ihm die Richtung, der Kunde steht auf.

»Es ist sinnlos, dass ich hier bleibe, während Sie arbeiten. Zehn Minuten, und ich bin wieder retour. Möchten Sie einen Kaffee? Soll ich einen mitbringen?«

»Nein.«

Zu freundlich, zu detailliert. Cosimo traut ihm nicht, aber wenn es ein Bulle ist, warum geht er dann? Es wäre doch besser für ihn, dazubleiben und seine Nase so lang wie möglich in fremde Angelegenheiten zu stecken. Außer er hat etwas Dringenderes zu tun. Telefonieren, zum Beispiel. In die Carabinieri-Kaserne, zum Beispiel, um von irgendeiner Beobachtung zu berichten, oder um Verstärkung anzufordern. Aber falls die ihn wirklich verpfiffen haben, ist es andererseits unwahrscheinlich, dass die Polizei nur einen einzigen Mann geschickt hat. Höchstwahrscheinlich sind da noch andere, die in der Umgebung Stellung bezogen haben und bereit sind einzugreifen. Vielleicht holt er sie.

Cosimo legt den Reifen zur Seite und sieht nach, ob er jemanden entdecken kann. Die Straße ist leer; völlig normal, wenn man die Uhrzeit bedenkt. Wenn sie da sind, haben sie sich versteckt. Es kann gar nicht anders sein.

Dann kommt Cosimo auf die Idee, sich vom Verfolgten zum Verfolger zu wandeln. Er verzichtet darauf, die Werkstatt abzuschließen und macht sich ebenfalls auf. In die *Bar del Moro* geht er leichten Herzens. Mit dem Barista trifft er sich täglich, ohne dass daraus eine Freundschaft werden muss. Verglichen mit Calogero, dem von der *Bar Centrale*, ist Ignazio ein schwermütigerer Typ. Cosimo hatte nie den Eindruck, in seinem Verhalten den Aberglauben zu erkennen, von dem der Großteil der anderen Dorfbewohner befallen ist, sobald sie mit ihm zu tun haben. Vielleicht auch weil Ignazio – so schweigsam wie er und genauso einsam – sehr gut an seiner statt die Rolle des Sündenbockes des Dorfes übernehmen könnte. Und schließlich fühlt Cosimo sich auch deswegen so wohl, wenn er seinen Kaffee bei Ignazio trinkt, weil er in der menschenleeren *Bar del Moro* eine unglückselige Brüderschaft mit seiner eigenen Werkstatt zu erkennen glaubt.

Auf den wenigen Metern zur Bar hat er keinen Zweifel: Der Kunde – ob Polizist, ob Carabiniere – wird nicht da sein. Er öffnet die Tür mit der Zielstrebigkeit eines Menschen, der bereits alles weiß und nur noch unterwegs ist, um die dazugehörige Bestätigung zu finden. Er öffnet – und ist verblüfft. Der Kunde steht am Tresen und nippt an einer Tasse Kaffee. Cosimo denkt kurz, dass er vielleicht versuchen könnte, den Raum wieder zu verlassen, ohne dass er bemerkt wird, aber genau in diesem Augenblick begrüßt Ignazio ihn, sein Mann dreht sich um, sieht ihn und erkennt ihn sofort wieder.

Er ist verwundert, ihn hier zu sehen. Nicht so sehr zwar wie Cosimo, aber immerhin. »Haben Sie es schon repariert?«

»Beinahe. Nein. Ich habe Lust auf einen Kaffee bekommen.«

»Ich habe Sie doch gefragt, ob Sie einen wollten, ich hätte Ihnen einen gebracht …«

»Die Lust ist ziemlich unversehens aufgetaucht.«

»Ich lade Sie auf jeden Fall ein.«

In Cosimos Herz und Kopf wird der Kunde wieder immer mehr zum echten Kunden. Cosimo ist verwirrt. Ganz sicher will er keinen Kaffee bezahlt bekommen von einem, den er in Verdacht hat. Er will sich zu nichts verpflichtet fühlen. Nachdem er seinen Kaffee ausgetrunken hat, gibt er Zeichen, dass er zahlen will.

»Was tun Sie? Ich habe doch gesagt, dass ich Sie einlade.«

Cosimo möchte keine Gefälligkeiten, nicht bevor er sich ganz sicher ist über die wahre Identität des Radfahrers.

»Tatsächlich aber befinden Sie sich auf meinem Gebiet«, sagt er. »Also bin ich dran.«

»Aber ich hatte es zuerst vorgeschlagen.«

»Und ich habe eine Schuld abzudienen, weil Sie zweimal vorbeikommen mussten.«

Ignazio hat sich inzwischen von der Kaffeemaschine zur Kasse bewegt. Er verfolgt die Diskussion, ohne Position zu beziehen, er wartet ab, wer von beiden die Oberhand gewinnen wird, um danach den Sieger zu verkünden, indem er sein Geld annimmt. Er sieht so aus, als hätte er in seinem Leben schon Tausende dieser Szenen miterlebt, Dutzende jeden Tag, und daraus seine Müdigkeit und die Technik des Abwartens gewonnen, die ihn so unerschütterlich macht. Cosimo weiß, dass er dran ist mit Zahlen und dass Ignazio, nachdem beiden die Argumente ausgegangen sind, sein Geld nehmen wird. Normalerweise würde er abwarten, bis die Debatte abgeschlossen ist, es gibt allerdings ein Element, das zur frühzeitigen Klärung beiträgt: Der andere hält ihm eine Zehneuronote hin.

Deshalb greift Ignazio jetzt doch ein: »Ich kann nicht herausgeben.«

Es gewinnt Cosimo, er zahlt mit Kleingeld. Dann geht er. Der Kunde folgt ihm, unterwegs reden sie von den Platten.

»Konnten Sie erkennen, woher die Löcher kommen? Irgendein Nagel vielleicht?«

»Die Schläuche sind alt. Wenn die einmal in einem solchen Zustand sind, reicht es manchmal, über einen Stein zu fahren, und schon haben Sie das Loch. Sie müssen ausgetauscht werden.«

In Wahrheit hat Cosimo nicht die Zeit gehabt, den Zustand der Schläuche zu überprüfen. Auf den ersten Blick allerdings schien ihm, dass sie noch ganz in Ordnung waren. Außerdem fühlt er sich schuldig, weil er dem ersten Kunden, der seit wer weiß wie lange in seiner Werkstatt aufgetaucht ist, misstraut hat. Er möchte nicht länger über die Schläuche reden, aber der Kunde kommt ihm zuvor.

»Wenn wir sie austauschen müssen, tun wir das eben.«

Meistens wehren sich Kunden gegen so etwas, sie vertrauen einem fremden Reifenhändler nicht. Dieses Mal aber ist es einfach. Zu einfach. Cosimo zweifelt aufs Neue. Dieser Kunde verhält sich so, als habe er fremdes Geld im Sack. Er ist übertrieben großzügig, erst in der Bar, jetzt in der Werkstatt, er lässt es zu, dass ein Fremder die Schläuche wechselt. Da stimmt etwas nicht.

Cosimo legt seine Schuldgefühle beiseite, montiert den zweiten Reifen ab, tauscht bei beiden Reifen den Schlauch aus, verwendet dafür zwei so gut wie neue Schläuche, die er gerade im Sonderangebot hat, montiert die Reifen wieder zurück. Und kennt keine Gnade, als er den Preis nennt.

»Zwanzig«, sagt er.

Der Kunde sieht zwar nicht sonderlich zufrieden aus, zahlt aber ohne zu diskutieren. Dass er nicht zufrieden ist, erkennt man daran, dass er nur knapp und unterkühlt grüßt, als er abfährt. Und Cosimo mit seinen Zweifeln zurücklässt. Jetzt wird er keine weiteren Indizien entdecken können, und jene, die er einsammeln konnte, reichen nicht aus, um sich ein endgültiges Bild von der wahren Identität des Kunden zu machen. Er hat allerdings das Gefühl, dass er ihn wiedersehen wird. Er weiß nicht wieso, aber er kann es kaum glauben, dass der Mann, der da gerade auf dem Fahrrad um die Ecke fährt, damit endgültig aus seinem Leben verschwunden ist.

Der restliche Nachmittag vergeht ohne nennenswerte Ereignisse. Cosimo verbringt ihn wie üblich zwischen Radio und *Settimana Enigmistica*, aber er ist zerstreut; er versucht nämlich andauernd, in den Passanten die Polizisten oder Carabinieri zu entdecken, die man zur Bewachung vor seine Werkstatt abgestellt hat, damit sie darauf lauern, dass er einen falschen Zug macht. Es gibt allerdings keine unbekannten Gesichter, die man verdächtigen könnte. Alle die er sieht, halten sich fern von ihm, das ja, aber er kennt sie. Es sei denn, einer von ihnen ist ein Informant. Der Signor Corrao vielleicht, ist der ein Informant? Signor Corrao ist Anstreicher von Beruf, manchmal stellt er auch kleine Mauern auf oder Gipswände. Immer hinter einem Zubrot her. Vielleicht auch als Spion. Er geht in etwa zehn Meter Entfernung vorbei, und Cosimo schaut ihn an, wie er ihn sich noch nie angesehen hat. Nicht boshaft, aber deutlich; so, dass er schon verstehen wird, falls es etwas zu verstehen gibt. Falls er nicht versteht, heißt das, dass er nichts mit der Geschichte zu tun hat. Das jedenfalls möchte Cosimo in seinen Blick legen, Signor Corrao aber versteht falsch und ist äußerst beunruhigt, wie man sieht. Er trägt einen großen Schlüsselbund am Gürtel und verspürt jetzt das Bedürfnis nachzuprüfen, ob der noch da ist. Dann geht er eilig weiter. Es bleibt die Frage: Ist Signor Corrao ein Informant?

Wie auch immer, Cosimo beschließt, die Werkstatt eine halbe Stunde früher dicht zu machen. Er langweilt sich und außerdem will er damit eventuelle Beschatter verwirren. Nachdem er den Rollladen geschlossen hat und ins Auto gestiegen ist, weiß er allerdings nicht recht, wohin er fahren soll. Er glaubt zu wissen, wie man einen Verfolger loswerden kann. Man muss dazu erst im Kreis fahren, um ihn auszumachen, und dann in die erstbeste kleine Querstraße einbiegen und schlagartig Gas geben.

Eine Viertelstunde lang fährt Cosimo kreuz und quer herum, und doch hat er noch keinen bemerkt, der ihm folgt. Die Straßen sind so gut wie leer, es sollte also eigentlich nicht schwer sein, einen Verfolger auszumachen; deswegen sieht er schließlich selbst ein, dass er niemanden entdecken kann, der ihn verfolgt, weil da keiner ist, der ihn verfolgt. Auf der Straße zu seinem Haus versucht Cosimo Hinweise darauf zu finden, dass die Polizei auf der Lauer liegt. Rings ums Haus herum wäre es nicht einfach, sich zu verstecken; außer einem Johannisbrotbaum, der hinterm Haus steht, gibt es keine Bäume oder Büsche, die so groß wären, dass ein Mensch sich dahinter verbergen kann. Es ist also unmöglich, dass sie ihn gerade jetzt beobachten, und trotzdem muss Cosimo, kaum ist er aus dem Auto gestiegen, der Versuchung widerstehen, loszurennen. Er geht bemüht langsam und nimmt Haltung an, für den Fall, dass es irgendwo irgendjemanden gibt, der ihn beobachtet.

Kaum ist er im Haus, kommt seine Mutter auf ihn zu und stellt sofort fest, dass ihn etwas verschreckt hat.

»Was ist los?«

»Sag nichts. Mir ist was passiert …«

Die Mutter wartet schweigend ab.

»Es ist einer vorbeigekommen.«

»Was für einer?«

»Einer eben.«

»Ja, gut, aber wer?«

»Ich weiß es nicht. Zuerst habe ich geglaubt, es ist ein Bulle. Dann, dass er ein normaler Kunde ist. Und jetzt weiß ich nicht.«

»Was hat er dir denn getan?«

»Nichts, getan hat er mir nichts.«

»Hat er irgendetwas gesagt?«

Cosimo gefällt das Interesse seiner Mutter. Es wäre schade, diese Aufmerksamkeit vorschnell zu zerstreuen.

»In einem gewissen Sinne nein, in einem anderen ja.«

»Was hat er denn gesagt?«

»Naja, er hat mir Fragen gestellt, ist herumgeschlichen. Ich weiß nicht … Er hat mich beunruhigt. Nehmen wir an, die haben geplaudert: Das heißt doch, dass vom einen auf den anderen Augenblick die Bullen auftauchen, richtig?«

»Richtig. Aber der da, war das ein Bulle oder war es keiner?«

»Das konnte ich nicht erkennen. Aber er war sehr eigenartig. Wenn er kein Bulle war, war er auf jeden Fall eigenartig. Auch falls er ein Bulle war, war er eigenartig. Er sagte, er sei ein Camper.«

Cosimo öffnet den Kühlschrank und sieht nach, was drin ist.

»Aber falls das ein echter Kunde war, gab es keinen Grund, mir all diese Erklärungen zu geben. Richtig? Deswegen habe ich Verdacht geschöpft.«

Im Kühlschrank gibt es einiges zu essen und zu trinken, was von Interesse ist.

»Wie geht es dem Kind?«

»Immer gleich … Aber erzähl erst einmal zu Ende.«

»Naja: Ich habe mir überlegt, dass es vielleicht so sein könnte, dass sie ihn geschickt haben, um mich auszuspionieren und festzustellen, ob ich das Kind habe.«

»Aber du bist dir nicht sicher?«

»Nein, sicher bin ich mir nicht. Er war sich auch nicht sicher.«

In Wirklichkeit hat Cosimo weder Hunger noch Durst. Er hat den Kühlschrank nur geöffnet, um einen Blick hineinzutun, und schließt ihn jetzt wieder.

»Willst du nichts?«, fragt die Mutter. »Trink etwas, du bist ja ganz erhitzt. Du darfst es nur nicht kühlschrankkalt trinken. Hier, nimm das Wasser.«

Die Flasche hat Zimmertemperatur. Cosimo trinkt einen Schluck. Das nützt die Mutter, um die Situation zusammenzufassen.

»Sicher, Bulle oder Nichtbulle, es ist schon eigenartig. Sind sonst noch Kunden vorbeigekommen heute?«

Cosimo hat noch etwas Wasser im Mund, kann nicht antworten und schüttelt den Kopf.

»Verschluck dich bloß nicht«, sagt die Mutter mahnend. »Die Geschichte gefällt mir auch nicht. Und du hattest den Eindruck, das ist ein richtiger Bulle?«

»So ein richtiger nicht wirklich. Irgend so eine Art Bulle eben.«

»Und es kann nicht zufällig sein, dass es einer von denen war, die dir das schöne Geschenk mit dem Kind hier gemacht haben?«

»Daran habe ich auch gedacht, aber ich glaube es nicht. Und außerdem: Wozu hätten sie mir den schicken sollen? Die wissen es ja, dass ich das Kind habe.«

»Ich weiß nicht. Die sind ja nicht ganz normal, die. Deswegen kann es schon sein: Sie lassen das Kind bei dir, verschwinden im Nichts und dann schicken sie dir einen zur Kontrolle.«

»Das gibt nicht viel Sinn, oder?«

Dann schweigen beide. Sie sind an einem toten Punkt ihrer Überlegungen angelangt. Schließlich zieht die Mutter Bilanz.

»Wir können allerdings nicht so weitermachen ... Die Geschichte bringt mich noch um. Und wenn ich sterbe, was machst du dann?«

»Mamma, ich bitte dich ...«

»Tja ...«

»Aber du hast recht, so können wir nicht weitermachen. Abgesehen vom Rest können von einem Augenblick auf den anderen die Bullen auftauchen. Und wenn sie das Kind bei uns finden?«

Die Mutter antwortet nicht, sie schaut zur Tür des Gästeschlafzimmers.

»Schläft es?«, fragt Cosimo.

»Es tut nichts außer schlafen. Früher ist es vielleicht manchmal aufgewacht, aber heute schläft es nur, den ganzen Tag schon. Ich glaube, es geht ihm nicht gut.«

Auch Cosimo sieht jetzt zur Tür hinüber.

»So kann es nicht weitergehen.«

Die Mutter sagt eine Zeit lang nichts.

»Und was wollen wir tun?«, sagt sie dann.

An der geschlossenen Tür ist an und für sich nichts Interessantes, trotzdem sehen sie weiter beide da hin. Cosimo denkt an das Kind. »Das Ärmste ...«

»Das Ärmste ...«

»Weißt du, was ich manchmal denke? Wenn einer leiden muss, ist es besser, er stirbt, und man vergisst die Sache.«

»Du sollst solche Dinge nicht sagen«, sagt seine Mutter.

»Ich meine das ganz allgemein. Entschuldige, ja, aber denk mal: Wenn es dir einfach zu viel ist ...«

»Es gibt aber immer noch Hoffnung, dass du gesund wirst. Und außerdem ist es bereits eine Sünde, gewisse Dinge überhaupt zu denken.«

»Aber nehmen wir einmal an, dass es nicht einmal mehr eine Hoffnung auf Heilung gibt. Dann möchte ich, wenn du mich fragst, nicht mehr leben. Hab ich recht oder habe ich nicht recht?«

»Ich will sie gar nicht hören, gewisse Dinge ...«

»Habe ich recht oder nicht?«

»Diese Dinge will ich nicht hören.«

Cosimo hätte eigentlich Lust weiterzumachen, aber die Mutter ist unnachgiebig, steht auf und macht sich daran, irgendetwas zu kochen. Cosimo schaut weiter auf die Tür, aber nicht allzu lange, es ermüdet ihn, also setzt er sich vor den Fernseher.

Sie zeigen eine Fernsehserie mit vielen Naheinstellungen. Da sind ein Mann und eine junge Frau, die diskutieren. Nahaufnahme von ihm, Nahaufnahme von ihr. Er fühlt sich schuld, sie ist verärgert. Es spricht fast ausschließlich sie. Er schaut zu Boden und lässt es über sich ergehen. Cosimo möchte jetzt wissen, was die junge Frau ihm vorzuwerfen hat, und sucht die Fernbedienung, um den Ton lauter zu stellen. Sie ist nicht greifbar, liegt auf dem Tisch. Cosimo müsste aufstehen, um sie zu holen, lässt das dann aber bleiben. Das Gezänk zwischen den beiden geht weiter. Er versucht, sie zu umarmen, sie entzieht sich ihm. Er muss ihr etwas sehr Schlimmes angetan haben, hat sie betrogen, oder noch Übleres. Vielleicht hat er sie mit einer Verwandten betrogen, mit der Schwester. Cosimo hat diese Fernsehserie nie so richtig verfolgt, kann sich aber erinnern, dass es unter den Hauptfiguren eine Blonde gibt, die unter Umständen auch mit dem Ehemann der Schwester ins Bett gehen würde. Es gibt jetzt eine noch längere Naheinstellung auf die Frau, die inzwischen wirklich bitterböse ist. Auch ohne dass er die Worte hören kann, weiß Cosimo, dass gleich etwas geschehen wird. Die Nahaufnahmen enden, jetzt wird eine Tür gezeigt. Jemand muss geklopft haben. Die beiden hören auf zu streiten, er sagt irgendetwas. Die Tür geht auf und es ist tatsächlich die Blonde, die Cosimo im Verdacht hatte. Sie betritt den Raum, lachend, hört aber sofort wieder auf. Sie wird ernst, dann setzt sie ein verächtliches Lächeln gegenüber ihrer Schwester auf. Cosimo ist sich nicht wirklich sicher, ob es die Schwester ist. Vielleicht ist die, die eben angekommen ist, die Schwester des Mannes und nicht die der Frau, aber damit würde die sexuelle Begründung wegfallen. Auf jeden Fall: Wenn sie vorher zu zweit gestritten haben, sind sie jetzt zu dritt, vor allem aber streiten die zwei Frauen, ob sie nun verschwistert oder verschwägert sind. Cosimo sieht noch einmal zur Fernbedienung hinüber, die immer noch auf dem Tisch liegt, immer noch viel zu weit weg, als dass es sich lohnen würde, aufzustehen und sie zu holen.

Unterdessen macht sich ein Geruch im Zimmer breit. Er kennt ihn, aber er will sich seine Ahnung bestätigen lassen.

»Was kochst du denn?«

»Zucchini.«

»Du weißt, dass mir Zucchini nicht schmecken.«

»Dann sieh zu, dass sie dir schmecken werden, es gibt nur das hier und nichts anderes.«

»Ah, gerade die Zucchini …«

Es sind die hellgrünen, langen und gekrümmten Zucchini, sie hat sie in Würfel geschnitten und gekocht.

»Etwas Leichtes, nach all dem schweren Zeug, das wir in den letzten Tagen gegessen haben.«

»Aber das Kind …«, sagt Cosimo.

»Wenn das Kind will, gibt es noch Brociolone und die Polpette col sugo, die übrig geblieben sind.«

»Hast du es aufgegeben?«

Die Mutter steht immer noch mit dem Rücken zu ihm. »Was?«

»Es zum Essen zu bringen …«

Die braunhaarige Frau im Fernsehen hat ein Küchenmesser in der Hand, ein großes, eines fürs Fleisch. Cosimo muss unaufmerksam gewesen sein, er hat nicht mitbekommen, wie sie es in die Hand genommen hat. Jetzt ist er wieder ganz auf den Fernseher konzentriert. Er verzichtet darauf, die Lautstärke zu erhöhen, weil er Angst hat, dass er etwas versäumt, wenn er auch nur einen einzigen Augenblick lang auf die Fernbedienung blickt. Und während er mit der Mutter spricht, denkt er an das, was auf dem Bildschirm geschieht.

»Man muss es zu einem Arzt bringen. Oder ein Arzt muss herkommen, um es zu untersuchen.«

»Bravo. Und du erklärst ihm, wer das Kind ist und was es in deinem Haus macht.«

Seine Mutter hat recht, das war dumm. Er hat das aber nur gesagt, weil er vom Fernseher abgelenkt war. Die Braunhaarige ist gerade völlig außer sich. Der Verlobte oder Ehemann versucht, sie dazu zu bringen, das Messer wegzulegen. Dabei geht er auf sie zu. Um es ihr abzunehmen. Sie vertreibt ihn, indem sie in die Luft sticht.

»Und außerdem«, fährt seine Mutter fort, »welcher Arzt denn? Seit wann lassen sich diese Doktoren dazu herab, zu den Leuten ins Haus zu kommen? Nicht einmal damals bei deinem Vater hat sich irgendein Aas gefunden, der ins Haus gekommen ist. Sie haben ihn direkt im Krankenhaus umgebracht.«

Cosimo hört ihr kaum zu. Die Blonde auf dem Fernsehschirm hat keinen einzigen Augenblick lang damit aufgehört, sarkastisch zu lächeln; das Messer erschreckt sie offensichtlich nicht, oder sie glaubt nicht, dass die Drohung gegen sie gerichtet ist. Aber sie hält inzwischen den Mund, der Streit scheint sich wieder zwischen den beiden anderen abzuspielen.

»Was willst du mit dem Kind machen?«, fragt die Mutter vom Herd her.

Cosimo möchte zurzeit nicht gestört werden. »Hä, bitte?«

Die Frau schwingt immer noch das Messer und öffnet den Mund, als ob sie sehr laut schreien würde.

Cosimo kann den Schrei nicht hören, aber er hört seine Mutter.

»Willst du es umbringen?«

In diesem Augenblick startet die Werbung. Cosimo begreift, dass seine Mutter jenen Gedankengang explizit weiterführt, den er vor einiger Zeit begonnen, dann aber fallen gelassen hat wegen ihrer moralischen Skrupel. Cosimo wollte eigentlich nur auf die Fälle hinweisen, in denen es besser wäre zu sterben, anstatt zu leiden. Und jetzt kommt sie mit so einem expliziten Diskurs daher. Es sei denn, Cosimo hätte etwas falsch verstanden. Er lässt den Fernseher und sieht sie an. Cosimo wüsste gerne, was für ein Gesicht sie macht in diesem Augenblick, aber sie steht mit dem Rücken zu ihm. Er hofft, dass sein Schweigen sie dazu bringt zu wiederholen, was sie gesagt hat, aber die Mutter macht ungerührt mit ihrer Arbeit weiter. Er ist sicher, sich nicht verhört zu haben: Seine Mutter hat ihn eben gefragt, ob er die Absicht habe, das Kind umzubringen. Das überrascht ihn; vorher war er deswegen so im Allgemeinen geblieben, weil er seine Gedanken nicht einmal sich selbst beichten konnte. Es war eine sich vortastende Überlegung gewesen. Er hatte die Sache für abgeschlossen gehalten, aber seine Mutter hat die Überlegungen urplötzlich wieder auf den Tisch gebracht und dabei alle Zwischenstufen übersprungen, die vorzustellen er noch nicht einmal Zeit gehabt hatte. Er kann sich auch keine Antwort auf ihre Frage vorstellen.

»Was meinst du?«, sagt sie.

»Ich weiß es nicht.«

Cosimo denkt noch einmal über den Ton nach. Seine Mutter hat ihn eben gefragt, ob er ein Kind töten will. Sie hat das getan, ohne dass dabei Erbarmen oder Gefühl zu hören gewesen wären, so, als ob sie nur wissen wollte, und nicht beurteilen. Sie hat ihn um eine Auskunft gebeten, mehr nicht.

»Wieso fragst du mich das?«, sagt er.

»Nur so, kam mir so vor.«

»Entschuldige bitte … Erst stellst du mir solch eine Frage, und dann erklärst du es mir nicht?«

»Ich hatte dich falsch verstanden.«

Die Mutter hat sich immer noch nicht umgedreht und im Fernsehen sind inzwischen wieder die drei von vorhin zu sehen. Sie weint jetzt an seinen Schultern und die Blonde lächelt immer noch, aber man sieht, dass sie eifersüchtig ist. Während er die andere weiter umarmt, wendet er sich der Blonden zu und macht ihr bittere Vorwürfe. Cosimo fragt sich, wo das Messer geblieben ist, aber nur flüchtig, er hat inzwischen fast alles Interesse für die Fernsehserie verloren. Stattdessen denkt er an die Frage seiner Mutter. Für sie scheint die Angelegenheit abgeschlossen zu sein, Cosimo aber möchte noch weiter darüber reden und versuchen zu verstehen.

Sicher, dem Kind geht es schlecht. Man kann nicht sagen, ob es leidet oder nicht, weil es im Koma liegt. Vielleicht ist Koma nicht das richtige Wort; es reagiert jedenfalls auf nichts. Man kann auch nicht sagen, dass es Vegetarier ist, Vegetarier trinken wenigstens ab und zu freiwillig Wasser, während man das Kind zu allem zwingen muss, Trinken inbegriffen. Vielleicht ist es ja schon am Sterben, aber das ist nicht dasselbe. Cosimo zwingt sich, seinen Wünschen auf den Grund zu gehen und muss dann zugeben, dass er möchte, dass das Kind stirbt. Ist es das, was sie wissen will?

Nein, das ist es nicht. Die Frage war kurz und nur halblaut gestellt, aber sie war sehr klar. Seine Mutter hat ihn gefragt, ob er es umbringen will, und das ist eine ziemlich andere Sache. Und falls er mit ebensolcher Offenheit antworten soll, muss er sagen, dass – ehrlich gesagt, in gewissen Augenblicken: Ja. In gewissen Augenblicken hat er gute Lust gehabt, es zu erwürgen. Als es ihm ein Stück Ohr abgerissen hat, zum Beispiel. Oder als es sich weigerte zu essen, und alles in die Gegend herumgespuckt hat, was sie ihm gerade eben mit großer Mühe in den Mund hatten stopfen können. Da hätte er es umbringen können. Aber jetzt ist das etwas anderes, das Kind kann nicht einmal mehr stehen, es scheint überhaupt nicht zu bemerken, dass sie versuchen, es zu füttern. Jetzt könnte er es nicht umbringen. Die Frage müsste zudem ganz anders gestellt werden: Wäre er überhaupt in der Lage, das Kind umzubringen? Oder besser noch: Wäre er fähig, irgendeinen x-beliebigen Menschen umzubringen?

Cosimo glaubt das nicht. Nicht kühl geplant; nicht eine Person, die unfähig ist, sich zu wehren; nicht ohne einen Wutanfall, der ihm dabei helfen würde. Er könnte jemanden in einem Streit umbringen, wenn derjenige ihn dazu bringen würde, dass er wirklich die Nerven verliert. Das nennt sich dann Körperverletzung mit Todesfolge und kann vorkommen. Aber das hier wäre etwas anderes.

Die Mutter ist fertig damit, die Zucchini zu kochen. In der ganzen Küche, höchstwahrscheinlich im ganzen Haus genauso wie draußen kann man diese gekochten Zucchini riechen. Der Geruch und das Aussehen der Zucchini rufen in Cosimo eine leichte Form von Depression hervor. Die Zucchini sind so etwas wie die Hintergrundmusik zu seiner Feststellung, dass jede Entscheidung, die er treffen wird, scheußlich sein wird. Es muss aber eine Entscheidung geben, die weniger schlimm ist als die anderen möglichen, und das ist es, wobei seine Mutter ihm helfen könnte. Er beschließt, dass er sie genauso direkt ansprechen wird wie sie ihn.

»Du meinst, wir sollen es umbringen?«

»Cosimo, wieso fragst du mich solche Dinge?«

Der Ton seiner Mutter ist nicht der einer grundsätzlicher Missbilligung, auch nicht der eines Zugeständnisses, es ist die Erklärung ihrer Nichtzuständigkeit. Aber Cosimo gibt nicht nach.

»Sicher, wenn es jetzt stirbt, ist das besser. Von denen haben wir keine Nachrichten, und so kann es nicht weitergehen … Außerdem tauchen jetzt auch noch die Bullen auf … Wenn es stirbt, verstecken wir es irgendwo, und sie werden es nie mehr finden.«

»Meiner Meinung nach wusste der Bulle – nur einmal unterstellt, aber nicht angenommen, dass es ein Bulle war, der in die Werkstatt gekommen ist –, der wusste nichts und konnte auch nichts wissen. Sonst wäre er direkt ins Haus hierher gekommen und hätte alles aufgedeckt. Unabhängig davon, dass er nicht allein gekommen wäre …«

»Aber irgendetwas vermuten sie doch, also …«

»Eben. Irgendwas müssen sie wissen, falls das wirklich ein Bulle war. Es sei denn, er war gar kein Bulle, und dann bist du der Idiot, der mich erschreckt.«

Je länger er darüber nachdenkt, umso mehr ist Cosimo überzeugt, dass der Typ in der Werkstatt ein Polizist war. Oder ein Carabiniere. Vielleicht doch eher ein Carabiniere, in Calcara sieht man Polizisten nur selten; und falls es ein Carabiniere war, würde sich auch erklären lassen, wieso er sich so schnell hat erwischen lassen.

»Meiner Meinung nach war das ein Carabiniere.«

»Bist du sicher?«

»Ganz sicher nicht. Aber ich denke, es war ein Carabiniere.«

»Wenn's so ist, musst du ihnen schon etwas Zeit lassen, um herzufinden; aber tu schon einmal so, als ob sie bereits da wären. Es sind zwar Carabinieri, aber irgendwann begreifen die auch. Die sind nicht vollkommen verblödet.«

»Also?«

»Also, was weiß ich? Wenn sie es in diesem Zustand finden und hinterher stirbt es, kann es sogar sein, dass sie dir die Schuld dafür geben.«

»Mir? Was hab ich damit zu tun? Ich hab es ja nicht entführt … Im Gegenteil, ich habe dich dazugeholt, damit du ihm zu essen kochen kannst.«

»Früher, du hättest mich früher rufen sollen. Wie ich gekommen bin, war es schon krank, deswegen …«

Die Mutter lässt den Satz in der Schwebe. Cosimo wartet darauf, dass sie ihn zu Ende bringt.

»Und deswegen …«

»Und deswegen nichts: Es ist sicher nicht meine Schuld.«

»Wessen dann? Meine?«

Die Mutter klagt ihn nicht weiter an, sagt kein Wort mehr. Cosimo mag das nicht.

»Weißt du, was ich dir sage? Wenn es so ist, dass ich es auf jeden Fall umgebracht habe, dann bring ich es wirklich um, dann wirst du sehen. Du, und die Bullen genauso.«

Die Mutter schweigt immer noch. Also macht Cosimo weiter.

»Gib mir ein Messer und ich bring es hier auf der Stelle um, dann haben wir eine Sorge weniger.«

»Was ist, bist du verrückt geworden? Du willst es mit einem Messer umbringen?«

Die Mutter gibt sich noch einmal mit den Zucchini ab, obwohl es bereits so aussah, als seien sie fertig.

»Wie willst du denn, dass ich es umbringe? Mit den Händen?«

Die Mutter rührt weiter im Kochtopf.

»Rede! Erst sagst du diese Dinge und dann bist du still.«

»Was soll ich dir denn sagen, mein Cosimo ...«

Plötzlich wird ihm klar, dass er sich von der Mutter keine Hilfe erwarten kann, keinen Rat. Sie hat sich zurückgezogen und will, dass er alle Entscheidungen selbst trifft. Vielleicht ist es auch so, dass sie ihm das, was zu sagen war, gesagt hat, zu verstehen gegeben hat. Sie macht den Herd wieder an. Gleich wird der Geruch der Zucchini noch unerträglicher werden und sich mit der Hitze vermischen, die langsam ins Haus eindringt; die Rollläden können sie nicht mehr draußen halten. Cosimo will weg von hier, vor dem Geruch der warmen Zucchini und seiner Mutter flüchten. Nach draußen allerdings will er auch nicht. Es gibt Tage, an denen ist die Entscheidung, im Haus zu bleiben, immer noch das kleinste Übel, aber das Haus ist klein: Die einzige Möglichkeit, der Küche zu entkommen, falls er sich nicht ins Bad einschließen will oder ins Zimmer seiner Mutter, wo sie ihn sofort aufscheuchen würde, die einzige Möglichkeit ist die, ins Zimmer des Kindes zu gehen. Dort nimmt Cosimo jetzt Zuflucht.

Wie er den Raum betritt, erinnert er sich daran, dass ihn zu Beginn der Geschichte allein die einfache Geste, den Türgriff zu drücken, verängstigt hat. Jetzt aber liegt das Kind bäuchlings auf dem Bett, das Gesicht zur Seite gedreht, mit halb geschlossenen, leeren Augen. Auf dem Kopfkissen ein dunkler Fleck. Einen Augenblick lang denkt

Cosimo, es sei Blut, wie er aber näher kommt, merkt er, dass das Speichel ist, da auf dem Stoff. Das Kind kann nur noch Zweierlei: atmen und sabbern. Es speichelt sehr stark, wie es scheint. Oder es kann den Speichel nicht mehr hinunterschlucken.

Cosimo setzt sich aufs Bett, neben das Kind. Auch das hätte ihm noch vor wenigen Tagen Sorgen gemacht, aus Angst, was das Kind tun und denken könnte. Jetzt ist er sich sicher, beinahe jedenfalls, dass es seine Anwesenheit nicht einmal bemerkt. Er könnte alles mit ihm tun, das Kind würde keinen Widerstand leisten. Nicht dass er ihm etwas antun möchte: Aber er könnte. Und wenn er es sofort tun würde, müsste er keinem Rechenschaft ablegen, der Polizei nicht, denen nicht. Außer seiner Mutter würde es keiner erfahren. Nicht einmal das Kind selbst.

Cosimo packt es an den Schultern und dreht es auf den Rücken. Das Kind lässt sich bewegen. Es hat Unterhosen an und eines von Cosimos T-Shirts, das ihm zu groß ist. Die Mutter hat es aus Cosimos Bestand entführt, um dem Kind etwas anderes anziehen zu können als das, was es bei seiner Entführung am Leib getragen hat. Cosimo schaut auf seine Beine: Sie sind lang, mager und bleich. Sie sehen erbärmlich aus. Die Lippen sind halb geöffnet, das Kind sieht damit aus wie ein Kretin. Cosimo legt ihm eine Hand auf den Mund, nur um zu sehen, ob es dieses idiotische Gesicht auch hat, wenn der Mund verdeckt ist. So sieht das Kind besser aus, weswegen Cosimo die Hand auf dem Mund lässt, sie sogar noch etwas andrückt.

Das Kind bewegt den Kopf. Schwach nur, aber ausreichend, um den Mund freizubekommen und etwas Luft atmen zu können. Ein Zeichen dafür, dass es, wenn es will, durchaus noch reagieren kann, wenn auch nur schwach. Cosimo wiederholt den Test, er legt die Handfläche auf den Mund des Kindes, das wiederum den Kopf bewegt, nach Luft sucht. Es ist nur eine sehr kleine Bewegung, weil

Cosimo nicht insistiert und nicht zudrückt. Wenn er wollte, könnte er zudrücken. Aber er drückt nicht.

Der Gesichtsausdruck des Kindes verändert sich nicht. Wie es scheint, verspürt es einzig und allein das Bedürfnis zu atmen. Der Kopf liegt in einer unnatürlichen Stellung da, ganz von Cosimo weggedreht. Deswegen versucht er, den Kopf wieder gerade zu richten, aber es klappt nicht; er fällt immer wieder zur Seite. Es liegt am Kissen. Cosimo versucht, es zurechtzulegen, nach einigen Versuchen klappt das auch.

Der Kopf des Kindes liegt jetzt perfekt in Achse zu seinem Körper. Er könnte ihn jetzt so daliegen lassen, aber Cosimo zieht es vor, den Kopf ganz vorsichtig anzuheben und das Kissen zu entfernen. Jetzt schaut das Kind genau zur Decke, immer noch mit diesem stumpfsinnigen Blick. Cosimo blickt es zwei Sekunden lang an, dabei legt er das Kissen auf das Bett, zwischen sie beide. Dann nimmt er das Kissen mit beiden Händen und legt es auf das Gesicht des Kindes. Das Kind merkt, wie ihm der Atem wegbleibt und bewegt den Kopf, um nach Luft zu suchen. Cosimo nimmt das Kissen weg und das Kind beginnt, wieder regelmäßig zu atmen. Cosimo ist froh um jede dieser Bewegungen des Kindes, sind sie doch Zeichen einer wenn auch geringen Lebenskraft. Und er ist zufrieden, er spürt, dass er eine totale Kontrolle hat über das Kind. Er kann mit ihm machen, was er will.

Er nimmt das Kissen und setzt es einen Augenblick lang auf seinem Schoß ab. Dann legt er es wieder auf das Gesicht des Kindes, diesmal mit Kraft, und schließlich mit seinem gesamten Körpergewicht. Unmittelbar darauf beginnt das Kind, die Arme zu bewegen und heftig mit den Beinen auszuschlagen. Sicherheitshalber bewegt sich Cosimo zum Kopfende des Bettes, so kann er weiterhin so fest wie möglich auf das Kissen drücken und läuft gleichzeitig nicht Gefahr, einen der Tritte des zappelnden Kindes abzubekommen.

Er zählt still bis fünf. Eigentlich möchte er bis zehn zählen, aber er kommt nicht weiter als bis fünf; hat er sich eben noch gefreut über die wiedererwachte Lebenskraft des Kindes, so ist er jetzt zunehmend beunruhigt von der Vorstellung, es wirklich zu töten. Bei fünf nimmt er das Kissen wieder weg. Das Gesicht des Kindes ist hochrot, der Atem geht schwer, es dauert einige Zeit, bis es sich wieder halbwegs erholt hat. Cosimo steht auf und fragt sich, ob er eben versucht hat, es zu töten. Er weiß es nicht. Um jemanden auf diese Art und Weise umzubringen, muss man das vorher beschlossen haben, und er hat nichts beschlossen. Es hätte allerdings genügt, das Gewicht seines Körpers noch dreißig Sekunden, eine Minute lang auf dem Kissen zu belassen, und das Kind wäre gestorben. Die Zuckungen sind inzwischen eine ferne Erinnerung, der Körper liegt aufs Neue regungslos da.

Cosimo lässt das Kissen am Bettfuß liegen und entfernt sich, schaut dabei immer noch das Kind an, das langsam wieder so blass wird, wie es die ganzen letzten Tage über war.

Er verlässt gedankenversunken das Zimmer und erschreckt sich, weil die Mutter direkt an der Tür steht, als ob sie gelauscht hätte und nur schnell einen halben Schritt nach hinten treten konnte.

»Was hast du angestellt?«, sagt sie.

»Nichts. Was soll ich deiner Meinung nach angestellt haben?«

»Ich hatte den Eindruck, du bist da hineingegangen, um irgendetwas zu tun.«

Cosimo hat sie in der Hand.

»Stattdessen bin ich da hinein, ohne etwas zu tun. In Ordnung?«

Die Mutter schämt sich, dass er sie beim Lauschen ertappt hat, und widersteht der Versuchung, das Zimmer zu betreten, um nachzusehen.

»Trotzdem, Cosimo, irgendetwas müssen wir tun mit diesem Kind.«

»Was schlägst du vor?«

»Das ist ja nicht meine Verantwortung … «

»Dann lass mich aber auch in Ruhe, wenn es schon meine ist.«

»Wie du meinst … «

In einem Schub von Selbstständigkeit beschließt Cosimo, das Haus zu verlassen. Kaum aber ist er draußen, bereut er das sofort, an der Tür noch erfasst ihn ein heißer Windstoß. Das hatte er sich nicht erwartet, umso mehr, als es bereits Abend ist. Wenn er nicht gerade eben so theatralisch das Haus verlassen hätte, wäre er versucht, sofort wieder umzukehren. Er sucht noch nach einer Ausrede, da taucht die Mutter neben ihm auf.

»Was machst du denn hier? Merkst du nicht, wie heiß es ist? Komm schon rein ins Haus.«

»Lass mich, ich bin am Nachdenken.«

»Ausgerechnet hier musst du nachdenken? Mitten in dieser Hitze?«

»Drinnen ist es ja nicht besser.«

»Aber sicher. Hier stirbt man doch. Komm, die Zucchini sind fertig.«

Von allen ihr zur Verfügung stehenden Argumenten hat sich die Mutter damit das unattraktivste ausgesucht.

»Ich habe keinen Hunger.«

»Du magst die Zucchini nicht? Soll ich dir den Brociolone warm machen? Also komm schon, der ist aufgewärmter ja noch besser.«

Cosimo starrt auf sein Auto und antwortet nicht.

»Lass das jetzt, mit dem Kind. Irgendetwas musst du ja auch essen …«

Cosimo macht ein paar Schritte. Wenige. Er überlegt sich, eine Runde zu drehen mit dem Auto.

Aber die Stimme der Mutter hält ihn auf: »Willst du, dass ich mich darum kümmere?«

Cosimo versteht nicht, ist aber doch neugierig und dreht sich um.

»Willst du, dass ich mich darum kümmere?«, wiederholt sie.

Weil Cosimo immer noch nicht begreift, geht seine Mutter wieder ins Haus. Er lässt ein paar Sekunden verstreichen und folgt ihr. Vielleicht hat er verstanden.

In der Küche ist sie nicht. In ihrem Zimmer auch nicht, im Bad ebenso wenig. Also ist sie beim Kind. Cosimo folgt ihr. Die Mutter steht direkt neben dem Bett und dreht sich zu ihm um: »Geh.«

Cosimo gehorcht ihr und kehrt in die Küche zurück. Er schließt die Tür und lässt sie mit dem Kind allein. Um sich abzulenken, macht er den Fernseher an. Auf den diversen Kanälen gibt es Folgendes zu sehen: eine Nachrichtensendung, einen Dokumentarfilm zum Paarungsverhalten von Tieren, einen Zeichentrickfilm, eine Quizshow, einen alten Western und einen alten Polizeifilm. Die restlichen Kanäle zeigen Werbung oder Teleshopping. Er entscheidet sich für den akzeptabelsten Kanal, für den Dokumentarfilm. Er könnte versuchen, den Ton etwas lauter zu stellen, die Fernbedienung liegt in der Nähe, aber er will nicht; zum einen ist er nicht sonderlich neugierig auf den Kommentar zur Fortentwicklung der Tiere, vor allem aber liegt ihm daran, Stimmen und Geräusche aus dem Zimmer hören zu können; momentan aber ist alles still.

Auf dem Bildschirm sind zwei Fische zu sehen, die einander verfolgen; das mutmaßliche Weibchen wirkt so, als ob es flüchten möchte, das mutmaßliche Männchen verfolgt es. Am Ende gelingt es ihm, sich auf sie zu setzen. Sie scheint sich damit abzufinden. Danach zeigen sie zwei Elefanten, auch dieses Mal ist es wohl das Weibchen, das es über sich ergehen lassen muss. Ein Teleobjektiv zeigt es erst von der Seite, danach geht die Kamera näher ran. Aus dieser Perspektive ist kaum mehr zu erahnen, was sie gerade tun. Noch eigenartiger ist die Technik der Schlangen: Das Männchen windet sich um die Schlange, oder andersrum.

Nach den Schlangen kommen die Krokodile an die Reihe, die aussehen wie ein einziges, doppelstöckiges Krokodil. Darauf folgt natürlich die Gottesanbeterin, die nach dem Geschlechtsakt ihren Partner erst tötet und danach verspeist. Cosimo wusste das schon, er hat es in der *Settimana Enigmistica* gelesen. Am Ende wird auf einen Moderator übergeblendet, der irgendetwas erklärt und dabei gestikuliert. Cosimo bekommt nichts von diesen Erläuterungen mit, weil der Ton abgedreht ist.

Aus dem Zimmer des Kindes kommt immer noch kein Geräusch, nichts. Cosimo kann sich nur vorstellen, dass seine Mutter das Kissen verwendet, so wir er es vorher verwendet hat, dass sie dasselbe tut wie er. Und das Kind, das wieder auf dieselbe Art und Weise ausschlägt und zappelt. Cosimo aber will sich das Bild gar nicht vorstellen müssen, er weigert sich, daran zu denken.

Die Türklinke senkt sich, seine Mutter erscheint.

Zehn

Cosimo versucht, an ihrem Aussehen irgendeinen Hinweis darauf zu entdecken, der ihm verraten könnte, was geschehen ist, aber seine Mutter ist lediglich leicht verschwitzt. Ansonsten gibt es nur ein paar Details: Eine kleine Haarsträhne ist nicht ganz an ihrem Platz, die Ärmel sind hochgekrempelt; aber auch das kann unter Umständen von der Hitze kommen. Sie setzt sich hin und bringt die Haarsträhne wieder in Ordnung.

»Und …?«

»Und was?«

»Was ist geschehen?«

»Es hat ganz verrückt getan.«

»Vorher auch. Mit mir auch.«

»Ich sage dir …«

Cosimo ist sich nicht sicher, ob er weiß, was passiert ist. Er ist sich nicht sicher, ob er genau begreift, was gerade geschieht. Er möchte Genaueres wissen, aber er wagt es nicht, ins Detail zu gehen, solange seine Mutter sich nicht in der Lage dazu fühlt.

»Aber wie …?«

»Cosimo, was sollten wir denn tun? Lass uns bitte nicht mehr darüber reden.«

»Tut mir leid …«

»Tja …«

»Wie spät ist es eigentlich?«, sagt Cosimo.

Er wünschte sich, seine Mutter würde deutlicher werden. Bis es so weit ist, befasst er sich mit seiner Uhr.

»Halb zwölf«, antwortet er sich dann selbst.

»Wir können es aber nicht hierlassen.«

Cosimo ist sich so gut wie sicher, verstanden zu haben.

»Und was machen wir mit ihm?«

Seine Mutter denkt nach.

»Die Schaufel hast du noch?«

»Welche Schaufel?«

»Die Schaufel eben. Im Garten war doch immer eine. Was ist, hast du sie weggeworfen?«

»Ah, die Schaufel.«

»Ja, die Schaufel, die Schaufel.«

Cosimo versucht sich zu erinnern, wo sie ist. Er hat sie schon lang nicht mehr benutzt.

»Sie ist aber ziemlich klein«, sagt er erst einmal.

»Hast du eine größere?«

»Nein.«

»Na dann, klein, groß: Wir haben nur diese. Also geh und versuch sie zu finden, wir brauchen sie.«

Cosimo kann sich nicht mehr genau erinnern, aber die Schaufel sollte eigentlich in dem Verschlag auf der Rückseite des Hauses sein. Er geht los, um sie zu suchen.

Der Verschlag ist vollgestopft mit nutzlosem Zeug. Meistens lagert er hier irgendwelche alten Dinge, die er irgendwann wegschmeißt. Dazwischen liegen auch die Geräte, die für die Gartenarbeit gebraucht werden. Gebraucht werden könnten, schließlich kümmert Cosimo sich nicht um den Garten. Er findet die Schaufel. Sie ist noch kleiner, als er sie in Erinnerung hatte. Um genau zu sein, sieht sie eher danach aus, als ob man Topfblumen damit umpflanzen könnte, nicht wie eine richtige Schaufel. Cosimo geht ins Haus zurück und zeigt sie seiner Mutter.

»Schau sie dir an. Sie ist wirklich viel zu klein.«

»Das hab ich schon verstanden, dass sie klein ist. Aber hast du eine größere, irgendwo?«

Cosimo versucht sich zu erinnern, ob er sonst noch etwas hat, womit er graben könnte, aber ohne Erfolg.

»Nein, wir haben nur die da.«

»Dann musst du es eben mir der tun.«

»Was soll ich tun?« Die Frage ist natürlich einigermaßen dumm, und Cosimo beeilt sich, sie zu präzisieren. »Wo soll ich graben?«

»Was weiß ich? Im Garten …«

»Im Garten? Aber das ist doch, falls wir entdeckt werden, der erste Ort, an dem sie nachsehen werden.«

»Wo sonst, also?«

»Ich weiß es nicht.«

Die Mutter denkt nach.

Aber Cosimo hat schon eine Antwort: »Auf der Mülldeponie?«

Sie schüttelt den Kopf. »Wie bringen wir es denn dort hin, zur Mülldeponie? Wir können es ja schlecht auf die Rückbank des Autos setzen …«

Es sollte ein Ort sein, der nicht zu nahe liegt, aber auch nicht zu weit entfernt.

Cosimo versucht es mit einem zweiten Vorschlag: »Hinter der Mauer, da wo der Johannisbrotbaum steht …«

»Kommen da nicht zu viele vorbei?«

Die Mutter scheint nicht ganz abgeneigt zu sein. Das macht ihm Mut.

»Seit wann denn? Da kommt nie jemand vorbei. Und wenn, dann einer in tausend Jahren. Wie sollen sie da etwas mitbekommen?«

Die Mutter versucht immer noch, die Haarsträhne zurechtzurücken, sie fällt ihr aber immer wieder aufs Auge.

Cosimo insistiert. »Was meinst du? Bringen wir es dahin?«

»Von mir aus, was soll ich dir sagen …«

Cosimo will zum Gästeschlafzimmer, aber die Mutter hält ihn auf. »Wohin gehst du?«

»Ich wollte es mir ansehen.«

»Es ist besser, du siehst es nicht, glaub mir.«

»Und wie bring ich es dann hinaus?«

»Willst du es jetzt hinaustragen, um diese Uhrzeit? Zuerst schaufelst du, und danach bringst du es hinaus. Richtig?«

»Richtig. Ich wollte es mir ja nur kurz ansehen …«

»Lass das. Geh.«

Cosimo macht sich auf, hat aber noch eine Frage: »Macht es einem Angst?«

»Wer?«

»Macht es einem Angst?«

Die Mutter antwortet nicht.

»Früher oder später muss ich es mir ja sowieso ansehen«, sagt er noch im Hinausgehen.

Die Mauer liegt direkt hinter dem Haus. Dahinter wieder liegt ein kleines, längst aufgegebenes Feld; man weiß nicht einmal mehr, wem es gehört, vielleicht einer benachbarten Familie, die irgendwann einen Erbstreit begonnen und nie mehr damit aufgehört hat. Cosimo sieht sich um. Er hätte besser eine Lampe mitgenommen, irgendetwas, um es hier ein wenig heller zu haben, aber langsam gewöhnen sich die Augen an die Dunkelheit. Er kann mit der Wahl des Platzes zufrieden sein. Von allen Sicherheitsüberlegungen abgesehen, ist es auch gar nicht so schlecht, unter einem Baum auf dem Lande begraben zu sein. Er würde auch gerne an einem solchen Ort liegen. Wenn man die Umstände bedenkt, ist das eine recht würdige Grabstätte.

Er beginnt mit der Arbeit. Die ersten paar Mal haut er im Stehen auf die Erde ein, hält die kleine Schaufel mit beiden Händen. Er merkt allerdings sofort, dass das die falsche Körperhaltung ist: zu großer Aufwand, sehr geringes Resultat. Also kniet er sich nieder. So geht es schon etwas besser, aber die Schaufel ist zu klein, um sie mit beiden Händen halten zu können. Er versucht es mit der Rechten, aber auch so ist er kaum erfolgreicher. Vielleicht liegt das Problem darin, dass er die Schaufel zu hoch anpackt, er nimmt sie also weiter unten, knapp hinter dem Schaufelblatt. Bei einer kleinen Schaufel geht das. So hebt er jeweils auch nicht mehr als eine Handvoll Erde aus, aber die Anstrengung ist geringer.

Cosimo dachte, dass er ohne Probleme so weitermachen kann, Tatsache ist aber, dass er nach zwanzig Schaufeln bereits müde ist. Er ist nicht in Übung und hat nicht das richtige Gerät für diese Arbeit. Er legt eine Pause ein und wischt sich den Schweiß ab. Dabei versucht er sich zu erinnern, ob er wirklich kein geeigneteres Arbeitsgerät herumstehen hat, irgendwo im Haus. Es fällt ihm nichts ein, er könnte höchstens sein Hemd ausziehen, um sich freier bewegen zu können. Aber er gräbt weiter.

Nach einer halben Stunde ist er vollkommen verschwitzt, jetzt zieht er endlich das Hemd aus und sieht sich die Grube an: Sie ist noch zu klein. Also macht er weiter, ab und zu unterbricht er, um zu Atem zu kommen. So geht das eine Stunde lang. Schließlich denkt er, dass er genug gegraben hat; sicherheitshalber aber schaufelt er noch ein paarmal, inzwischen allerdings muss er sich dazu tief über das Loch beugen, das macht die Sache nicht einfacher. Er könnte hineinsteigen und weitergraben, bis er sich sicher ist, dass die Grube groß genug ist, aber das bringt er nicht über sich, es wäre ein schlechtes Omen. Bei der Gelegenheit fällt ihm ein: Was würden wohl die Idioten im Dorf sagen, wenn sie sehen würden, wie er das Grab schaufelt? Cosimo bricht sofort ab.

Er macht sich auf, will zurück zum Haus, die Schaufel in der einen Hand, das verschwitzte Hemd über der Schulter. Weil ihm der Weg außen herum zu weit ist, beschließt er, über die Mauer zu steigen; dabei fällt ihm das Hemd zu Boden. Er hebt es zwar sofort auf, aber es ist schon dreckig geworden. Bevor er das Haus betritt, zieht er sich das Hemd wieder an. Er weiß nicht genau, wieso; vielleicht, damit ihn die Mutter nicht mit nacktem Oberkörper sieht, vielleicht damit sie nicht schimpft. Trotz aller Vorsichtsmaßnahmen aber tadelt sie ihn doch.

»Über und über voll Dreck! Und ganz verschwitzt!«

»Bitte, nicht du auch noch …«

»Warte, ich hol dir ein sauberes Hemd.«

»Das ist nicht notwendig, Mamma. Bringen wir lieber die Arbeit zu Ende und schaffen uns die Sorge vom Hals, das ist besser.«

Die Mutter ist nicht einverstanden.

»Natürlich braucht es das. Es ist sowieso besser, wir setzen uns in aller Ruhe hin und lassen etwas Zeit vergehen, es ist nämlich noch zu früh: Es könnte jemand vorbeikommen und uns sehen.«

»Wer soll denn da vorbeikommen?«

Cosimo kann den Satz gerade noch loswerden, da ist die Mutter bereits im anderen Zimmer. Sie kommt mit einem alten Hemd zurück, ein grün gestreiftes, das er überhaupt nicht leiden kann.

»Das steht mir nicht.«

»Es war in deiner Schublade.«

»Es war vielleicht in meiner Schublade, aber es ist alt.«

»Wenn es alt ist, wirf es weg. Aber jetzt ziehst du es an, du kannst nicht mit nacktem Oberkörper im Luftzug stehen, so verschwitzt.«

Cosimo wehrt sich noch ein wenig, dann gibt er nach und zieht das grün gestreifte Hemd an. Er hatte recht: Es ist ihm zu eng, er kommt sich lächerlich darin vor. Er sagt das der Mutter auch, aber ohne Erfolg.

»Für heut Abend behältst du es an, du musst dich ja mit niemandem treffen.«

Dann schweigen sie. Setzen sich vor den Fernseher, sie in den Sessel, er auf den Stuhl. Auf einem der größeren Sender läuft ein

Liebesfilm, der im amerikanischen Unabhängigkeitskrieg spielt. Er ist ein Offizier und will mit den Grauen in den Krieg ziehen, seine Verlobte bedauert es, dass er loszieht, sie hat nämlich eine Vorahnung. Sie bittet ihn, nicht zu gehen, er aber geht trotzdem.

»Es wäre besser gewesen, wenn er nicht losgezogen wäre«, kommentiert Cosimo.

Die Vorahnung der Verlobten bewahrheitet sich, ein Oberstleutnant der Blauen flüchtet sich nämlich in ihr Haus und verliebt sich sogleich in sie. Sie erwidert seine Liebe, wenn auch von Schuldgefühlen geplagt, umso mehr, als der Verlobte und Offizier im Kampf verwundet wird und sie sich verpflichtet fühlt, sich aufzumachen, um ihn zu pflegen. Die peinliche Situation, die daraus entstehen könnte, stellt sich aber nicht ein, genau in dem Augenblick nämlich, in dem sie dem Verlobten alles erzählt, stirbt er an seinen Verwundungen und bekommt nichts mehr davon mit. Sie ist also rein formell wieder ungebunden, bis auf die Anstandsregeln und die Schuldgefühle, die sie nicht los wird. In der Zwischenzeit haben die Blauen den Krieg gewonnen, sie beschließt, die Liebe des Oberstleutnants zu verschmähen, auch wenn einem längst klar ist, dass sie ihn ihrerseits liebt. Er beharrt, sie weist ihn weiter zurück, er beharrt weiter, am Ende aber gelingt es der jungen Frau, ihre Bedenken zu überwinden, und die beiden können sich verloben.

Erst interessieren Cosimo diese Geschichten mit den Grauen und den Blauen herzlich wenig. Aber er lässt sich immer mehr mitreißen von der Liebesgeschichte, am Ende nimmt er sogar Partei. Er diskutiert mit seiner Mutter darüber. Sie ist gegen die junge Frau.

»Das war ein leichtes Flittchen.«

»Die Ärmste, ich bitte dich, was hätte sie tun sollen? Ihr ist der Verlobte weggestorben …«

»Sie hat aber schon lange, bevor er gestorben ist, ein Auge auf den anderen geworfen, oder?«

»Aber sie hat nichts angestellt …«

»Woher weißt du denn das? Die zeigen das bloß nicht, in den alten Filmen, diese Dinge … Ich glaube ja, die haben es auch vorher schon getan. Ich weiß, wie sowas läuft …«

Als der Film zu Ende ist und der Werbeblock beginnt, ist es die Mutter, die wieder auf ihr Problem zurückkommt.

»Wie spät ist es?«

»Viertel nach eins.«

»Dann lass uns los.«

Das erinnert Cosimo wieder an alles, und sofort ist er schlechter Laune. Der Film ist eine kleine, unbeschwerte Pause gewesen. Eine Pause, die jetzt vorüber ist. Er steht seufzend auf und geht zum Zimmer des Kindes. Gleich wird er es sehen können, endlich, wobei er nicht mehr so neugierig wie vorher ist. Vielleicht hat sich der Körper wegen der Hitze verändert, und es ist ja auch schon einige Zeit vergangen. Cosimo fällt auf, dass er noch nie einen menschlichen Leichnam gesehen hat. Tote Tiere, das ja: überfahrene Katzen auf der Straße, Hunde. Einmal auch ein Pferd mit aufgedunsenem Bauch und steif abstehenden Beinen. Aber nie einen Menschen, schon gar nicht ein Kind. Er denkt an seinen toten Vater, aber er kann sich überhaupt nicht vorstellen, wie er ausgesehen haben könnte.

Er weiß also nicht, was ihn in dem Zimmer erwartet, und plötzlich würde er es lieber nicht mehr betreten müssen.

Die Mutter macht ihm Mut: »Geh schon.«

Cosimo versucht, nicht mehr weiter darüber nachzudenken, öffnet die Tür und geht in das Zimmer.

Der Körper des Kindes liegt auf dem Bett, ist aber zur Gänze in ein Bettlaken eingewickelt wie in ein Leichentuch. Darauf war Cosimo nicht vorbereitet. Die Mutter hat mit den Zipfeln Knöpfe in das Tuch gemacht, sodass eine Art Sack entstanden ist, aus dem der Körper nicht mehr herausrutschen kann. Cosimo fragt sich, wann sie das getan hat, gleich nachdem sie es umgebracht hat oder während er draußen das Loch gegraben hat?

»Warst du das?«

Und meint damit: … die ihn so eingewickelt hat. Die Mutter aber versteht ihn falsch.

»Wer denn sonst?«, sagt sie.

Und will sagen: … hat es umgebracht. Cosimo bemerkt das Missverständnis, aber ihm scheint, dass er besser nicht weiter nachfragt.

»Nehmen wir es in den Arm und bringen es hinaus«, sagt die Mutter.

Trotz des Wir ist klar, dass sie sich erwartet, dass Cosimo das übernimmt. Er zögert, ungeachtet des Lakens ekelt er sich davor, den Körper anzugreifen. Er weiß nicht, ob er nach drei Stunden noch beweglich oder schon steif ist. Er schaut kurz zur Mutter, um sich Mut zu machen, dann seufzt er und langt zu, damit keine Zeit mehr bleibt, weiter nachzudenken.

Es ist noch beweglich, und leichter, als Cosimo sich erwartet hatte; was aber normal ist angesichts der Tatsache, wie sehr das Kind abgemagert ist. Die Knie lassen sich problemlos beugen. Es trägt sich genauso leicht wie zu Lebzeiten. Nun, da er es in seinen Armen hält, zögert Cosimo nicht mehr und hat keine Angst. Er will sich nur noch beeilen.

»Geh bitte voraus«, sagt er.

Die Mutter öffnet eine Tür nach der anderen und hält sie ihm auf. Wie er durch die erste Tür geht, stößt er mit den Füßen des Kindes am Pfosten an, es fühlt sich sehr unangenehm an. An der nächsten Tür ist er vorsichtiger und stellt sich seitlich, damit sie mit den Füßen voraus durch die Tür kommen ohne anzustoßen. Das ist gar nicht so schwierig: Der Körper lässt sich problemlos manövrieren.

Wie sie das Haus verlassen, stoppt ihn die Mutter und geht voraus: »Warte …«

Sie sieht nach, ob jemand unterwegs ist. »Vorwärts …«

Cosimo zögert aber. »Sicher?«

Ihm fällt der Kunde, der Carabiniere ein, er stellt sich vor, jemand beobachtet sie in diesem Augenblick.

»Vorwärts«, wiederholt die Mutter nur.

Cosimo ist jetzt im Freien, ist ungedeckt, den Körper des Kindes in seinen Armen. Er schwitzt wieder. Das Mondlicht ist nicht allzu hell, aber da wo er jetzt steht, ist es gefährlich. Er geht so schnell wie möglich um das Haus herum, hält an der Mauer an und legt den Körper auf der Erde ab, um sich auszuruhen und dabei nachzudenken, wie er über die Mauer kommen soll. Auf dem Weg hierher ist die Mutter hinter ihm geblieben, sie atmet laut.

»Was machst du?«, will sie wissen.

»Wie müssen über die Mauer.«

»Wieso gehen wir nicht außen herum?«

»Nein, nein.«

»Wieso nicht? Das ist doch besser?«

»Lass mich das machen.«

Beide flüstern, als ob da jemand wäre, der sie hören könnte. Cosimo merkt, dass das absurd ist, und versucht, nicht unbedingt laut, aber immerhin normal zu sprechen.

»Mal sehen.«

Die Mutter sieht sich um, will sehen, ob jemand Cosimos Stimme gehört hat.

»Wieso schreist du denn?«

»Ich schreie nicht.«

In der Tat hat Cosimo seine Stimme wieder gesenkt. Er atmet tief ein und hebt den Körper mit Schwung vom Boden hoch, kraftvoller, als es nötig wäre, was ihn beinahe aus dem Gleichgewicht bringt. Seine Mutter kann ihn gerade noch rechtzeitig stützen.

»Fast wär ich hingefallen«, sagt Cosimo.

Eigentlich hatte er gedacht, es würde ihm schon eine Methode einfallen, die Mauer zu überwinden, sobald er das Kind einmal im Arm hat, jetzt wird ihm klar, dass es unmöglich ist, die Mauer zu übersteigen und gleichzeitig den Körper zu halten. Die Mauer ist relativ hoch: Das Beste ist also wohl, den Körper erst oben abzulegen und zwar so, dass er weder auf der einen noch der anderen Seite hinunterfallen kann.

»Wir hätten außen herumgehen können … Sei vorsichtig …«

Cosimo weiß jetzt nicht, ob die Vorsicht, die seine Mutter meint, ihm oder dem Kind zugute kommen soll.

»Mach dir keine Sorgen«, sagt er und klettert über die Mauer. »Und was machst du?«

»Ich gehe außen herum«, sagt die Mutter von jenseits der Mauer.

Er versucht, den Körper wieder aufzunehmen; das ist aber nicht einfach, weil auf seiner Seite der Mauer nur der Kopf übersteht und er dort anpacken muss. Er kann Nase, Haare und ein Ohr ertasten unter dem Bettlaken. Das hinterlässt bei ihm einen gewissen Eindruck, immerhin, denkt er, war das bis vor wenigen Stunden noch etwas Lebendiges. Er will die Schultern zu greifen bekommen, aber das stellt sich als schwierig heraus. Der Körper reibt auf der rauen Maueroberseite, das Laken droht zu reißen. Das fehlte gerade noch, dass da plötzlich wieder eine Hand oder ein Fuß auftaucht. Als ob die Arbeit, die er gerade macht, nicht so schon widerlich genug wäre.

Aber das Laken hält, der Körper fällt endlich von der Mauer. Cosimo kann nicht verhindern, dass die Beine genau in dem Augenblick gewaltsam auf dem Boden aufschlagen, als seine Mutter dazukommt und alles mit ansehen kann.

»Sei doch vorsichtig«, flüstert sie ihm noch einmal zu.

»Was soll ich denn tun?«

»Du hättest die Runde machen können wie ich: Da war niemand.«

Die Mutter sieht sich immer noch um, sagt aber nichts weiter. Sie kämpfen sich durchs Gestrüpp, Cosimo mit dem Kind im Arm vorneweg, die Mutter hinterher, unter Schwierigkeiten.

»Hier ist alles voller Dornen …«

»Tja.«

Endlich kommen sie an der Grube an. Die Mutter schaut sie sich an.

»Hier hast du gegraben?«

»Ja. Wo hätte ich denn sonst graben sollen?«

Seine Mutter schaut immer noch auf die Grube, aufmerksam.

»Klein kommt sie mir vor.«

Cosimo hält noch das Kind im Arm. Eigentlich möchte er es direkt in die Grube legen, aber er fragt lieber zuerst nach.

»Gefällt sie dir nicht?«

»Nicht, dass sie mir nicht gefällt … Aber sie kommt mir klein vor.«

»Mit klein meinst du, dass sie nicht tief genug ist?«

»Klein.«

Wie auch immer, das Beste ist, man versucht es einfach. Cosimo legt den Körper ab, aber nicht vorsichtig genug, er schlägt leicht am Boden auf. Seine Mutter fährt sich mit einer Hand zum Mund.

»Langsam!«

»Es ist tot, Mamma …«

Cosimo möchte noch etwas sagen, aber das würde dauern, und er hat es eilig. Außerdem hat seine Mutter recht. Der Körper passt nicht ganz in die Grube, weder der Länge nach, noch was die Tiefe betrifft. Dafür ist sie breiter, als notwendig wäre. Cosimo versucht es also mit Gewalt und beugt die Knie der Leiche. Dabei spürt er, dass der Körper langsam starr zu werden beginnt. Vielleicht täuscht er sich aber auch. Mit angezogenen Knien sieht die Sache schon etwas besser aus, es steht aber immer noch etwas über. Würde man den Leichnam jetzt schon mit Erde zuschütten, könnte man deutlich erkennen, dass da etwas darunter liegt.

»Sie ist klein«, gibt Cosimo jetzt zu.

»Ich hatte es dir gesagt.«

»Was soll ich tun? Soll ich noch einmal die Schaufel holen?«

»Wieso, hast du sie nicht mitgenommen?«

»Wie denn, mit dem Kind im Arm?«

»Du hättest sie hier lassen können, für den Fall, dass du sie noch brauchst …«

»Richtig. Was also, hol ich sie?«

»Lass es.«

Die Mutter schätzt noch einmal die Maße der Grube ab.

»Versuch, es seitlich hinzulegen.«

Cosimo folgt, aber es gibt Schwierigkeiten. Die Mutter möchte ihm zur Hand gehen, muss sich aber damit begnügen, ihm Anweisungen zu geben. »Nein, so … So … Gut so.«

Am Ende kann man durchaus zufrieden sein mit dem Ergebnis. Sogar seine Mutter ist zufrieden. »Mmmh.«

»Schütten wir es zu?«

»Ja, bedecken wir es.«

Die Mutter geht etwas zur Seite, Cosimo schiebt die Erde in die Grube. Zuerst mit den Füßen, dann auch mit den Händen. Er setzt einen Augenblick lang aus.

»Wir hätten die Schaufel mitnehmen sollen.«

»Ich habe es dir gesagt. Aber jetzt hast du sie schon einmal vergessen, also denk nicht mehr daran.«

Die Erde wieder in die Grube zu bringen ist nicht so anstrengend, wie es war, sie herauszuschaufeln, aber er wird schmutzig dabei. Er schwitzt und beschmutzt sich in einem fort.

Dafür verschwindet das Weiß des Bettlakens, das das Kind einhüllt, immer mehr.

Am Ende bleibt nur noch ein Flecken Erde, der etwas dunkler aussieht, aber es ist Nacht, und er ist sich nicht sicher. Um zu kontrollieren, ob das Grab des Kindes sich so deutlich von der Umgebung abhebt, dass es Verdacht erregen würde, kniet Cosimo nieder, legt den Kopf zum Peilen an, seine Wange berührt dabei beinahe den Boden.

»Ein bisschen sieht man's, aber nur ein bisschen. Ich kann's noch andrücken, indem ich drüberlaufe …«

Cosimo nimmt Mutters Schweigen als Genehmigung. Er steht wieder auf, zieht das Hemd zurecht, das nicht so richtig sitzen will, und läuft auf dem Grab hin und her. Zuerst macht er nur einige Schritte, dann stellt er sich genau in die Mitte und stampft mit den Füßen, damit erzielt er ein besseres Resultat. Die Mutter hält ihn fest.

»Es reicht, basta …«

»Was meinst du? Ist es gut so?«

Sie geht weg, sammelt trockenes Laub, Äste, Unkraut ein und wirft es auf das Grab.

»Jetzt ist es gut«, sagt sie.

Cosimo hilft ihr, und schließlich ist kaum mehr etwas zu erkennen. Es bleibt nur noch die Erde übrig, die in dem Loch keinen Platz mehr hatte. Cosimo kümmert sich darum.

»Geh zur Seite.«

Mit der einen Hand schiebt er die Mutter weg, mit den Füßen tritt er auf den kleinen Erdhügel ein, bis er in einer Staubwolke aufgeht, die sich großteils auf Cosimos Hemd absetzt. Die Arbeit aber ist damit zu Ende.

»Jetzt seh ich ja fürchterlich aus«, sagt Cosimo.

Er hält seiner Mutter die Hemdzipfel hin, aber die kümmert sich nicht darum. Sie schaut nur auf das Grab, seufzt nur. Ein tiefes Seufzen des Bedauerns, aber auch der Anstrengung und der Erleichterung. Sie starren jetzt beide zusammen aufs Grab, Cosimo aber wird bald müde davon, sein Blick schweift herum: Johannisbrotbaum, Mauer, Himmel, Sterne, Haus.

Das Haus ist sein Haus. Er hat es jeden Tag vor Augen und sieht es nie. Jetzt, wenn auch nur im bleichen Mondlicht, hat er Zeit und Gelegenheit, es endlich in Ruhe zu betrachten. Von der Form her ist es, grob genommen, ein Würfel. Wenn man genauer hinsieht, ist es vielleicht etwas höher als breit, unter Umständen ist dieser Eindruck aber nur den Eisenstangen zu verdanken, die aus den Dachsäulen herausragen. Als sein Vater das Haus bauen ließ, führte er einiges nur teilweise aus und nahm sich vor, die Arbeiten im Lauf der Jahre fertigzustellen. Eigentlich war also auch eine Art zweiter Stock geplant gewesen, in den Cosimo samt Familie ziehen sollte, sobald er verheiratet war. Aber dann starb sein Vater, Cosimo hat nicht geheiratet und der obere Stock wurde nie gebaut. Übrig geblieben davon sind nur diese Säulenstümpfe, die daran erinnern, dass sich hier immer noch eine zweite Wohnung draufsetzen ließe, falls man will, falls die Notwendigkeit besteht und falls das Geld dazu da ist. Und falls das Geld da wäre, könnte man endlich auch die Außenmauern verputzen; bis jetzt sind da erst die Ziegel, dadurch sieht das Ganze etwas vorläufig aus. Daran aber stört Cosimo sich nicht so sehr wie an den Eisenstümpfen oben auf dem Dach, die ihn an all das erinnern, was er tun wollte, aber nie getan hat.

Er ist dreckig, nervös und hat zu heiß.

»Gehen wir?«, schlägt er vor.

Die Mutter macht ein Kreuzzeichen und geht los. Dieses Mal nehmen beide den einfacheren Weg, den durch das Tor. Wenn sie jetzt jemand sehen würde, wäre daran nichts Schlimmes. Mutter und Sohn, die schweigend nebeneinander hergehen. Cosimo ist traurig und zugleich etwas erleichtert. Je mehr sie sich dem Haus nähern, umso mehr verschwindet die Traurigkeit, diese fürchterlichen Säulen auf dem Dach sind nicht mehr zu sehen und zurück bleibt die Erleichterung. Als sie in die Küche kommen, wird ihm zum ersten Mal klar, dass das Kind jetzt wirklich und für immer aus seinem Leben verschwunden ist. Das kann man als eine positive Tatsache betrachten. Eigentlich möchte er das auch seiner Mutter sagen, aber er wird dadurch entmutigt, dass sie keinerlei Anzeichen erkennen lässt, mit jemandem reden zu wollen. Cosimo aber muss jetzt eigentlich unbedingt reden.

»Ich glaube es nicht«, sagt er.

Er geht zum Kühlschrank und holt Wasser. Eigentlich erwartet er, dass seine Mutter sich wieder einmischt und ihm sagt, er soll kein kaltes Wasser trinken, aber auch das tut sie nicht. Sie hat sich auf einen Stuhl gesetzt, den Kopf in die Hand gelegt und den Ellenbogen am Tisch aufgestützt, ganz so, als ob sie müde wäre. Cosimo weiß nicht wovon, schließlich hat er die Grube gegraben, das Kind hingetragen und begraben. Die Mutter seufzt noch einmal laut, wie abschließend, sammelt ihre Kräfte, steht auf und setzt sich in den Sessel. Sie macht den Fernseher an. Um diese Uhrzeit gibt es nur mehr Testbilder, Teleshopping und irgendwelche Fernsehfilme zu sehen, und Texttafeln, die auf eine Sendung hinweisen, die gleich wieder beginnen soll. Sie sitzt also da und wartet, dass die Sendung wieder losgeht, egal, worum es sich dabei handelt; als aber nichts geschieht, schaltet sie wieder um. Sie drückt sich so lange durch die Programme, dass sie wieder auf den Film stößt, den sie vorher gesehen hatten, der Film mit der jungen Frau und den zwei verlobten Militärs, dem grauen und dem blauen.

Endlich beginnt die Mutter zu reden. »Sehen wir uns den noch einmal an …«

Cosimo könnte jetzt nicht sagen, ob am Ende ihres Satzes ein Fragezeichen stand, die Mutter also seine Meinung hören will, oder ob es sich um eine einfache Mitteilung handelt. Was ihn angeht, ist es in Ordnung, es gibt ja auch wenig Auswahl. Er möchte aber, dass die Mutter irgendetwas sagt oder wenigstens den Ton lauter stellt. Weil sie aber keines von beidem tut, spricht er die Sache an.

»Und wenn sie kommen?«

»Wer kommt?«

»Die. Wenn sie kommen, um das Kind wieder abzuholen, was sagen wir dann?«

»Was wir dann sagen? Wir sagen, dass es tot ist.«

»Und wenn sie uns nicht glauben?«

»Sie werden uns glauben müssen. Aber die kommen jetzt eh nicht mehr.«

»Und wer hat dir das gesagt?«

»Glaub's mir: Die kommen nicht mehr.«

Im Grunde ist es nicht notwendig, den Ton lauter zu stellen. Sie haben den Film eben schon gesehen, das ist nur die Wiederholung. Cosimo bekommt Lust, an die Zukunft zu denken.

»Die Signora Pina, was meinst du: Soll ich sie wieder kommen lassen?«

»Wieso denn? Wenn du willst … Tu, was du willst, aber wozu brauchen wir sie eigentlich, die Signora Pina? Solang du allein hier warst, gut, vielleicht … Aber jetzt, wo ich da bin …«

Cosimo denkt nach, dann sagt er: »Weißt du was?«

»Was?«

»Es kommt mir eigenartig vor«, sagt Cosimo.

»Was ist eigenartig?«

»Ich weiß es nicht. Eigenartig. Jetzt, hier, das Haus: eigenartig. Vielleicht, weil das Kind nicht da ist. In einem gewissen Sinn habe ich mich daran gewöhnt, es zwischen den Füßen zu haben. Auch wenn es im Zimmer war, es war immerhin da. Nicht? Ich habe es vielleicht nicht gesehen, aber ich wusste, dass es da war. Ich sag ja nicht, dass es mir fehlt, aber es ist eigenartig. Erst war es da, und jetzt ist es nicht mehr da. Die bringen es mir, gehen wieder, und dann verschwinden sie. Niemand spricht darüber, weder die Zeitungen noch das Fernsehen. Und das kommt dir nicht eigenartig vor?«

»Sicher kommt mir das eigenartig vor.«

»Wenn da nicht mein Ohr wäre, das ich berühren kann, wer sagt mir denn, dass ich die, die es entführt haben, und den ganzen Rest nicht einfach nur geträumt habe? Was meinst du? Kann sein, dass ich es geträumt habe?«

»Wenn du es geträumt hast, dann habe ich es auch geträumt.«

»Kann ja sein, dass wir es beide geträumt haben.«

Cosimo lächelt, er würde sogar ein klein wenig lachen, aber die Mutter lächelt überhaupt nicht, also lässt er es bleiben. Lieber wechselt er das Thema. »Und wenn die Bullen kommen?«

»Ach die …«

»Was?«

»Die wären doch schon gekommen, falls sie kommen sollten, oder?«

»Wenn sie aber später kommen?«

»Wenn sie kommen, sagen wir, dass wir das Kind nur geträumt haben.«

Cosimo sieht sie an und versucht zu verstehen, ob sie scherzt oder nicht, aber sie bleibt undurchdringlich und sagt, ohne den Blick vom Fernseher zu nehmen, nur das eine.

»Wenn sie kommen, sind wir hier.«

Cosimo beschließt, dass seine Mutter recht hat.

»Wir sind hier.«

Kurt Lanthaler im Haymon Verlag

Kurt Lanthaler
DAS DELTA
Roman

168 Seiten, fest gebunden mit Schutzumschlag
€ 17.90/sfr 30.70, ISBN 978-3-85218-547-7

Die Geschichte der Geschichten eines gewissen Fedele Conte Mamai, als Säugling im Schwemmland des Po aufgefunden, an Bord einer chiatta auf dem Großen Fluß herangewachsen. Die Geschichten der Geschichte von Aal und Fluten, von der Erfindung eines Schweinsblasenrezeptes, der vecia col pist und dem lavoriero, der Frau am Kanal und dem Schwein auf dem Eis; von Maierlengo, dem Dorf hinter dem Deich, und vom namenlosen Dorf hinter der Staumauer am Berg; von den großen Vorhaben der Ingenieure und den noch größeren der Natur.
Lanthaler erzählt einen mäandernden Lebenslauf, der vom Delta des Po ausgehend quer durch das Land und die Jahrzehnte, in die Berge und ans Meer führt. Und schreibt einen Schelmen- und Entwicklungsroman, in dem Natur und Kultur aufeinander prallen. Fünfzig Jahre vorgeblicher Zivilisationsgeschichte ziehen an uns vorüber, pralles italienisches Leben voller Lust und Leid.

„Kurt Lanthaler ist mit ‚Das Delta' ein Meisterstück der pikaresken Erzählkunst gelungen." (3sat Denkmal)

„Auf 160 Seiten und 48 Kapitel hat Lanthaler seinen Roman komprimiert, packt eine wundersame Episode an die nächste, ist kritisch und leidenschaftlich. Er fühlt sich ein in die Landschaft und ihre Menschen, hat ein offenes Ohr für die aberwitzigen Geschichten und verschütteten Ideen, die sprachlichen und kulinarischen Eigenheiten. Mit ‚Das Delta' hat Kurt Lanthaler mal wieder gezeigt, dass er ein großer, eigenwilliger Erzähler ist." (SWR, Frank Rumpel)

Domenico Starnone im Haymon Verlag

Domenico Starnone
VIA GEMITO
Roman. Aus dem Italienischen von Gerhard Kofler
448 Seiten, fest gebunden mit Schutzumschlag
€ 22.70/sfr 39.80, ISBN 978-3-85218-476-0

Domenico Starnone erzählt von einer Kindheit in Neapel vor dem Hintergrund von Krieg und Nachkriegszeit, von dunklen Geschäften und dem faszinierend bunten Leben in Neapel, von Zusammenhalt und Streit in einer typisch süditalienischen Großfamilie und von einer großen Vaterfigur.

„‚Via Gemito' ist zugleich ein herzzerreissend negativer Künstlerroman, ein fein verästeltes Familiengemälde und ein abschreckend schönes Porträt der Stadt Neapel im letzten Jahrhundert.“ (NZZ, Franz Haas)

Domenico Starnone
DAS RASIERMESSER
Roman. Aus dem Italienischen von Helene Flöss
320 Seiten, fest gebunden mit Schutzumschlag
€ 19.90/sfr 34.90, ISBN 978-3-85218-506-4

Ein großer Roman über das Schreiben und das Lesen – eine Einladung in die phantastischen Welten zwischen Fiktion und Wirklichkeit, Wahrheit und Erfindung.

„Unterhaltsam und mit einer gehörigen Portion Selbstironie erzählt Domenico Starnone vom Leben des Ich-Erzählers, das ganz eindeutig autobiografische Züge aufweist ... ein Buch über das Schreiben – über die Mühen, die Verzweiflung, aber auch über die Schönheit und das Glück, wenn es gelingt, etwas Substanzielles hervorzubringen.“
(Ö1/Die Presse Buch der Woche, Gerhard Pretting)

www.haymonverlag.at